KB088888

바깥 세계

바깥 세계

녹차빙수

소설집

그린비

불륜 연구소 취재기

00

현재 우리 잡지의 주력 상품은 불륜 칼럼이다. 실제로 불륜을 하고 있거나 했던 경험이 있는 사람들과 인터뷰를 진행한 후에, 내용을 다듬고 법, 심리, 종교 분야의 전문가들이 써 준 간단한 의견과 함께 기사화하는 것이 기본 포맷이었다. 원래는 잡지 매출이 하도 나오지 않자 편집장이 충동적으로 저지른 기획이었는데, 결과가 의외로 잘 뽑혀서 이제는 잡지의 절반이 불륜 관련 내용으로 채워진 상황이다.

아무래도 다들 자기 신변이 드러나는 일을 우려하는 탓에 인터뷰이 수급에는 어려움이 따랐지만, '불륜' 대신 '금사'라는 용어를 쓰면서 무조건 인터뷰이 측에 우호적인 입장으로 작성하는 칼럼의 문체와, 보상으로 주는 상품권의 높은 액수 등이 효과를 발휘한 것인지 한 달에 하나의 사례 정도는 아슬아슬하게 확보해 나갈 수 있었다. 인터뷰이를 구하지 못한 달에는 관련 전문가들에게 청탁한 글로 대체하거나, 최악의 경우에는 편집자 본인이 지어낸 인터뷰로 지면을 채우면서 우리 잡지는 직원들을 굶기지 않을 정도의 돈을 벌어오며 지금까지 굴러오고 있었다.

그런데 닷새 전, 인터뷰를 전담하던 선배가 죽었다. 업무적인 일로 만나게 된 남자와, 그 남자의 친동생과 동시에 불륜을 하던 여자와 인터뷰 중에, 선배를 불륜 상대로 오인한 여자의 남편에게 칼침을 맞은 것이다. 그래서 느닷없이 선배의 업무가 내게 밀려들어왔는데, 처음에는 인터뷰 내용을 급하게 지어내서 쳐내려 했지만 내가 작성한 초고를 살펴본 편집장이 사연의 디테일이 몹시 부족하고 스토리도 충분히 자극적이지 못하다면서 고개를 저었다.

"이런 걸로는… 이런 글로는 우리 독자들을 만족시킬 수가 없어!"

아무튼 그렇게 되어서 나는 충분히 새롭고 자극적인 아이템이 뭐가 있는지를 서둘러 물색해 보았다. 그러다 눈에 띈 곳이 '첨단 불륜 연구소'라는 곳이었다. 명칭을 접하고 뭐 하는 곳인지 궁금해서 사이트에 들어가 보았더니 정말로 불륜을 연구하는 연구소라는 소개말을 볼 수 있었다. 개인이 운영하는 민간 연구소였고, 사단법인으로 정부 승인도 받지 않은 단계인 것 같았지만 사이트에 올려놓은 내부 사진을 보니 괴상하게 규모가 커서 수상쩍었다.

연구소장은 문화인류학으로 박사 학위를 받은 아저씨였는데, "불륜을 당당한 우리의 문화로 우뚝 세우겠습니다!"라는 인사말 아래 '불륜유형학'을 핵심 연구 분야로 삼고 있다고 써 놓고 있었다. 연혁을 보니 '불륜유형학'을 키워드로 하는 논문을 한국문화인류학회지에 제출했다고 해봤는데, '게재'가 아닌 '제출'이라고 쓰여 있는 점에서 한층 괴이한 느낌이 전해져 왔다. 그리고 예상했던 대로, 한국문화인류학회지 어디에서도 소장의 논문을 찾아볼 수 없었다.

하루만 소모하면 대충 전모를 파악할 수 있을 것 같았기에 나는 연구소에 전화를 걸어 취재 허가를 요청했다. 전화를 받은 직원은 자기 연구소에서도 우리 잡지를 정기 구독하고 있다면서 크게 기뻐하더니 언제든 찾아와도 된다고 말해 주었다. 나는 그날 저녁 동안 연구소 사이트를 숙독하면서 질문 목록을 뽑아 놓고 다음 날 아침에 연구소로 찾아갔다.

머리가 벗겨진 소장이 젊은 비서와 함께 정문에 나와 나를 반겼다. 나는 일단 소장의 사무실에서 소장과 간단한 인터뷰를 진행했다.

"불륜은 하나의 문화 콘텐츠로 다루어질 수 있는 잠재적 가치를 가지고 있습니다. 여기 보시면 우리나라 기혼자의 30퍼센트 이상이 불륜 경험을 가지고 있다고 응답한 작년 설문조사가 있습니다. 다들 안 하는 척하지만 사실 기혼자의 3분의 1에 가까운 사람들이 몰래몰래 불륜을 하고 있다는 것이지요. 그리고 이쪽 조사를 보시면 소득 수준이 높을수록 불륜 비율이 올라간다는 결론이 나옵니다. 이게 무슨 의미겠습니까? 이미 대한민국 국민들은 불륜을 돈이 있으면 하는, 일종의 고급 콘텐츠로서 본능적으로 받아들이고 있다는 뜻입니다."

"네, 그렇군요."

"세상은 빠르게 변하고 사람들의 정신도 점차 성적으로 개방화되는 추세입니다. 불륜이 지금은 손가락질 받는 음지의 문화지만, 언젠가 만화나 게임처럼 양지로 나오지 말라는 법 있겠습니까? 만화 어떻습니까? 게임 어떻습니까? 불과 몇 년 전만 해도 민관 가리지 않고 만화니 게임이니 얼마나 가혹하게 때려잡았습니까? 불륜도 똑같습니다."

"어, 그렇군요."

"소프트파워 전쟁에서는 선점이 중요합니다. 와인 하면 프랑스, 맥주 하면 독일 옥토버페스트, 청혼할 때는 다이아몬드 반지, 그처럼 미리미리 짝지어 대비해 놓아야 언젠가 불륜이 양지로 올라왔을 때 '대한민국은 가장 고유하고 가장 발전된 형태의 불륜을 향유하고 있다', '한국 하면 불륜', 이렇게 주장하면서 콘텐츠 사업에서 목소리를 낼 수 있지 않겠습니까?"

"그, 그렇군요."

"기혼자의 30퍼센트 이상이 불륜 경험이 있다는 것은 정말 놀라운 수치입니다. 아직 유럽 선진국들에는 미치지 못하더라도 아시아 1위입니다! 1위! 이미 우리나라는 불륜 강대국 중의 하나인 것입니다! 우리 연구소는 불륜 선진국으로서 대한민국의 위상을 세계 1위로 만들기 위해 좀 더 세련되고 발전한 형태의 불륜 유형을 개발하는 데 힘을 쏟고 있습니다. 지금도 연구소 곳곳에서 다양한 종류의 신종 불륜들이 시시각각 연구되고 있죠. 혹시 연구 현장을 견학하고 싶으신가요?"

"네, 그렇군요."

내가 대답하자 소장이 나를 향해 윙크했다.

"기자님은 아름다우시니 저와 불륜을 해 주신다면 보여 드릴 수도 있습니다."

"아니요, 아니요."

"하하하, 그런 잡지의 편집자로 일하시면서도 불륜에 거부감을 가지고 계시는군요. 농담입니다, 농담. 문화는 강요해서는 안 되는 것이죠. 가랑비에 옷 젖듯, 서서히 사람들의 정신 속으로 침투해 들어가 어느새 자연스러운 것으로 자리잡는 것. 그것이 바로 문화의 힘이라고 생각합니다. 언젠가 불륜 문화도 그렇게 될 것이고요."

"네, 그렇군요."

이상한 사람이라는 생각이 들어서 나는 소장이 문을 열어주기도 전에 내 손으로 문을 열고 나왔다. 소장실을 나오자 문 앞에 겉보기에 40대 정도로 추정되는 여자 한 명이 소파에 앉아 있었다. 소장이 나에게 그 사람을 소개시켜 주었다.

"여기 연구소의 수석 연구원이십니다. 58년 동안 불륜을 해오신 분으로 불륜 기능장 자격을 가지고 계시죠."

연구소에서 자격증도 발급하는지는 몰랐다. 사이트에서는 언급도 되어 있지 않은 내용이었다. 도대체 어떻게 심사를 해서 자격증을 주는 것일까 궁금해졌다.

"자격증과 관련된 얘기를 좀 들어볼 수 있을까요?"

내 질문에 소장은 빠르게 침울해졌다.

"그게… 원래 비공인 자격증이기는 했지만 지난 2013년 들어 주무부처 심사에서 이게 뭐 하는 짓이냐는 소리까지 들으면서 탈락해서요. 꽤 오랫동안 발급을 못하고 있습니다. 그래도 언젠가는 사람들이 그 가치를 인정해 줘서 국가 공인 자격증이 될 날이 오리라 생각합니다."

"네, 그렇군요."

그때 수석 연구원이 소장에게 긴급히 해야 할 이야기가 생졌다고 말했다. 그래서 소장 대신 소장의 비서가 내 안내를 맡게 되었다.

소장실을 나와 연구실로 향하는 동안, 우리 잡지의 애독자라고 소개한 비서는 나에게 친근한 태도로 불륜에 관한 자신의 지론을 늘어놓았다.

"요즘 세상에 불륜을 하지 않는 사람이 루저 아닌가요? 성적 매력이 떨어지니 불륜도 못하는 거죠. 불륜이라는 것은 금기를 넘어서는 진정한 사랑이에요. 여태까지 방종이니 배신이니 하는 이름으로 부당하게 대우받던 불륜을 당당한 문화의 일환이라는 위상으로 바꾸려 노력하시는 게 소장님이고요. 저는 소장님을 정말로 존경해요. 그래서 이미 불륜 상대가 있지만 소장님과도 불륜을 하고 있죠."

"네, 그렇군요."

연구실의 유리문을 열고 들어서자 예상했던 것과는 완전히 다른 공간이 눈에 들어왔다. 파충류 전시관처럼 긴 복도를 끼고 한쪽 면이 유리로 된 방들이 일렬로 늘어서 있는 것이었다. 그 방들 안에 사람들이 들어가 있었다.

"여기가… 불륜 연구실인가요?"

"네. 새로운 형태의 불륜에 도달하는 데 성공한 불륜인들을 이곳에 유형별로 수용해 두고 관찰과 실험 등을 수행하고 있습니다. 현재는 모두 스물다섯 종의 신종 불륜에 대한 연구가 진행 중이죠. 자, 이쪽으로 오세요."

01

비서가 처음으로 데리고 간 방은 유리벽과 수직으로 세워진 가벽으로 나누어진 직사각형의 작은 방들로 이루어져 있었다. 방은 모두 열여섯 개였다. 맨 왼쪽 방에 남자가 한 명 들어가 있었고, 다음 방에는 여자가 한 명, 그다음 방에는 남자가 한 명, 이런 식으로 남녀가 교대로 한 명씩 들어가 있었다.

"뭐죠… 이게? 무슨 불륜이죠?"

"이런 형태의 불륜을 저희는 제곱불륜이라고 합니다. 일단 맨 왼쪽 1번 방의 남성분과 그 오른쪽 2번 방 여성분은 서로 불륜 관계입니다. 이것은 평범한 불륜이죠. 그리고 2번 방 여성과 3번 방 남성도 서로 불륜 관계입니다. 3번 방과 4번 방, 4번 방과 5번 방, 이런 식으로 계속 불륜 관계인 형태로 진행됩니다. 여기까지 이해되시나요?"

"네, 그렇군요."

"그리고 동시에 1번 방 남성분은 16번 방 여성분과도 불륜 관계입니다. 이러한 형태가 제곱불륜입니다. 불륜 대상의 불륜 대상과 불륜을 하면 2제곱불륜, 불륜 대상의 불륜 대상의 불륜 대상과 불륜을 하면 3제곱불륜인 식이죠. 그러니 여기 있는 불륜인들은 현재 15제곱불륜이라는 믿기지 않는 기록을 세우신 상태인 겁니다. 현재 저희 연구소에서 공인한 최고 기록이죠."

"그런 일이 이 세상에서 일어나고 있었던 거군요."

각각의 작은 방들 뒤로 큰 공간이 하나 있었다. 비서가 유리창을 두드리자 각 방의 사람들이 모두 그 공간으로 나갔다. 그리고 1번 방 남자는 16번 방 여자와 키스를 하고 2번 방 여자와는 손을 잡았다. 2번 방 여자는 1번 방 남자와 손을 잡고 3번 방 남자와 키스를 했다. 3번 방 남자는 2번 방 여자와 키스를 하고 4번 방 여자와 손을 잡았다. 그들을 이렇게 하나의 원을 구성한 채 빙글빙글 돌기 시작했다.

"인간 지네인가요."

"이 아름다운 불륜의 원을 보세요. 이것이 제곱불륜의 진정한 미학입니다."

비서가 황홀한 표정이 되어 말했다.

"네, 그렇군요."

그런데 손을 잡고 원을 그리며 도는 사람들을 보고 있자니 갑자기 최면이라도 걸린 것처럼 머리가 몹시 무거워지는 것이었다. 나는 잠에 빠져 버리기 직전에 양손으로 뺨을 쳐서 정신을 차렸다. 그러고는 무서운 마음이 들어 서둘러 다음 방으로 이동했다. 비서가 곁에서 작게 혀를 차는 소리를 들었기 때문이었다.

02

두 번째 방에는 가벽이 없었다. 큰 공간 곳곳에 사람들이 여러 명씩 무리 지어 사랑을 나누고 있었다.

"이건 무슨 불륜이죠?"

"이런 형태의 불륜을 우리는 다중불륜이라고 합니다. 다중불륜에서는 불륜 코호트라는 단위가 중심이 됩니다. 하나의 불륜 코호트에 속한 사람들은 불륜을 하고 있다는 사실이 서로에게 개방된 상태에서 코호트 내의 모든 사람과 자유롭게 불륜을 즐기게 되지요. 저기 저 가장 오른쪽에 있는 그룹은 기기기기기기기기기기기기기기기기기입니다."

"기기기요? 그게 뭐죠?"

"불륜커뮤니티에서 기는 기혼, 그리고 미는 미혼을 의미합니다. 우리 연구소에서도 동일한 용어를 활용하고 있지요. 그러니까 기기기기기기기기기기기기기기기기기는 해당 코호트 내의 열일곱 명 전원이 기혼자라는 뜻입니다. 저 정도 규모의 코호트에서 구성원 전부가 기혼자라는 것은 매우 희귀한 사례입니다."

"네, 그렇군요."

비서는 유리벽 앞에서 한 방향으로 걸어가면서 매 걸음마다 멈추며 유리벽을 주먹으로 두드렸다. 그럴 때마다 근처에 있는 코호트들이 우리를 돌아보고는 자신들의 유형을 외쳤다.

"미미기기기미기미기기기!"

"기기기미미기미기기기긱기기기기!"

"중간에 긱은 뭔가요."

"두 집 살림 하시는 분입니다. 두 집 살림을 하면서 그와 별개로 동시에 코호트에도 속하신 분이지요. 미혼자가 코호트 외부에 따로 불륜 상대를 가지고 있다면 밈이라고 합니다."

"네, 그렇군요."

그런데 자세히 보니 방 깊숙한 곳에 그늘로 가려진 코호트들이 있었다. 불륜에 적합한 분위기를 만들기 위해서인지 방의 조명이 어둑한 편이어서, 방 안쪽에 있는 사람들은 그림자에 가려져 구체적인 형체를 알아볼 수가 없었다. 그들은 비서가 유리벽을 두드릴 때도 대답을 하지 않았었다.

"저 안쪽에 있는 분들은 좀 다른 코호트인가요?"

"아, 저분들이요? 잠시만요."

비서는 그렇게 말하고는 까치발을 서며 주먹을 높이 들더니 아까보다 센 강도로 유리벽을 두드렸다. 그러자 방 한쪽의 코호트들이 고개를 들고는 외치기 시작했다.

"기기긱ㄱㄱ기기ㅣ기기기ㅣ기ㅣ기ㅣ기기기ㅣㅣ기기긱ㄱ기궤웨궤게게궤게게게에에게게게!!!"

"아… 괜찮은 건가요?"

"갸갸갸갸ㅑㅑ갸갸갸갸ㅑ갸ㅑ갸갸갸갸갸갸쿠궤ㅔㅜ쿠게구네ㅞ구에ㅜ게우게ㅞㅞ게게!!!"

"왜, 왜 저러는 거죠?"

"가끔씩 저렇게 선을 넘어버린 집단들이 출몰하고는 합니다. 신경 쓰지 말고 가시죠."

비서는 두려움에 떨고 있는 내 손을 꼭 잡고는 다음 방으로 데리고 갔다.

03

세 번째 방에는 다시 가벽이 있었다. 첫 번째 방과 비슷한 구조로, 유리벽에 수직으로 난 가벽에 의해 공간이 방처럼 구분되어 있었다. 방의 개수는 모두 스물한 개였는데 각 방에 사람이 한 쌍씩 들어 있었다. 남녀가 짝을 지은 경우가 대부분이었고 남남 그룹이 둘, 여여 그룹이 하나 있었다.

"겉보기에는 제곱불륜과 비슷해 보이는데요?"

"자세히 보면 다르죠. 우리는 이것을 비둘기집불륜이라고 부릅니다. 일단 같은 방에 들어가 계신 분들은 서로 법률혼 관계에 있습니다. 동시에 1번 방의 여성분은 2번 방의 남성분과 불륜 관계입니다. 그리고 2번 방의 여성분은 3번 방의 남성분과 불륜 관계입니다. 그렇기 때문에 1번 방의 여성분이 2번 방의 남성분과 불륜을 하기 위해 2번 방으로 옮겨가면 2번 방의 여성분은 3번 방의 남성분과 불륜을 하기 위해 3번 방으로 옮겨갈 수 있죠. 이런 식으로 각 방에 사람이 한 명씩 들어감과 동시에 한 명씩 빠져나가므로 방의 인원 수가 언제나 둘 이하로 유지됩니다. 따로 불륜을 위해 공간을 만들 필요가 없기에 뛰어난 경제성이 강점인 불륜입니다."

"어, 그렇군요."

그런데 자세히 살펴보니 상태가 매우 이상한 사람이 양 끝 방마다 한 명씩 있었다. 정확히는 1번 방의 남자와 21번 방의 여자가 문제였다. 둘 다 머리가 엉망으로 헝클어진 채로 피가 날 때까지 손톱을 물어뜯으면서, 벌벌 떨리는 손에 치덕치덕 똥과 피를 발라 벽에 알아볼 수 없는 기호를 미친 듯이 그리고 있었다.

"저 두 분은 왜 저러시죠?"

비서는 침울한 표정을 고개를 저으며 대답했다.

"현재 대화가 불가능한 상태라 아직까지 이유를 밝혀내지 못했습니다. 처음에 저희는 저 두 분이 서로 불륜 관계라고 판단했습니다만, 여러 차례 관측해 본 결과 사실은 그게 아닐 수도 있겠다는 생각이 듭니다."

"네?"

"저 두 분은 이곳에 수용되기 전 진행된 인터뷰에서 분명히 이 그룹에 속한 상태로 비둘기집불륜을 하고 있다고 일관되게 증언하였습니다. 그런데 알고 보니 두 사람 상호간에 불륜이 이뤄지고 있던 것은 아니었다는 말입니다. 그렇다면 대체 저 둘은 누구와 불륜을 하고 있다는 것일까요?"

그때 각 방에 있던 사람들이 불륜을 하기 위해 한 명씩 옆의 방으로 옮겨가기 시작했다. 그와 동시에 21번 방의 여자가 갑자기 시야에서 사라져 버렸고, 1번 방의 남자는 미친 듯이 비명을 지르며 웃기 시작했다.

"1번 방의 남성분과 21번 방의 여성분 사이에 우리 눈에 보이지 않는 누군가 혹은 누군가들이 더 존재한다는 것일까요? 그렇다면 그 사이에 있어야 하는 방의 개수는 하나일까요, 아니면 둘? 아니면 열? 아니면 백? 아니면! 아니면!!"

비서도 말을 하면 할수록 상태가 안 좋아지는 것 같았다. 비서의 정서불안도 그렇고, 온몸의 관절을 잔뜩 뒤틀며 고통스럽게 신음하는 1번 방 남자의 모습을 차마 보고 있기가 힘들어 나는 다급히 다음 방으로 향할 수밖에 없었다. 비서도 재빨리 내 뒤로 따라붙어 허리를 감싸 안으며 걸음을 재촉했다.

04

네 번째 방에는 또다시 가벽이 없었고, 두 번째 방과 비슷하게 사람들이 군데군데 흩어져 사랑을 나누고 있었다. 다만 다중불륜 때와는 달리 십 수 명씩 무리를 짓지는 않았고 많아야 셋 정도가 한 그룹인 듯 보였다. 그것만 보면 평범한 불륜 같았지만 사람들이 홀딱 벗고 있는 와중에 오른 팔뚝에 검은색 완장을 차고, 왼손에 종이를 한 장씩 쥐고 있어서 훨씬 음란하고 기이한 느낌을 자아내었다.

"저 종이는 무엇인가요?"

"왼손에 든 종이를 말씀하시는 거라면 혼인 신고서입니다."

과연, 종이에 인쇄된 양식이 혼인 신고서 양식이었다.

"불륜 관계에 있는 사람들끼리 혼인 신고를 한 것인가요? 우리나라에서 중혼은 불가능하지 않나요?"

민법 제810조였다. 내 물음에 비서는 고개를 저었다.

"걱정 마세요. 각자가 제삼자와 혼인 신고를 한 것입니다."

"그렇다면 평범한 불륜과의 차이는 무엇인가요."

"저분들과 법률혼 관계에 있는 제삼자들이, 자신들이 저분들의 법적 배우자라는 사실을 모른다는 데 있습니다."

"네?"

"이것은 사회공학적 불륜입니다. 서로 불륜을 하고 싶은 두 사람이 각자 먼저 제삼자와 몰래 혼인 신고를 한 후에 불륜을 시작하는 방식입니다."

"아니, 그럴 거면 둘이 혼인 신고를 하면 안 되나요?"

"그러면 불륜이 아니라 그냥 결혼을 하는 거니까요."

"그… 근데 그거 괜찮은 건가요? 몰래 혼인 신고를 하고 들키기라도 하면…"

"혼인 신고의 당사자가 되는 제삼자는 향후 죽을 때까지 혼인이 불가능할 것으로 생각되는 사람으로 저희 연구소가 빅데이터를 이용해 리스트를 추출합니다만, 가족관계증명서를 떼는 등의 일이 생겨 들키는 경우도 많습니다. 그게 바로 사회공학적 불륜이 주는 독특한 스릴이지요. 배우자에게 들킬지도 모른다는 긴장감을 몰래 한 혼인 신고가 들킬지도 모른다는 긴장감으로 대체한다는 전략입니다. 들켰을 경우 가정법원에서 법률 다툼을 하게 되는데, 간통죄가 폐지된 지금 일반적인 불륜은 형사 사건으로 다뤄지지 않으니 사회공학적 불륜이 더 강한 수준의 긴장감을 준다고 볼 수 있습니다. 천재적인 발상이죠?"

"네, 그렇군요."

혼인 신고서는 그렇다 치고 완장도 눈에 띄었다. 가만히 살펴보니 검은색 완장에 붉은색으로 23이라는 숫자가 새겨져 있었다.

"저 숫자는 무슨 의미죠?"

"저분들은 전원이 저희 연구소 산하 무력 단체인 '제23보위전선' 소속인데, 그 표식입니다."

"무력이요?"

"가족관계등록법 제23조의 개정을 저지하려 지하 투쟁을 전개하고 있거든요. 2007년 호적법이 폐지되기 이전은 사회공학적 불륜인들에게는 호시절이었던 때로, 혼인 신고시에 혼인 당사자 한 명만 출석하면 나머지 당사자에 대해서는 신분증도 요구하지 않았습니다. 그러다 가족관계등록법이 제정되면서 출석하지 않은 당사자의 신분증과 인감을 요구하게 된 것이지요."

"네, 그렇죠."

"원래 제23보위전선은 평범한 불륜 문화 애호 단체였습니다만, 가족관계등록법의 제정으로 혼인 신고를 몰래 하기가 어려워지자 이를 국가에 의한 문화 탄압으로 규정하고 무장 투쟁 노선을 기치로 내걸고 조직이 재편되었습니다. 현재는 테러, 요인 암살, 납치, 흑색선전 등의 전투적인 방식으로 제23조의 추가 개정을 막고 있는데, 2016년에 새누리당에서, 2017년에 더불어민주당에서 혼인 신고시 쌍방 출석을 의무화하는 개정안을 발의한 것을 현재까지 저지해 내는 성과를 보이면서 오늘에 이르고 있는 것이죠."

그때 불륜을 하던 남자 한 명이 갑자기 상대방 여자의 뺨을 있는 힘껏 때렸다. 그런 다음 고함을 쳐 사람들을 불러 모으더니 뺨을 맞은 여자의 목에 "나는 변절자입니다"라고 쓰여진 팻말을 걸고 사람들과 함께 린치를 가하기 시작했다.

"왜, 왜 저러죠?"

"저 여성분이 다른 파벌의 스파이였나 봅니다."

"파벌이요?"

"현재 제23보위전선은 하나의 근본주의자 파벌과 두 개의 수정주의자 파벌로 분열되어 있습니다. 근본주의자들이 주류이기 때문에 수정주의자들은 발각 즉시 처분되고 있지요."

"저분은 어떤 수정주의자인가요?"

"마르크스-레닌주의자입니다. 저들은 현재의 결혼 제도가 자본주의적 신분제를 공고화하기 위한 유산, 유식 계급의 전략이라고 보고 있습니다. 반대로 불륜은 사회경제적 구속에서 벗어난 진정한 자유연애를 구현할 수 있는 대안적 제도로 해석하고요. 그래서 결혼 제도를 완전 자유연애로 향하기 위한 과도기적 현상으로 규정하고 결혼 제도의 완전 철폐를 주장하고 있습니다. 궤변이죠. 결혼 제도가 없다면 불륜이 어떻게 성립할 수 있겠습니까? 불륜을 통해서만 충족감을 얻을 수 있는 진정한 불륜인에게는 있을 수 없는 사고방식입니다. 불륜은 바람이나 자유연애, 다중연애 같은 인스턴트적이고 말초적인 자극을 좇는 하위문화가 아니라 보다 농후하고 깊고 고도로 정교화된 부도덕함을 추구하는 고급 문화입니다."

"네, 그렇군요."

린치당한 여자의 참혹한 모습을 눈에 담으면서 비서가 늘어놓는 괴이한 소리를 듣고 있자니 속이 울렁거리고 머리가 아파져서, 나는 서둘러 그 자리를 떠나 다음 방으로 갈 수밖에 없었다. 비서가 긴장과 공포로 단단히 뭉친 내 어깨를 주물러 주었다.

05

다섯 번째 방은 가벽 없이 뚫려 있었다. 아예 원래 있던 벽을 허물어 방 세 개를 한 방으로 터놓은 것 같았는데, 그래서 방이 가로로 아주 길었다. 거기에 일정한 간격으로 남녀 한 쌍이 일렬로 서 있었다. 모두 여든두 쌍이었다. 다만 방의 왼쪽 끝 부분을 자세히 살펴보자 남자만 혼자 스물세 명이 늘어서 있는 것이어서 방 안에 있는 사람의 총 수는 정확히 141명이었다. 그런데 남자의 생김새는 모두 달랐는데 여자가 생긴 모습은 모두 똑같았다.

"저 여성분들은 모두 똑같이 생겼는데요?"

"동일한 사람이 맞습니다."

"네?"

"이것은 코펜하겐불륜입니다. 이러한 불륜인들에게 가장 큰 문제는 한번에 불륜을 할 수 있는 사람의 수가 물리적으로 제한된다는 것입니다. 일부는 다중불륜에서 해결책을 찾지만, 불륜 관계에 있는 모든 사람들에게 자신의 또 다른 불륜 사실을 숨기면 더 큰 즐거움을 얻을 수 있죠. 그런 사람들을 위해 개발한 방식이 코펜하겐불륜입니다. 인간도 입자로 이루어져 있기 때문에 입자-파동의 이중 특성을 가지며 물질파 형태로 미세하게 진동합니다. 그렇기에 자신의 밀도, 정확히는 신체의 질량을 감쇄해 파장을 증가시켜 미시세계로 진입한다면 파로서의 특성을 뚜렷하게 나타낼 수 있습니다. 동시에 파장이 끝없이 늘어나는 것을 막기 위해 에너지를 투입하여 파수를 조절해 주죠. 이 상태에서는 양자중첩 효과가 우세해져 편재성을 보이는 것이 가능한데, 인접한 불륜 상대들의 간격을 일정하게 유지해 확률 밀도를 조절하고 엇갈리는 파동간의 상쇄 간섭을 막을 수 있습니다.

양 끝단의 불륜 상대들이 도착한 인간 파동을 밀어 주어 반사가 일어나는 경계를 구성해 주고요. 저 상태에서 흥신소 직원에 의해 관측되면 파동함수가 붕괴되어 위치가 남편 옆으로 고정되기 때문에 절대 불륜을 들킬 일이 없죠."

"아니 어떻게 그것이 가능하죠?"

"파워 오브 러브입니다. 파동화된 불륜인은 자유공간을 전파할 때는 에너지를 지수함수적으로 잃다가 불륜 상대와 불륜을 하는 지점에서 에너지를 얻습니다. 에너지를 계속 잃는다면 파장이 무한히 증가되어 개체로서 소멸합니다. 그렇기에 파동 상태에서 자신을 계속 유지하려면 각각의 불륜 상대에게서 얻어내는 파워 오브 러브가 임계점 이상의 크기가 되어야 합니다. 간단히 말해 보다 많은 사람과 코펜하겐불륜을 하기 위해서는 그만큼 많은 수의 불륜 상대 각각에 대해서 애정을 일정 세기 이상, 그러면서도 균등해야 가져야 한다는 것입니다. 저기서 불륜을 하고 계신 여성분은 코펜하겐불륜계의 에이스입니다. 현재 쉰아홉 명의 상대와 불륜을 하면서도 개체를 유지하고 계신데, 쉰아홉 명 각각에 대해 애정을 균일하게 수급할 수 있다는 말이죠. 대단하지 않습니까?"

"이제는 인간 같지도 않네요."

"아하하하."

내 얘기에 비서는 웃었다.

"그 얘기 많이 듣습니다. 프로불륜러의 길에 들어선 사람이라면 인간 같지 않다는 얘기는 늘 듣고 살죠. 그래서 다들 인간을 버리는데 더 거리낌이 없는 것 같아요."

"네, 그렇군요."

이야기하는 동안 에이스라고 불린 여자는 점점 더 많은 사람과 불륜을 하기 시작했다. 내가 처음 마주했을 때의 쉰아홉

명에서 점점 한 사람씩 늘어가더니 어느새 여든세 명 모두와 불륜을 하고 있었다.

"신기록을 달성했어요!"

비서가 탄성을 내질렀다. 그 순간 에이스가 모든 지점에서 갑자기 사라졌다.

"앗!"

"아니, 어디로 가신 거죠?"

내 질문에 비서는 심각한 표정으로 대답했다.

"아마도 너무 흥분하신 탓에 차원을 넘어가신 모양입니다."

"네?"

"이전에도 관측된 적이 있어요. 처음에는 일종의 전자전이와 비슷한 현상이라고 추측했지만 개체의 소실이 일어나는 시점에 열이나 빛과 같은 전자기파의 흡수, 방출이 관측되지 않았습니다. 그래서 현재는 파워 오브 러브가 너무 커져서 차원간의 포텐셜 장벽을 터널링 효과를 통해 넘어간 것으로 파악하고 있습니다."

"네?"

"딱 한 번, 소실된 분께서 다시 우리 차원에 잠깐 동안 나타나셔서는 짤막한 말씀을 남기고 사라진 적이 있어요. 이 목소리입니다."

비서는 스마트폰에서 음성 파일을 하나 재생했다.

"Liberate tutemet ex inferis! Liberate tutemet ex inferis!"

"무슨 뜻이죠?"

비서는 일급비밀이라도 말하는 양 내게 몸을 바싹 붙여서는 소근거렸다. 자기 얼굴을 내 코앞까지 가져다 대서 숨 냄새까지 맡을 수 있을 지경이었다.

"영어는 아닌데… 저희 연구소에는 언어 전문가가 없어서요…. 그래도 엄청 들뜨고 환희에 가득 찬 목소리 아닌가요? 아마 떠나간 차원이 너무 좋은 곳이라 돌아오지 않는 것이라고, 저희는 생각하고 있습니다. 그렇다면 분명 그곳은 불륜이 고매한 가치를 가진 고급 문화로서 정당한 대접을 받고 있는 세계일 것이 분명할 거예요."

"네, 그렇군요."

06

머리가 너무 복잡해져서 나는 잠시 휴식하고 싶다고 요청했다. 비서는 나를 휴게실이라고 쓰여진 곳으로 데려갔는데, 거기에는 아까까지 보이지 않던 연구자들이 한데 모여 사랑을 나누고 있었다.

"네?"

내가 비서를 돌아보자 비서는 어느새 옷을 한 겹씩 벗고 있었다.

"이곳까지 오셨으면 문화 체험도 한번 해 보고 가셔야죠. 정신적인 맥락으로 불륜을 시작하는 것은 불륜에 거부감이 있는 사람이라면 어려운 일입니다. 하지만 육체적인 쾌락에 의해 불륜을 시작하는 것은 난도가 훨씬 낮죠. 아직 결혼 안 하셨다고 했죠? 미리 길을 들여놓아야 나중에 결혼했을 때 불륜으로의 문턱을 넘기가 쉬워집니다."

나는 그 길로 연구소에서 도망쳤다.

다음 날, 경찰에서 연락이 와서 연구소 건물에 있던 사람들이 모두 끔찍한 모습으로 죽었는데 뭐 좀 아는 것이 있느냐고 물어왔다.

나는 아무것도 모른다고 대답했다.

선배 한 명이 해당 사건을 취재하던 친구 기자에게서 단톡방을 통해 영상 하나를 받아 나에게 전해주었다. 난폭한 형태의 불륜이 곳곳에서 이루어지고 있는 참혹한 난장판 속에서 비서가 피투성이가 된 채 화면을 향해 환하게 웃으며 이렇게 말하고 있었다.

"Liberate tutemet ex inferis! Liberate tutemet ex inferis!"

나는 결국 잡지사에서 제 발로 퇴사할 수밖에 없었다.

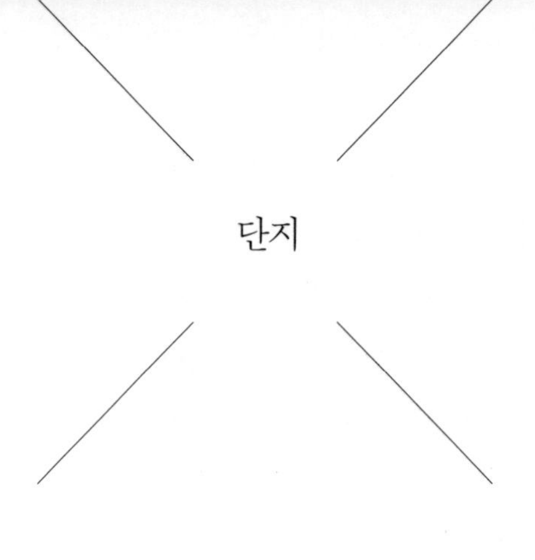

단지

01

사실 어쩌다가 일이 이렇게 되었는지를 되짚어보면, 운명이라는 것이 정말로 존재할지도 모른다는 생각이 조금은 들기도 한다. 시작은 중학생 때 배운 타로 카드였다. 나는 머리도 나쁘고 말도 어눌했지만, 타로로 점을 치는 일에는 신기하게도 재주가 있었다. 같은 반 친구들의 점을 봐주는 데서 출발한 것이, 인근의 다른 학교에까지 소문이 나 점을 보러 찾아오는 사람들이 생길 정도였으니까 말이다.

나는 그게 참 좋았다. 인정받고 있다는 느낌을 얻을 수 있었기 때문이었다. 집에서는 '너 때문에' 운운하는 얘기나 들으며 얻어맞기 일쑤였고, 타로를 잡기 전에는 공부건 체육이건 남에게 주목받은 적이라고는 없었으니까 말이다. 그래서 어린 마음에, 나는 이 길이 내가 평생 갈 길이라고 내심 단정을 내리기도 했었다. 그저 타로가 내게 유일하게 성취감을 느끼게 할 수 있는 일이라는 이유만으로 말이다.

20대가 될 때까지는 나름 괜찮았다. 고등학교에 들어가서는 별자리와 서양식 수상학도 독학해서, 오컬트 마니아들이 모이는 사이트 몇 군데에서 닉네임만 대면 대부분이 알 정도의 네임드로 활동하기도 했다. 가끔은 지원자들을 모아서 고액의 강연료를 받고 점술 강의를 하기도 했는데, 그걸로 먹고 살 정도는 아니어도 웬만한 알바로는 따라올 수 없을 정도로 괜찮은 돈이 벌리기는 했다. 지금은 헤어졌지만 그렇게 안면을 튼 아이들 중에서 진지한 관계로까지 나아가게 된 경우도 두 번이나 있었으니, 어떻게 보면 내 인생의 리즈 시절이 그때였던 것 같다.

대학은 관심도 없었고, 그저 당장 인정받는 게 좋았고, 어떻게 이 일을 계속해 나가면 나름 안정적인 삶을 구축할 수 있지 않을까, 하는 기대가 그때는 있었다.

착각이었다.

20대 중반이 되자마자 내가 누려왔던 모든 것들은 신기루처럼 사라졌다. 사람들은 타로와 별자리, 손금을 보기 위해 더 이상 나를 찾지 않았다. 나보다 훨씬 실력이 있는 사람들이,

진짜 재능이라는 것을 가진 사람들이 땅에서 솟아난 것처럼 사방에서 피어 나왔기 때문이었다. 그들은 용모가 아름답거나, 신기가 있어 하는 말마다 맞는 말이거나, 오랜 수행을 통해 도통한 흉내를 잘 내어 듣는 사람의 마음을 효과적으로 위로해 줄 수 있거나, 하여튼 나보다 훨씬 특화된 재능들을 가지고 있었다. 그저 자리를 선점하고 보잘것없는 유명세만 조금 있는 나로서는 애초에 경쟁하기가 힘겨운 구도였다. '진짜 점을 잘 보는' 사람들을 경험한 고객들은 어처구니없을 정도로 차가운 태도로 나에게서 등을 돌렸다.

그때라도 정신 차리고 평범한 사람들과 같은 생업의 궤도에 올라탔다면, 그랬다면 그때까지는, 아마 인생을 회복하는 게 가능했을지도 모른다. 하지만 나는 어린 시절부터 "선생님", "선생님" 하는 호칭으로 불리며 만끽했던, 인정의 달콤함을 포기할 수 없었다. 그 위치를 회복하고 싶었다. 그리고 생각할 수 있는 최악의 수를 두었다.

나는 와신상담의 마음가짐으로, 알바로 연명해 가며 사주를 독학했다. 거듭해서 풀리지 않는 일에 답답한 마음이 들어 사주를 보러 갔을 때, "대운을 보니까 초년운은 좋은데, 중청년은 고생하고 말중년에는 조금 피겠네"라는 신통한 답변을 얻었기 때문이었다. 초년운이 좋고 중청년운이 나쁘다니! 딱 나를 두고 하는 말이 아닌가! 아무리 봐도 사주가 과거와 미래를 훨씬 잘 맞히는 방법이라는 확신이 들었다. 그길로 나는 다시 명예를 얻을 수 있을 거라는 기대감에 부풀어 혼자서 사주를 3년 동안 공부하다가 적당히 실력이 궤도에 올랐다는 판단이 들었을 때 블로그를 개설하고 고객을 모집하기 시작했다. 그리고 욕만 실컷 얻어먹으며 몇 달 만에 블로그를 폐쇄했다.

실패한 이유를 찾아보다 내가 내린 결론이 뭐였는가 하면, 결국 이 판도 재능으로 귀착된다는 것이었다. 소위 '잘 불린다'는 사람들을 개인적으로 연구해본 결과에 따르면 그들에게는 공통적으로 '신기' 혹은 '영감'이라는 게 있는 것 같았다. 무속인으로 활동하는 사람들도, 아닌 사람들도 있었지만, 대부분의 '잘 보는' 사람들은 공통적으로 자기가 영감이나 신기가 있다는 언급을 은연중에 흘리는 경우가 많았다. 그러나 나에게는 그게 없었다. 그게 바로 문제라는 생각이 들었다.

허망한 공명심에 눈이 먼 내 인생은 그 후 오로지 영의 세계를 탐구하는 데에만 온전히 바쳐졌다. 선불교, 대종교, 티베트 밀교 같은 은비적인 종교의 교리를 철저하게 공부하고, 심지어 사령 카페 같은 데서 소개하는 어린애 장난 같은 주술들까지 지푸라기라도 잡는 심정으로 따라해 봤다. 영가가 많이 모여 있어 음기가 강한 곳에서 수련하면 소위 말하는 영적 삼투압, 혹은 반응물의 농도를 증가시킴으로써 반응 속도가 빨라지는 화학적 속도법칙과 유비되는 초자연적 원리에 의해 영안이 열리기 쉽다는 논지를 접하고서는 전국의 흉가나 사연 있는 곳들을 차례차례 돌아다니며 수많은 밤을 지새우기도 했다. 하지만 결국 영감이니 신기니 하는 것을 얻어낼 수는 없었다. 안면을 튼 무당에게 상담해 봐도 자질이 없다면 오히려 힘든 일일 수 있다고, 자신에게 그런 능력이 있는 것을 저주하면서 사는 사람들이 태반인데 어째서 거꾸로 그런 것을 얻어내려고 하냐고 되물음을 받기만 할 뿐이었다.

'인정받고 싶어서요.'

비웃을 것만 같아 차마 입 밖으로 내뱉지는 못했지만 결국 내 마음속 깊은 곳에 존재하는 갈망은 그것이었다. 사람의 공명심이라는 것은 얼마나 무서운 것인가! 그러나 나이 먹고 아무것도 이룬 게 없는 사람이 대체 어디서 인정욕구를 채울 수 있겠는가! 길거리를 다니면 내 눈빛과 행색에 경멸스러운 눈길을 보내는 사람들이 대부분이었다. 나는 사람의 세계에서도, 귀신의 세계에서도, 어디서도 환영받지 못하는 불청객으로 객사할 거라는 불안감에 머리가 터져나갈 것만 같았다.

02

"사장님께서 곧 도착하신다고 합니다. 차라도 드시면서 기다리시지요."

사장의 비서라는 사람이 다가와 내게 말했다. 그 뒤를 따라온 가정부가 찻잔을 내 앞에 내려놓았다.

"아, 감사합니다."

나는 주방으로 돌아서는 가정부에게 어색하게 인사를 건넸다. 비서는 그 말만 남기고는 바쁜지 다시 어딘가로 떠나 버렸고, 나는 건물 전면을 가로막은 유리창을 긁으며 흘러내리는 빗방울과, 그 너머에 펼쳐진 신록의 정원을 즐거운 기분으로 감상했다.

국내 굴지의 대기업인 정격 그룹. 전기장비 생산업을 시작으로 발전해, 지금은 기계설계 및 생산 분야에서는 전세계적으로 세 손가락 안에 드는 곳이었다. 3, 4공화국 시절에는 공정설계 분야에서 활용 가능성이 큰 몇몇 기술을 개발해내 중화학공업 발전 흐름을 타고 급속도로 성장했고, 지금은 바이오 분야나 빅데이터 기술 분야에서도 순조롭게 입지를 다져가는 중이었다. 그리고 지금 내가 있는 이곳은 그룹의 계열사 중에서도 가장 중심이 되는 정격기계의 사장이자, 그룹 회장의 맏아들이기도 한 우겸호의 자택이었다.

한때는 공사장에 일하러 나갔다가 허리를 다쳐 길바닥에서 구걸해야 할 처지에 몰리기도 했던 내가 어떻게 이처럼 높은 분의 집 안에까지 발을 들이게 되었냐 하면, 사실 전부 운 때문이었다. 그러니까, 유튜브 말이다.

유튜브라는 것을 처음 접하고 내가 관심 있는 분야를 주제로 삼는 영상들을 쭉 살펴보았는데, "이거다!" 하는 촉이 왔었다. 점을 봐 주고 얼마나 점이 잘 맞는가, 혹은 영적인 조언을 해 주고 클라이언트의 상황이 얼마나 좋아지는가가 아니라, 단순히 영계에 대한 지식 자체가 돈으로 환원될 수 있는 세계가 거기 있었던 것이다. 나는 평생을 그것만 파먹고 산 사람이었다. 서당개 삼 년이라도 풍월은 읊을 수 있는 법인데, 하물며 인생의 전반기를 통째로 쏟아부었다면야! 그때서야 마치 누가 대신 그려 주는 것처럼, 머릿속에 마스터플랜이 저절로 짜맞춰지는 기분이 들었다.

나는 곧바로 '퇴마 도사'라는 콘셉트를 잡고 유튜브의 세계로 뛰어들었다. 수많은 이론(異論)들 중에서 서로 모순되는 이야기들을 말이 되도록 하나로 짜맞추고, 영계에 대한 하나의 측면을 완전히 다른 각도에서 새롭게 보도록 만들고, 포러 효과의 허용 범위 내에서 내가 아는 모든 점술적 방법을 동원해 콘텐츠를 장식했다.

결과는 믿기지 않을 정도의 대성공이었다. 점점 늘어나는 구독자들이 "선생님", "선생님" 하며 인생에 관해 상담 요청을 해오기 시작한 것이었다. 바로 이것이었다! 한치 앞도 보이지 않던 기나긴 고난 끝에 드디어 내가 마땅히 있어야 할 자리를 찾은 것이었다!

03

"유튜브에서 보니까, 아주 아는 게 많으신 것 같아요. 귀신에 대해서."

이제 막 서른이 된 우겸호 사장은 당당한 태도로 책상 너머에 앉아 나에게 차분히 말을 건넸다. 나이는 젊어도, 묘하게 사람을 끄는 지도자의 카리스마를 가지고 있었다.

"예, 좀 오래 공부했습니다."

"뭐, 산에 들어가셔서 공부하신 건가요?"

"어릴 때 모악산에서 계시를 받고 산 생활을 좀 했습니다. 계룡산에서 좀 있었고, 영월이나 지리산 쪽에서도 수행을 했었습니다."

물론 전부 거짓말이었다. 그러나 영산을 돌아다니며 도를 닦았다는 신비적인 내용으로 장식된 과거가 사실 이쪽 장사에 도움이 꽤 된다. 뭐, 산에만 안 들어갔다 뿐이지, 계속해서 관련된 분야들을 공부해온 것은 맞으니까 따지고 보면 아주 거짓말도 아닌 셈이다.

"그래서 그렇게 도통하셨구나. 제가 그래도 무당분들은 꽤 많이 만나 보거든요. 그런데 개중에서도 도사님께서 하시는 말씀이 가장 조리가 있고, 모순이 적은 것 같다는 생각을 했습니다. 모르는 분야가 없으신 것처럼 다방면에 박학하시기도 하고요. 역시 산 생활 하셨구나."

"하하하. 과찬이십니다."

"신기나 영안 같은 것도 좀 있으신 건가요?"

"뭐…."

난 그때 그런 답변을 하지 말았어야 했다. 아니, 애초부터 우겸호가 상담할 것이 있다고 접촉해 왔을 때부터 내 주제를 파악하고 단칼에 거절했어야만 했다. 그러나 그놈의 인정받고 싶다는 허황한 갈망이 결국은 내 목줄을 쥐고 지옥으로 끌고 들어갔던 것이다.

"남들 보는 만큼은 봅니다."

"오, 이 집 안에서도 뭐가 좀 보이나요?"

"예, 지금은 세분이 저기 계십니다. 제가 보기에 두 분은 조상신이신 것 같고, 다른 한 분은 한복을 잘 차려입은 동녀의 모습을 하고 계신데, 보통의 영가에게서는 얼굴이 보이지 않거든요. 하지만 얼굴부분이 환하게 드러나 있고, 치마 위에 귀한 삼작노리개, 노리개를 차고 계신 것이 이 집 성주신께서 부리시는 사동(使童)이 온 것으로 보입니다."

나는 그렇게 말하고 자리에서 일어나 방 안의 한 곳을 향해 고개를 깊이 숙여 읍을 했다.

"안녕하십니까. 인사가 늦어 죄송합니다. 소현 수행자가 귀가(貴家)의 큰주인께 인사 올립니다."

내가 인사하는 곳에는 정말로 성주신의 사동이 서 있었다.

한 치의 의심도 하지 않고 그렇게 믿어야만 한다. 자칫 스스로 불신하는 마음이 들어 조금이라도 표정이나 발성에 흔들리는 기색을 보인다면 눈썰미가 좋은 사람은 쉽게 믿음을 걷어가게 되어 있다. 이곳은 기백으로 상대방을 제압하는 세계, 결코 만만한 일이 아니다.

"오, 성주신이요?"

내가 다시 자리에 앉자 우겸호가 물었다.

"네. 성주신은 집안의 대들보가 되는 큰 어른, 가정 내의 모든 길흉화복을 관장하시는 중요하신 분입니다. 제가 제 수호령을 데리고 집에 들어왔다 보니 아마 살펴보라고 사동을 보내신 것 같은데, 제가 보니 사동의 얼굴빛과 복색이 매우 화사합니다. 그러니 하는 일마다 잘되시는 것도 어찌 보면 당연한 것이라는 생각이 듭니다."

정격 그룹은 최근 캄보디아의 제조업 확대 정책에 편승하여 공장설비를 수출하는 계약을 체결했고, 그 덕분에 지난 3분기 당기순이익을 큰 폭으로 증가시켰다…고 신문에서 읽었었다.

"흐음…. 그렇군요."

그러나 내 기대와 달리 우겸호는 탐탁지 않다는 얼굴을 하면서 차를 홀짝일 뿐이었다. 역시 무리수를 두면 안 됐었다는 판단이 들어 아차 싶었지만, 이것은 본질적으로 일종의 쇼다.

무대에 한 번 오른 이상 머뭇거려서는 안 된다.

"하지만 조상신 두 분께서는… 다소 기운이 어두운 것이, 어쩐 이유에서인지 좋은 기를 발산하지 못하고 계신 것처럼 보입니다."

"왜 그럴까요?"

이건 맞아라, 제발.

"혹시 집에 단지를 모시고 계신 게 있으신지요?"

단지란 소위 말하는 업단지를 지칭하는 것이었다. 단지는 조상신이나 가신(家神) 등을 담는 일종의 신체라고 할 수 있는데, 신감을 누르기 위해, 혹은 사업을 번창시키기 위해 모시게 되는 경우가 많다. 꼭 단지 형태가 아니라 업가리라 하여 짚을 묶어 만드는 경우도 있지만, 현대의 주택에서는 업가리를 만들고 관리할 공간이 없기도 하고, 원래 짐승이 아닌 인간의 업을 모시는 경우는 항아리에 쌀을 담는 형태를 취하는 것이 기본이라서 요즘 세상에는 단지의 모습을 하고 있는 것을 가장 흔하게 볼 수 있는 것이다.

내 말에 우겸호의 얼굴에 흥미롭다는 기색이 떠올랐다. 아싸, 통했다! 표정 관리, 표정 관리.

"예. 말씀대로입니다. 어떻게 아셨죠?"

우리나라에서 장사하는 사람이 단지를 모시는 것은 생각보다 흔한 일이다. 거기에 이 그룹은 조상 몇 대를 걸쳐 대대로 번창해 온 곳이었고, 방금 전 우겸호가 무당을 많이 찾는다고도 말했었다. 그렇다면 이 집에 단지가 모셔져 있을 가능성은 훨씬 올라간다. 사실 그렇더라도 100퍼센트 확신할 수 있는 것은 아니라서 반쯤은 도박하는 심정으로 질러본 것인데, 이렇게 효과가 크게 나올 줄은 몰라서 나도 놀랐다.

"원래 단지라는 것이 복을 줄 수 있는 조상신이 들어올 수 있는 자리를 집 안에 만들어 놓는 것이에요. 하지만 그런 만큼 나랑 관련 없는 잡귀가 들어오기도 쉬운 자리라서, 나는 조상신을 모시고 있다고 생각했는데, 사실은 다른 귀신을 모시고 있다, 그런 경우도 있거든요."

"그럼 어떻게 하죠?"

통상 단지는 제대로 관리하기도 힘들고 자손에게까지 업을 넘길 수 있어 대부분의 무속인들은 퇴송 의식 후에 내다 버리는 것을 권유하겠지만, 나에게는 그런 절차를 감당할 만한 능력이 없다. 그러니 단지가 있다는 정보를 다른 방향으로 활용해야만 했다.

"일단 단지를 좀 볼 수 있을까요?"

내 말에 우겸호는 자리에서 일어섰다. 나도 따라 일어서려고 했지만 우겸호가 저지했다. 항아리 형태가 아닌 건가? 이 바닥이 다 그렇지만, 사실 알고 보면 딱 정해진 법도라는 것이 없다. 느슨한 원리 아래서 개별적인 사례들만 무성할 뿐이라서, 업단지와 신줏단지가 혼동되기도 하고, 그 형태도 서로 간에 일관성이 없는 경우가 많다. 업단지라고 해놓고 큰 항아리가 아니라 작은 단지나 상자 같은 것에 모시고 있는 경우도 드물지만 있어서, 나는 그런 경우려니 추측했다. 잠시 뒤 우겸호가 사람 머리만 한 백자를 하나 들고 나타났다. 백자도 흔하지는 않지만 종종 신줏단지로 사용되는 경우가 있었다.

"호오…."

나는 단지를 쓰다듬으며 무언가 보이는 흉내를 내었다.

"아무래도 단지에 스며드신 분을 다시 초령해 모셔야 할 것 같습니다."

"그런가요?"

"원래 좀 도를 닦으신 조상분이 들어와야 단지가 제대로 효험을 발휘하는데, 지금 보니 조상분은 조상분이신데 지나치게 오래되신 분이네요. 그냥 평범하신 분이 오래되기만 하셨어. 이러면 업단지가 아니라 불사단지라고 하는데, 안에 들어계신 분이 영적으로 좋은 기운을 주지 못하는데도 업력은 강해서 오히려 집안의 좋은 기운을 다 눌러 버릴 수가 있어요. 이제 보니까 알겠네. 왜 아까 조상신 두 분이 그렇게 기운이 죽어 있나 했는데, 이 단지가 문제였구만."

"어떻게 하죠?"

"먼저 퇴송 의식으로 안에 계신 분을 보내 드리고, 초령 의식을 통해서 좋은 분을 다시 불러들여야 해요. 먼저 이 단지가 가진 내력을 좀 들어봐야 할 것 같은데…. 어떻게 단지를 모시게 되었는지를 좀 알 수 있을지요?"

이 질문은 일종의 자료 조사를 위한 것이었다. 반쯤은 나중에 다른 고객에게 설명할 때 써먹을 이야깃거리를 하나라도 더 모으기 위해, 반쯤은 만약 나중에 실제로 퇴송 의식과 초령 의식을 수행하게 될 경우, 의식에 어떤 절차를 넣어 구성해야 현실성과 친근성을 보다 강화할 수 있을지 계획을 세울 단초를 알아내기 위해.

내 질문에 잠시 뜸을 들이던 우겸호가 입을 열었다.

"대나무로 만든 작은 통에 아기의 영혼을 집어넣어 부린다는 주술에 대해 들어보신 적이 있으신가요?"

04

나는 우겸호가 꺼내 놓는 그 말을 듣고 두 번이나 내가 생각하는 것이 맞는지 물어봐야 했다. 그가 말한 것은 현재는 『성호사설』에서나 흔적을 찾을 수 있는, 생물의 영혼을 자기 뜻대로 조종하는 고급 저주술인 귀매(鬼魅)의 일종이었다.

죽통을 활용하는 방법은 이렇다. 인간의 아이를 죽지 않을 정도까지 굶긴 다음 안에 먹을 것을 넣은 죽통을 아이 눈앞에

놔두면, 아이는 필사적으로 먹을 것을 손에 넣기 위해 그 작은 죽통 안으로 몸을 비집고 들어가려는 행동을 취하게 된다. 그 때 재빨리 아이를 죽이면 아이의 원혼만이 죽통 속에 들어가게 되는데, 이 죽통을 봉한 뒤 그 안에 든 아이의 영혼을 술자의 마음대로 부리며 저주를 내린다는 사악하기 짝이 없는 금술(禁術)인 것이었다.

"맞아요. 그거. 그러니까… 처음부터 이야기를 해 보자면, 제가 듣기로는 저희 가문이 조선 초에는 별 볼 일 없는 중인 집안이었다고 하더라고요. 그러다 저희 중시조 되시는 9대조 할아버지께서 영조 대에 들어서서 그 죽통 아기를 집안에 들여왔다고 하는데, 진짜인지는 모르겠지만요. 여하간 그 후에 진짜로 하는 일마다 잘 풀리게 되었다나? 장안에서 가죽이랑 털 매매하는 장사가 잘 풀려서 재산을 좀 불렸었는데, 그렇게 계속 번창하다가 구한말이 되어서 개화 바람이 든 집안 어른들이 그때까지 모시던 죽통을 그냥 바깥에 내다 버렸다고 하더라고요."

"퇴송하는 절차 같은 것도 없이요?"

집 안에 들인 귀신을 내보낼 때 퇴송하는 의식을 치르는 것은 필수적인 절차이다. 그렇지 않고 마음대로 쫓아낸다면, 영가가 제대로 떠나지도 않고 오히려 그 집안에 달라붙어 해코지를 할 수 있다는 것이 많은 무속인들이 말하는 공통된 견해였다.

“아마 그럴 거예요. 그냥 버렸다고 들었으니까. 그런데 그 후로 집안이 그냥 거짓말같이 폭삭 주저앉았다고 하더라고요. 사실 상식적으로 생각해 보면 죽통을 버리고 나서 2년 후에 임오군란이 일어났으니까, 저주보다는 척화파들이 실각하면서 거기에 줄을 대던 저희 조상들이 뒷배를 안고 하던 장사를 망친 거라고 봐야겠죠. 어쨌든 죽통을 버린 시기가 그렇게 겹치게 된 바람에, 제 직계 되시는 조상들 중 일부가 그 죽통을 함부로 버려서 집안에 재앙이 내린 것이라고 결론을 내렸다나 봐요. 이미 버린 것을 어찌할 수는 없으니 새로 강력한 단지를 들여서 원혼을 누르고 조상 덕을 봐야 한다는 판단이었던 것 같은데, 또 그렇게 단지를 모시기로 한 시기가 하필이면 동양척식이 들어왔을 때라 운 좋게 거기 올라타서 광산업으로 재산을 불렸다는 것 같았어요. 그 이후로는 대를 이어서 이 단지를 끼고 살았죠. 저한테도 절대 버리지 말라고 할아버지부터 어찌나 당부를 하시던지. 만약에 이거 버리면, 저 그날로 호적 파일 걸요?”

“단지를 버릴 일은 없을 겁니다. 그냥… 안에 계신 분을 다른 분으로 교체하는 것뿐이니까요.”

“사실 요즘 걱정이 많아요. 대세는 인공지능인데, 저희는 아직도 구식 기계나 설계하고 있고, 돈만 많이 먹어 치우는 주제에 벌이도 별로 안 되는 바이오 분야나 파고 있고. 이 바이오가 참 지랄 맞아요. 섞는다고 다 되는 것도 아니고, 최적화하는 과정이 얼마나 오래 걸리는지. 그래서 인공지능! 앞으로는 기계 설계도, 바이오 디바이스 설계도 결국 전부 인공지능이 하게 될 테니까 제 책임하에 그쪽으로 산업을 좀 확대해 보고 싶은데, 이 단지를 통해서 도움을 좀 받을 수 있을까, 그런 기대가 있긴 해요. 사실 그것 때문에 도사님을 초청한 거고요."

"아, 그러셨군요."

애초의 생각보다 일의 규모가 지나치게 커지고 있다는 걱정이 들었다. 그런데 어떻게 해. 이제 와서 못하겠다고 해?

"그렇다면 서둘러서 퇴송 의식부터 하도록 하겠습니다. 그런데, 오래 이런 자리에 계셨던 조상분들은 사실 자리를 잘 안 비켜 주려고 그래요. 자기가 여태까지 잘 대접받고 살고 있었는데 갑자기 나가라고 하면, 오히려 불을 끄려다가 더 큰 불을 놓는 격이 될 수 있어요. 그래서 후환이 될 불씨를 남기지 않고 퇴송하고자 한다면 그만큼의 정성을 보여 주면서 융숭하게 보내 드려야만 뒤탈이 없다는 것을, 먼저 염두에 두셔야 한다는 말씀을 드립니다."

"큰일이네요. 사실 이게 한두 개가 아닌데, 그게 다 그렇다면…."

"예?"

"이쪽으로 와 주시겠어요, 도사님?"

우겸호가 백자를 들고 자리에서 일어나 부엌처럼 보이는 곳으로 걸어갔다. 나도 엉거주춤 일어나 그 뒤를 따랐다. 우겸호는 부엌으로 들어가서 벽면에 늘어서 있는 수납장 하나를 익숙한 동작으로 앞으로 뺀 다음 다시 옆으로 밀었다. 수납장이 빠진 자리에 지하로 내려가는 계단이 나타났다.

"이 아래로요, 도사님."

그 순간 설명할 수 없는 기묘한 불안감이 엄습해 왔지만 나는 단박에 그 감각을 무시하기로 결정했다. 신기가 없다는 이유로 20년을 그 고생을 치른 나였다. 내 촉이 진짜로 믿을 만한 거였으면 이러고 살고 있지도 않았겠지…. 나는 쓸데없는 걱정일랑 머릿속에서 털어내고 우겸호가 인도하는 대로 계단을 내려갔다.

계단 반대쪽 끝에는 콘크리트가 그대로 드러난 짧은 복도가 이어졌다. 그 맞은편에 나무문이 하나 보였고, 그 문을 열고 들어서자 시야에 나타난 것은 서늘하고 널찍한 지하 공간이었다. 천장에 백열등이 걸려 있고, 우리가 방금 빠져 나온 문을 방의 중앙에 둔 채 벽 네 면을 선반들이 둘러싸고 있었다. 그리고 그 선반 위에는 우겸호가 들고 있는 것과 같은 백자들이 빽빽이 들어차 있었다.

"이건…."

우겸호가 그중 한 선반으로 걸어갔다. 백자가 놓일 자리가 하나 비어 있는 선반이었다. 꺼내온 단지를 빈 자리에 되돌려 놓으려는 것 같았다. 나는 지금 보고 있는 광경이 도무지 믿기지 않아 계속해서 사위를 둘러보았다. 어림잡아도 백 개는 가볍게 넘어 보이는 개수였다. 이건… 단지라는 건… 하나를 모시더라도 잘못 모시면 감당해야 할 풍파가 만만치 않은 위험한 물건이었다. 이건… 정말로 미친 짓이었다! 단지를 여러 개 모시는 경우가 없는 일은 아니었지만, 이 말도 안 되는 개수는 대체…!

나는 잰걸음으로 우겸호에게 다가가 팔을 붙잡고 물었다.

"누가 단지를 이리 모시라고 한 겁니까? 어떤 사람인가요?"

그 순간 단지들을 보고 심적인 충격을 받았기 때문인지 묵직한 파도처럼 머릿속에 어둠이 엄습해 왔다. 갑자기 시야가 흐려지고, 어지럽고, 머리가 무거워지는 바람에 나는 우겸호의 팔을 부여잡은 채로 바닥으로 쓰러지고 말았다.

쨍강! 단지 부서지는 소리와 함께 우겸호가 욕설을 내뱉는 소리가 들렸다. 물속에서 듣고 보는 것처럼 뿌옇게 들리던 소리와 시야는 이내 정신이 제대로 돌아오며 다시금 맑아졌다.

"아, 뭐 하시는 겁니까?"

바닥을 내려다보며 가다듬은 시야에 처음으로 들어온 것은 단지 안에서 흘러나온 것은 검붉은 액체와… 인간의 해체

된….

"으아아아아아악!"

나는 벽면으로 바짝 물러서며 비명을 질러댔다. 그 충격에 선반이 흔들리고 단지가 덜그럭거렸다.

"야! 이게 하나도 모자라서 있는 대로 다 깨 먹으려고 그래? 애들아! 이리 와서 이놈 좀 묶어 놔라!"

우겸호의 말이 떨어지기가 무섭게 나무문을 통해, 여태까지 이 집 안에서 본 기억이 없는 검은 양복을 입은 남자들이 쏟아져 들어왔다. 마치 일이 이렇게 될 줄 알고 미리 대기라도 하고 있었던 것처럼 말이다.

검은 양복을 입은 남자들이 나를 지하실 중앙으로 끌고 갔다. 그곳 바닥에는 배수구가 뚫려 있었고, 그 곁에 철제 말뚝이 박혀 있었다. 검은 양복들이 말뚝에 달린 쇠사슬 끝의 죔쇠를 내 발목에 단단히 죄었다.

"자, 잘못했습니다!"

나는 일이 크게 잘못되어가고 있다는 것을 깨닫고 다짜고짜 용서를 빌었다.

"뭐가?"

"여기서 본 거 아무한테도 말 안 하겠습니다!"

"너 저거 뭔지 알아?"

우겸호가 깨진 단지의 잔해를 가리키며 물었다. 아니, 모른다! 인간을 해체해서 백자 안에 집어넣는 저런 끔찍한 사술이라니, 들어본 적도 없었다! 나는 필사적으로 고개를 저었다.

"저게 신기를 가졌다는 놈들을 죽을 때까지 고문해서 담아둔 거야. 대한제국 시절부터 만들기 시작했다는 단지가 저거거든. 우리 집에 들였던 만신이 죽통 안에 들어가 있던 아기의 힘을 누르려면 그것보다 더한 원념을 가진 신체(神體)가 필요하다고 말해서 말이야. 거기에 죽은 사람이 신기가 있으면 네 말대로 영험을 가진 조상신이 임재할 확률이 크게 올라간다대? 그 후로 저걸 만들 때마다 새로 시작한 사업이 계속 잘 풀리고 있으니 효험은 정말로 좋은 것 같긴 한데, 그 만신 이후로는 여태까지 저게 뭔지 정확히 안다는 놈을 만나 본 적이 없어. 너도 모른다니 아쉽네."

"살려 주십쇼! 평생 입 다물고 살겠습니다!"

우겸호가 깨진 백자 조각을 내 머리로 던지며 말했다.

"진짜로 영감 있는 놈들은 저 찬장 보자마자 거품 물고 뒤집어졌었어, 이 사이비 새끼야. 단지 모신다는 것을 알아맞혀서 혹시나 했는데, 결국은 사기꾼이었잖아? 너 같은 거 집어넣었다가 잡귀라도 들리면 네가 책임질래?"

우겸호는 나에게서 등을 돌리고 문으로 걸어갔다. 검은 양복들도 그 뒤를 좇았다.

"힘써서 고문할 놈은 아니니까, 이따 밤에 그냥 적당히 죽이고 로터리킬른에 넣어 태워 버려라."

우겸호가 검은 양복들에게 지시했다.

놈들이 문을 닫고 지하실을 나서자, 나는 자유로운 두 손으로 재빨리 주머니에 있는 스마트폰을 꺼내 긴급전화로 112에 연락했다. 손이 벌벌 떨려 화면을 제대로 누를 수가 없었다.

그러나 통화가 이어진 직후, 지하실의 문이 다시 벌컥 열리면서 우겸호와 검은 양복들이 쏟아져 들어왔다. 나는 순간 겁이 나서 스마트폰을 정강이 아래에 집어넣어 숨겼다. 그러나 그 어설픈 동작이 눈에 띄지 않을 리가 없었다.

"소지품 죄다 빼내!"

우겸호의 지시에, 안색이 새하얗게 변한 검은 양복들이 내게 달려들었다. 곧 팬티만 남긴 채 옷이 홀딱 벗겨졌고 스마트폰도 어김없이 압수되었다. 우겸호가 내게서 가져간 스마트폰을 검은 양복에게서 건네받아 살펴보더니 곧 얼굴이 붉으락푸르락하게 변해갔다.

"너, 그새 112 불렀니?"

우겸호가 나직한 목소리로 묻고는 곧바로 새된 소리를 지르며 내 스마트폰을 지하실 바닥에 집어 던졌다. 그리고 곁에 있는 검은 양복의 뺨을 손바닥으로 후려쳤다. 일말의 망설임도 없는 듯한 타격에 얻어맞은 검은 양복이 중심을 잡지 못한 채 비틀거렸다. 검은 양복의 입가에서 핏줄기가 새어 나왔지만, 우겸호는 아랑곳없이 계속해서 무자비한 구타를 이어가며 소리를 질러대기 시작했다. 무자비하다는 것은 여기서는 단순한 수식어가 아니라, 사실에 대한 건조한 기술에 가까웠다. 급소조차 가리지 않고 거리낌없이 가해지는 초현실적인 폭력 앞에서 무력하게 무너져 내리는 검은 양복이, 내 눈에 한순간 살아 있는 사람이 아니라 진흙으로 만든 인형처럼 느껴질 정도였다.

"나 나간다고 개새끼처럼 졸졸 따라오는 게 아니라 너희는 남아서 뒤처리했어야 하는 거 아냐? 한두 번 하는 일도 아니고 스마트폰을 그대로 놔둬서 신고하게 만드는 게 말이나 돼? 너희 미쳤어? 감 잃었어? 이제 나 없으면 밥도 못 먹겠다, 아주? 아오! 내가 이런 것들을 데리고!"

피범벅이 된 얼굴을 하고 갈비뼈를 부여잡은 채 쓰러진 검은 양복의 머리를 축구공 차듯이 차 버린 우겸호는, 머리카락을 쥐어뜯으며 몇 차례 괴성을 지르더니 문으로 씩씩거리며 걸어갔다. 검은 양복들이 의식을 잃은 동료를 부축하고는 다시 까마귀 떼처럼 그 뒤로 따라붙었다.

"네놈이 사람한테 이딴 짓을 하고도 무사할 줄 알아?"

나는 우겸호를 향해 소리질렀다. 문 앞에 선 우겸호가 가소롭다는 얼굴로 나를 돌아보았다.

"귀신을 가지고 이따위로 장난을 치고 무사할 줄 아냐고!"

우겸호는 어처구니없는 소리를 들었다는 표정으로 손을 절레절레 흔들었다.

"뭐래. 그냥 때 맞춰서 돈으로 정성이란 걸 보여 주면 되는 거 아니니? 내가 1년에 저 단지들한테 제사 지내 주는 데 돈을 얼마나 쏟아붓는지 알아?"

우겸호는 목에 목걸이처럼 걸고 있던 엽전을 옷 밖으로 끄집어냈다. 중국식 기복부의 일종이었다. 우겸호는 그 주화를 손가락으로 집어 올려 들여다보며 말을 이었다.

"그러고 보면 참 돈이 좋긴 좋아. 재액도 돈으로 막을 수 있으니까. 야, 퇴마사. 사실은 돈이 정말로 원시천존이니 하는 것보다 훨씬 높은 신인 게 아닐까? 애초에 태극도 동그랗게 그리잖아. 동전처럼."

나는 대답할 말을 찾지 못했다. 우겸호는 동전을 다시 상의 안으로 집어넣었다.

"바깥에서 감시하고 있으니까 넌 여기에 얌전히 있어. 쉽게 죽을 거, 문제 일으키면 차라리 죽여 달라고 애원하도록 만들 테니까."

우겸호는 그 말만 남기고 검은 양복들과 함께 문을 닫고 지하실을 나섰다.

05

그 후로 시시각각 다가오는 비참한 최후를 기다리며 얼마나 오랜 시간 동안 불안과 공포에 떨었는지 모르겠다. 겨우 몇 시간 정도만 지났을 거라는 느낌이었지만, 내 정신만큼은 그 짧은 기간 동안 영겁의 세월을 버텨온 것처럼 급속하게 낡아 부서져 내렸다.

부디 기적이 일어나 주었으면! 진짜 수호령이라도 눈앞에 나타나서 나를 여기서 다른 곳으로 데려가 주었으면! 경찰이 내 신고전화를 장난이라고 무시하지 않고, 여기 이곳까지 찾아와 나를 구출해 주었으면! 제발! 누구라도 한번만 도와주세요! 제발! 그 순간 문 너머에서 누군가의 목소리가 들려왔다.

"경찰입니다!"

그 말에 퍼뜩 정신이 들었다.

"네?"

"경찰입니다!"

"경찰? 정말 경찰이에요?"

"경찰입니다!"

"여기요! 여기 있어요! 잠깐만요!"

나는 자리에서 일어나 문으로 달려갔다.

그러나… 나는 왜 쇠사슬의 길이가 문까지만 이어지도록 절묘하게 설계되어 있었는지, 왜 문이 잠겨 있지 않았는지, 왜 경찰이 스스로 문을 열고 들어오지 않았는지 잘 생각해 봤어야만 했다. 그게 내 인생에 주어진 마지막 '기회'였으니까.

문을 열자 사람 형상을 한 육중한 무언가가 나를 향해 쓰러졌다. 나는 기겁해서 옆으로 몸을 비켜 피했다. 바닥에 널브러진 것은 사람 형상을 한 인형으로, 하얀 삼베천으로 머리가 싸이고 붉게 염색한 마(麻) 끈이 목에 묶여 있었다. 몸에 입고 있는 것은… 다름 아닌 경찰복이었다. 이내 인형의 손에 시선이 가 닿았다. 그건… 쓰러져 있는 이것은… 분명히 만들어진 인형이 아니었다. 진짜 사람의 시체였다.

시체의 이곳저곳에 경면주사로 그린 부적들이 잔뜩 붙여져 있었다. 그 특징적인 문양은 기억에 있었다. 사람이 죽기 직전에 말한 것을 근처에 있는 연고 없는 귀신인 무주고혼(無主孤魂)의 목소리에 실어 불러낸다는 소언부(召言符)였다. 내가 공부할 때는 과거의 무당들이 유언을 조작해 사기치는 데에나 이용하던 가짜라고 들었었는데?

혼란스러워하던 도중, 문 너머에서 우겸호가 고개를 내밀었다. 그가 나를 보고 입이 찢어질 듯이 웃었다.

"너 방금 귀신이 말한 소리 들은 거지? 거봐! 내가 신기 있는 애들을 얼마나 많이 봤는데. 아까 단지 깨 먹었을 때도 그렇고, 너 사실은 소질 있을 줄 알았어! 조건만 잘 갖춰지면 영감이 터질 놈이었다니까?"

나는 그 순간 깨달았다! 그것은 결국, 내가 영감을 얻고자 노력하던 시절 활용해보려 하다 실패했던, 영적 삼투압에 기초한 수행법의 원리와 동일한 것이었다. 단지 주변에는 자리를 잡은 영가를 몰아내고 제 터를 만들고 싶어하는 잡귀들이 우글우글한 법이었고, 특히나 이곳처럼 단지를 성심 성의껏 대접하는 집이라면 더더욱 영가들의 다툼이 치열해 그 수가 많을 수밖에 없었다. 그중 하나가 나에게 들려, 귀신과 통할 수 있는 영적인 능력을 주었단 말인가! 통상적인 환경에서는 찾아보기 힘들 정도로 비정상적으로 높은 영들의 밀도가 내 희박한 재능을 이처럼 손쉽게 개화시켜 주었단 말인가? 그러니까, 나에게 사실은 영적인 능력이 있었다고?

"아까 깬 단지는 재로 보충하면 되겠다. 다들 얼른 작업 시작해라."

우겸호의 말에 양복 입은 남자들이 지하실 안으로 우르르 쏟아져 들어왔다. 그중 한 명이 흉악해 보이는 금속제 도구들이 가득 올라간 메이요 스탠드를 끌고 왔다. 그 뒤에선 목재로 만들어진 육중한 의자가 따라 들어오는 것이 보였다. 아냐! 아니라고! 나에겐 영감 같은 것이 필요 없어! 제발! 이제는 필요 없다고!

잉어의 보은

1

하교하는 길에 나는 유선이의 어깨에 머리를 묻었다.

"유선아, 나 힘들다."

유선이가 나를 노려보았다.

"그렇겠지. 넌 늘 힘들잖아."

"넌 뭐 말을 그렇게 하냐? 친구가 힘들다는데."

내 항의에 유선이는 가시 돋친 말을 쏘아대기 시작했다.

"이제 너한테 힘들다는 말 듣는 것도 지긋지긋해. 내가 계속 얘기했잖아. 같이 살을 빼든가, 화장을 배워 보든가 하자고. 우민이 취향이 그렇다는데 어쩌겠니. 답안지가 있으니 전략적으로 접근할 생각을 해야지, 내가 하는 말 다 무시하면서 힘들다는 얘기만 반복하면 나도 지쳐요, 이년아."

"나도 알아, 나도 안다고."

나는 두 손으로 얼굴을 감쌌다.

"…내가 살 빼고 화장한다고 우민이가 나를 봐 줄까?"

유선이는 잠시 동안 아무 말도 하지 않았다.

"우민이 짝사랑하는 게 너 하나뿐만이 아닌 거 알지?"

"알지…."

유선이가 손가락으로 내 가슴을 콕콕 찔렀다.

"결국 꼭대기에 서는 건 하나야. 그렇게 생각하고 마음 접어. 넌 다른 데선 그렇게 쿨하던 애가 남자 하나 때문에 이게 뭐니. 너 요즘 보면 완전히 딴 사람 같아."

"몰라, 나도 내가 왜 이런지 모르겠어."

"그게 다 요망한 남자한테 홀려서 그래. 이제 영양가 없는 생각 그만하고 영양가 있는 떡볶이나 먹으러 가자. 내가 사 줄 테니까. 그리고 앞으로는 징징대는 소리 좀 그만하고."

확실히 떡볶이에 우유를 넣으면 맛도 부드럽고 목 넘김이 좋다. 간만에 배 터지게 먹고 코인 노래방에서 몇 곡을 부른 다음 무민 인형을 뽑느라 고생하고 나니 어느새 깜깜해졌다.

"그럼 힘내고, 학교에서 보자!"

유선이가 손을 흔들며 횡단보도를 뛰어 건넜다. 혼자 남겨진 나는 쓸쓸함을 느끼며 귀갓길을 걸어갔다.

주택가에 접어드니 금새 인적이 드물어졌다. 마침 엄마에게 전화가 걸려왔다.

“어, 엄마. 지금 가고 있어. 명훈이네 집 방금 지났어.”

“밥은 먹었다고 했지?”

“어, 유선이랑 먹었어.”

“아직 슈퍼 안 지났으면 맥주랑 소시지 좀 사다 줄래?”

“이 시간에 술 먹게? 엄마 저번에 병원에서 살 빼랬다며.”

“아유, 괜찮아. 오늘 점심이랑 저녁 조금만 먹었어.”

“그럼 그냥 자는 게 어떨까?”

“엄마 배고프면 못 자는 거 알잖아.”

엄마의 목소리가 거칠어졌다. 나는 한숨을 쉬며 대답했다.

“알았어, 이번만이야.”

“고마워. 다음부터는 그냥 저녁을 많이 먹던가 해야겠어.”

건너편에서 술 냄새를 풍기는 허름한 남자 무리가 시끄럽게 떠들며 다가오고 있었다. 최대한 떨어져서 지나가려는데 개중 한 명이 하는 말이 귀에 들어왔다. 굳이 목소리를 숨기려는 기색도 없었다.

“존나 신기하게 생겼네.”

그러고는 자기들끼리 왁자하게 웃기 시작했다. 눈을 내리깔고 있었지만 누구를 이야기하는 건지는 뻔했다. 아무리 겪어도 익숙해지지 않는 일이었다.

"그럼 부탁한다, 우리 딸! 엄마 소시지 말고 또 뭐 좋아하는지 알지? 치즈랑…."

나는 대답하지 않고 전화를 끊어 버렸다. 뒤편에서 희미하게 들려오는 또 다른 말이 있었다.

"꼴에 밤길 걷는다고 전화하는 거 봐라."

악의도 그 정도가 되니 눈물이 나왔다.

2

나는 점심시간 동안 운동장에서 축구를 하며 땀투성이가 되어가고 있는 우민이를 교실 창문을 통해 바라보았다. 그러나 머릿속으로는 어제 거리에서 들었던 말을 되새김질하고 있었다.

내 앞에서 도시락을 먹던 유선이가 물었다.

"넌 쟤 어디가 그렇게 좋냐?"

"그냥 다 좋아. 그런데 이제 생각 안 할래."

"말은 그런데 몸은 솔직하구만. 눈이 빠져라 보고 있는데?"

"쟤 보는 거 아냐. 아니, 보고는 있는데 머리로는 다른 생각하고 있었어."

"잘 생각했어. 저런 애들은 배경화면처럼 쓰는 거야. 그러니까 길가에 핀 꽃 보듯이 보고 시크하게 넘기는 거지."

"우민이는 성격이 참 좋지."

"성격 좋은 애들은 많아. 그냥 저렇게 생기지 않았을 뿐이지. 얘 또 이러네."

"넌 마음도 예쁜데 얼굴도 예뻐서 좋겠다."

"너 여기서 이 주제로 한 마디만 더 뱉으면 절교한다?"

나는 우민이에게서 시선을 뗐다. 그리고 다이어트를 위해 점심 대신 먹고 있던 영양식이 든 팩을 끝까지 빨아 먹었다.

"알았어. 어제 얻어먹은 것도 있고, 남자가 중요하냐, 친구가 중요하지. 그냥 농담해 본 거야."

"그래. 착하다 우리 지현이. 우쭈쭈."

그 후로 나는 내 대각선 앞쪽에 앉아 수업을 듣는 우민이를 쳐다보지 않기 위해 노력했다.

견물생심이라고, 아예 없는 것처럼 생각하고 살면 좋아하는 마음도 없어지지 않을까 싶었던 것이다.

"드디어 수업 끝났네."

유선이가 기지개를 켜며 말했다. 내가 물었다.

"오늘은 무슨 영화 봐?"

금요일이었기에 수업이 끝나고 동아리 활동이 있었다. 나는 독서부, 유선이는 영화감상부였다.

"몰라. 또 지루한 옛날 영화나 틀어 주겠지. 저번에는 무슨 독일 표현주의 영환가? 그런 거 틀어 줬는데 너 무성 영화 본 적 있어?"

"채플린은 본 적 있어."

"차라리 그런 거면 낫지, 아유. 나도 그냥 독서부나 들걸. 영화감상부는 소리내면 안 되니까 모처럼 만난 애들이랑 수다도 못 떨고 죽겠어."

"그럼 오늘 끝나고 영화나 볼래? 최근에 개봉한 거 그거."

"아, 그거? 그래! 안 그래도 보려고 했는데. 영화는 모름지기 그런 걸 봐야지. 재미있는 영화들이 얼마나 많이 나왔는데 그런 거 다 놔두고 무슨 표현주의니 초현실주의니. 너 〈이레이저 헤드〉라는 영화 본 적 있어?"

"아니. 무슨 영환데?"

"모르는 게 나아… 으으…."

유선이가 몸을 떨었다.

"뭐, 그럼 끝나고 교문 앞에서 보자!"

유선이는 그렇게 말하고는 나에게 손을 흔들며 계단참으로 사라졌다. 그 뒷모습을 보며 문득 부럽다는 생각이 들었다. 유선이가 예쁜 것도 부러웠고, 영화감상부에 우민이가 있다는 점도 부러웠다. 나름 학교에서 외모로 유명하다는 애들이 신기하게 많이 모여 있어서 복마전이 되어 버릴 줄 알았는데, 담당교사인 수학이 엄해서 그런지 나름대로 멀쩡하게 운영되는 것 같았다.

"왔어, 브로?"

진영이가 나를 보고 말했다.

"그래, 왔다."

독서부는 사실상 중학교 때 친구인 진영이를 만나기 위한 자리였다. 학교 도서실 구석에서 진영이와 진영이의 친구인 옥임이와 함께 수다를 떠는 것이 독서부 활동의 실체였다.

"『전날의 섬』? 에코 읽어?"

내 질문에 진영이는 오른손을 들어 악마의 뿔을 만들며 말했다.

"책은 거들 뿐."

자리에 앉자 옥임이가 말을 걸었다. 옥임이는 괴담이나 미스터리에 관심이 많았다.

"지금 뒷산에서 찍힌 괴물 얘기하고 있었어."

"괴물? 뭐 새로 나온 게 있는 거야?"

"응! 따끈따끈한 신작! 무려 우리 동네에서 찍힌 거야."

"뒷산이 그 뒷산? 꼭대기에 선계사 있는 그 산 말이야?"

"맞아. 절 이름이 선계사였나? 모르겠네. 구청 뒤에 있는 거."

"그럼 맞을 거야."

"거기서 오늘 새벽에 찍은 거래. 주민이 약수터에 올라가다가 찍었다는 거야."

사진을 보니 어둑한 숲을 배경으로, 멀찍이 사람 비슷하지만 약간 키가 작고 구부정해 보이는 무언가가 흐릿하게 찍혀 있었다.

"이게 괴물이라고?"

"그래. 원 게시자가 쓴 글을 읽어 보면 무슨 돼지랑 두꺼비를 섞어 놓은 것처럼 생겼대."

"공격당한 거야?"

"아니, 괴물 쪽에서 피하는 모습이었대. 그래서 처음엔 습격당하는 게 아닌가 싶어서 당황했는데, 도망가는 거 보고 얼른 폰 꺼내서 사진을 찍었다는 거지."

"하지만 이런 거 가지고 괴물이라고 단정하기에는 좀…".

나는 옥임이에게 휴대폰을 건네받아 게시물의 댓글들을 살펴보았다.

"대부분 반신반의하고 있네."

"맞아. 지금 여러 커뮤니티에서 소소하게 돌고 있는데, 대부분 같은 반응이야. 동영상이 있었으면 좋았을 것 같은데…."

진영이가 끼어들었다.

"괴물이 아니라 미친 사람 아닐까? 연쇄살인마라던가."

"그럼 글 올린 사람이 공격당하지 않았을까?"

"뭐, 체격이 건장한 남자라서 못 덤볐을 수도 있지."

나는 댓글들을 좀 더 읽어보았다.

"여기 보면 '할머니, 의문의 괴물행'이라는 말도 있네. 의외로 평범한 사람일 수도 있지 않을까? 산꼭대기에 절도 있으니까 여러 사정이 있어서 새벽에 예불 드리러 가던 중일 수도 있지."

진영이가 말을 보탰다.

"아니면, 게시자가 주작을 하고 있거나."

옥임이는 고개를 끄덕거렸다.

"꼭 진짜가 아니라도 돼. 그냥 이런 특이성 있는 괴담이 내가 사는 곳 근처를 배경으로 하고 있다는 게 좋은 거야."

"뭐, 진짜 괴물이라면 조만간 다시 볼 수 있지 않겠어? 이건 티저고, 본편이 다시 나오는 거지."

나는 옥임이의 어깨를 두드려 주었다.

"기대하자고. 진짜 괴물일 수도 있잖아. 사람은 안 다쳤으면 좋겠지만."

동아리 활동 후 교문으로 갔지만 유선이는 없었다. 나는 10분 정도 기다리다가 유선이에게 전화를 걸어 보았다. 한참 후에 유선이가 전화를 받았다.

"왜 이렇게 전화를 안 받아? 바쁜 일 있어?"

그러나 수화기 너머에서는 대답이 없었다. 나는 걱정이 되기 시작했다.

"너 왜 그래? 무슨 일 있어?"

"아니, 별로."

"어… 나 교문인데. 너 어디야? 그리로 갈까?"

유선이는 또 한참을 침묵했다.

"미안해, 지현아."

"뭐가? 너 괜찮아?"

"영화 보고 있는데 갑자기 오한이 와서… 몸이 안 좋아져서 집으로 왔어."

"저런, 많이 아파?"

"좀 어지럽고 그래. 지금 집에 있어. 몸살인 것 같으니까 좀 쉬면 나을 거야."

"어… 그래, 알았어. 무리하지 말고 푹 쉬어."

"미안해, 같이 영화 보러 가기로 했는데."

"영화는 나중에 보면 되지. 애먼 거 걱정하지 말고 그 영화 극장에서 내려가기 전에 낫는 데에나 신경 쓰셔!"

"미안해…."

"난 괜찮다니까. 그렇게 많이 아파? 안 그러던 애가 갑자기 진짜 애가 됐네. 집에 혼자야? 내가 갈게."

"아냐, 지금 엄마랑 있어. 안 와줘도 돼."

"어… 그래. 난 진짜 신경 안 쓰니까 자꾸 미안하다고 하지 말고. 맘 편히 먹고 쉬어. 쓸데없이 마음 쓰고 있으면 나을 것도 안 나아."

"응…. 알았어."

그렇게 전화를 끊었다. 마침 교문을 나서던 진영이와 옥임이를 만나 같이 하교했다.

3

토요일이라 느지막이 일어났다. 하품을 하며 라면을 끓이는데 베란다에서 화초에 물을 주던 엄마가 미소 띤 얼굴로 다가왔다.

"우리 딸! 엄마 부탁 하나만 들어줄래?"

"뭔데요? 또 슈퍼 갔다 오라고?"

"선계사 스님 알지?"

선계사는 구청 뒷산 꼭대기에 있는 절이었다. 어디 이름도 없는 종단의 산외 말사였는데, 전각도 작은 것 하나뿐이고, 요사채도 없어 스님 혼자 가건물을 지어 지키고 있는 곳이었다. 그런 만큼 신도도 없었다. 이 지역 불자들은 십중팔구 시내 쪽에 있는 조계종 산하의 절에 출석했기 때문에 아예 구청 뒷산에 절이 있는 줄 모르는 사람도 많았다.

"알지. 나 어릴 때 맨날 할머니랑 거기 갔었잖아."

지금으로서는 상상도 할 수 없는 일이었지만 나는 어릴 때 매우 야위고 몸이 약했다. 마침 선계사의 본존이 약사여래였기 때문에 불자였던 할머니는 나를 데리고 매번 절에 기도를 가곤 했다. 부처가 도와준 것인지 아니면 이틀에 한 번 꼴로 산길을 탔기 때문인지는 알 수 없지만, 나는 그 후로 매우 건강해졌다.

"스님은 요새 좀 어떠시대?"

"그것 때문에…. 전에 잠깐 연락드렸었는데 심장수술을 하셨대."

"아이고."

"어렸을 때 신세 진 것도 있고 하니까 한약을 좀 지었는데, 아무래도 네가 직접 가져다 드리는 게 좋지 않을까 싶어서."

내 기억 속의 스님은 좋은 분이었다. 초등학교 들어간 이후로 개별적으로 연락을 드리는 일은 없었지만 초파일마다 우리 가족은 절을 찾았다.

"너 중학교 들어가고서는 매년 방문하던 것도 그만뒀었잖아. 스님이 너 보면 좋아하실 거야."

"알았어. 다녀올게."

그리고 나는 그 말을 한 것을 한동안 후회했다.

"아이고 더워. 아이고 죽겠다."

그래도 여기저기 쏘다니는 일이 많아 걷는 데는 자신이 있었지만 그것은 평지 한정이었다. 한약 60첩을 등에 지고 산을 타는 것은 다른 차원의 문제였다.

수십 걸음 걸을 때마다 주저앉아서 지금이라도 하산한 다음 퀵으로 부치는 게 좋지 않을까 하는 생각과, 그래도 수술까지 했다는데 얼굴이라도 비춰야 한다는 생각을 두고 혼자 다퉜다.

"내가 미쳤지. 내가 미쳤지."

가쁜 숨을 몰아쉬고 다리를 주무르면서 나는 스스로에게 화를 냈다.

갈림길에 이르러 나는 일생일대의 선택에 마주하게 되었다. 구에서 새로 닦은 길과 어릴 때 할머니와 다니던 가파른 지름길 사이에서 선택해야 했던 것이다.

'어차피 닦여진 길이라는 것도 차가 다니지 못할 정도로 가파르니까.'

나는 굵고 짧은 고통을 고르고 지름길로 걸음을 옮겼다.

그렇게 땀으로 목욕하며 중턱까지 갔을까, 아무도 없는 산중에서 여자의 목소리가 들려왔다.

"살려 주세요, 살려 주세요."

"누… 누구세요?"

"살려 주세요, 여기예요. 연못이에요."

기억이 났다. 지름길 중간엔 작은 연못이 있었다.

"사, 사람이에요? 조난당한 건가요?"

"살려 주세요. 일단 와 보시면 알아요."

말의 내용이 수상했다. 나는 배낭을 집어 던지고 경사를 따라 다시 내려가기 시작했다.

"기, 기다리세요. 제가 119를 부를게요."

"안 돼요! 다른 사람은 안 돼요!"

"저보단 전문가를 부르는 게 더 안전해요. 제가 금방 전화할게요."

"아아! 난 이제 죽었어!"

여자는 울기 시작했다.

"제발, 제발, 한 번만 제 모습을 봐 주실 수 없나요?"

"그, 저도, 그건 좀."

"저 나쁜 마음 가지고 이러는 거 아니에요. 제발 저를 믿고 한 번만 이리로 와서 저를 봐 주세요."

그때 측면에서 나뭇잎이 부스럭거리는 소리가 들렸다. 나는 무의식적으로 새롭게 등장한 짐승의 이름을 불렀다.

"삵?"

"뭐요? 뭐라고요?"

삵이 나를 흘긋 보더니 여자의 목소리가 들리는 곳으로 빠르게 달려갔다.

"삵이다! 아아아악!"

그 비명이 너무나 처절했다. 여태까지 가지고 있던 의혹마저도 말끔하게 날려 버릴 진심 어린 비명소리였다.

"뭐야! 뭐야! 괜찮아요?"

나는 깜짝 놀라 삵이 향한 방향으로 달려갔다. 그곳에 펼쳐진 광경은 놀라운 것이었다. 내 허벅지보다 굵은 거대한 잉어가 흙바닥에서 삵에게 공격당하고 있었다.

"아이고! 나 죽네! 나 죽어!"

말하고 있던 것은 잉어였다. 나는 돌을 주워 삵에게 던졌다.

"예끼! 예끼!"

개중 하나가 삵의 엉덩이에 명중했다. 삵은 나를 향해 하악질을 하더니 다시 산으로 사라졌다.

남겨진 잉어는 서럽게 울고 있었다.

"아이고, 아이고."

"어, 괜찮아요?"

"그러니까 한 번만 와서 봐 달라니까, 아이고, 아이고."

"아니, 그게 제 책임이 아니잖아요! 제가 그쪽이 수상한 사람인지 아닌지 어떻게 알아요."

"그렇게 의심이 많아서 어떻게 해요? 산에서 도와달라는 목소리가 들리면 얼른 뛰어가서 돕는 게 인지상정 아니에요?"

"잉어라서 세상물정 모르시네. 선의를 악의로 갚는 사람들이 얼마나 많은지 알아요?"

"아이고, 옛날에는 사람들이 이러지 않았는데."

"자, 왔잖아요. 사람이 아니라 잉어일 줄은 몰랐는데, 제가 이제 어떻게 도와드리면 돼요?"

잉어가 훌쩍이며 말했다.

"전 원래 저기 연못에 살고 있었는데, 인간으로 변신해서 산책 나왔다가 이렇게 되었어요."

연못은 바깥으로 드러난 것이 극히 일부였고, 나머지 눈에 보이지 않는 거대한 부분은 산 밑을 흐른다고 알고 있었다. 그런데 이런 말하는 잉어가 살고 있을 줄은 꿈에도 몰랐다.

"그럼 다시 변신하게 도와드리면 되는 거예요?"

"아뇨, 하루에 변신할 수 있는 시간이 한정되어 있어요. 시간 계산을 잘못해서 그만…. 그냥 저를 들어서 연못까지 데려가 주세요."

나는 그렇게 해 주었다. 몸집이 워낙 커 아기 안듯이 들어야 했다. 잉어의 몸이 젖어 있는 데다가 흙바닥에 뒹굴었기에 내 옷은 더러워졌다.

평온을 찾은 잉어가 품 안에서 말하기 시작했다.

"그래도 제가 사람 보는 눈은 그대론가 보네요. 예전에는 너무 당황하는 바람에 아무나 불렀다가 고아져서 먹힐 뻔했죠."

"어머, 어떻게 도망치셨어요?"

"원래 잉어 고아 먹을 때는 깨끗한 물에 넣어서 이틀 정도 배설물을 비워요. 그러니 날 지났을 때 얼른 변신해서 도망 나왔죠."

"큰일날 뻔하셨네요."

"그렇죠. 만약 그때 달아나지 못했으면 어떻게 되었을지 생각하기도 싫어요. 산 채로 끓는 물에 들어가야 했겠죠. 제발 먹히는 쪽 입장도 좀 생각해 줬으면 좋겠어요."

잉어 고아 먹는 것이라면 나도 경험이 있다. 내가 어려서 몸이 약했을 때 할머니가 잉어를 고아 줬다.

'으앙! 할머니, 너무 비려서 못 먹겠어.'

'아니, 이년아. 이게 몸에 얼마나 좋은데. 소금 좀 탔으니까 코 막고 한번에 쭉 들이켜라."

'안 돼! 진짜 못 먹겠어! 어떻게 맛이 이럴 수가 있어?'

'이년이! 약 먹을 때 맛 가리냐? 봐봐. 내가 시범을 좀 보여주지.'

할머니는 내가 마시던 그릇을 낚아채 본인이 들이켜기 시작했다.

'아니, 이 귀한 걸 줘도 못 먹고… 우웩!'

그날은 이불 빨래를 해야 했다.

연못에 도착해 잉어를 풀어놓았다.

"정말 감사합니다. 우여곡절은 좀 있었지만, 여하간 저를 무사히 집까지 데려다 주셔서 감사해요. 그 답례로 좋은 것을 하나 알려 드릴게요."

"아이, 참."

나는 명절 때 친척들에게 용돈을 받을 때처럼 사실은 좋은데 미안한 척을 했다.

"당신이 가장 원하는 것은 사랑을 얻어내는 것이군요."

"정말 용하시네요! 어떻게 되나요! 어떻게 되나요!"

"음…. 운명은 스스로 개척하는 것. 당신에게는 큰 시련이 있을 거예요."

"시련이요?"

"네. 그것도 하나가 아니라 여러 가지가 함께 올 겁니다."

"그럼 결말이 안 좋다는 이야기인가요?"

"성급하시네요. 일단 다 듣고 얘기하세요."

"네."

"시련이 오고, 당신은 선택의 기로에 서게 될 거예요. 앞으로 당신의 모든 인생을 바꿔 놓을 만큼 중대한 영향을 미칠 선택지에 직면하게 되는 것이죠."

"아…."

나는 고개를 끄덕였다. 좋다는 건지 나쁘다는 건지 알 수 없어 답답했다. 잉어는 계속 말을 이었다.

"그때 어떤 선택을 하던지, 당신은 결국 사랑을 쟁취하는 데 있어 같은 결말에 이르게 될 겁니다. 하나는 지극히 손쉬운 길이고, 다른 하나는 지극히 어려운 길이에요."

"그럼 쉬운 길을 택하면 되나요? 어떤 길인가요?"

잉어가 갑자기 위 내용물을 게우는 소리를 내기 시작했다.

"우웩! 우웩!"

"어어? 제가 뭐 잘못 말한 건가요?"

잉어는 입에서 작고 진주 빛이 나는 구슬을 끄집어냈다.

"괜찮으신 건가요? 뭘 해 드려야 하나요?"

잉어가 입에 구슬을 문 채 신경질적으로 첨벙거렸다. 나는 그제서야 잉어의 의도를 알아채고 구슬을 양손으로 받았다.

"와, 진짜 작네요. 엄지손톱만 해."

"그것은 보주예요. 당신이 어려운 길을 선택했을 때 당신을 도와줄 겁니다."

"어, 정말 감사합니다. 그럼 어려운 길을 선택해야 하는 건가요?"

"그것은 온전히 당신의 몫이에요. 어떤 길을 선택하더라도 모두가 당신의 업입니다. 보주는 작으니까 잃어버리지 않게 조심하세요. 그럼 행운이 있기를."

잉어는 거기까지 말하고 연못 속으로 천천히 사라져갔다.

천천히 사라져서 나도 마지막 인사를 할 수 있었다.

"감사합니다! 안녕히 가세요! 다음에 나오실 때는 시계 같은 거 꼭 챙기시고요!"

뜻밖의 사건에 조금 지체되었지만 덕분에 겸사겸사 쉬는 시간을 가질 수 있었다. 나는 상의에 묻은 흙을 연못 물로 씻어내고 다시 열심히 산을 타서 선계사에 다다랐다.

"스님 계세요? 저 지현이에요."

"누구시오?"

스님은 자기 방에 자리를 깔고 누워 계셨다. 큰 수술을 겪고 약해진 모습이 안쓰러웠다.

"초등학교 다닐 때 보고 처음 보는구나. 잘 지냈니?"

"네, 스님. 자주 찾아 뵙지 못해서 죄송해요."

나는 그동안 내가 어떻게 지내왔는지에 대해 간략히 이야기해 드렸다. 물론 외모 때문에 봉변을 당했던 일화처럼 어두운 사건이나, 잉어를 만났던 이야기처럼 남에게 말하기 껄끄러운 부분은 숨기고 가능한 밝은 얘기만 늘어놓았다.

"잘 지내고 있어 기쁘구나."

스님은 숨이 넘어갈 듯이 기침을 했다.

"괜찮으신가요?"

"안 괜찮지. 보면 모르니."

스님은 미소를 지었다. 안 울려고 했는데 눈물이 나왔다.

"내가 네 할머니 돌아가셨을 때 말하지 않았니. 죽는다는 것은 그저 하나가 다른 하나로 변하는 것뿐, 그마저도 오온이 만들어 낸 허상에 불과하니 허깨비를 보고 슬퍼하는 것은 어리석은 일이란다."

"네…."

스님은 자리를 털고 일어나 구석에 놓인 책상으로 가서 앉았다.

"약은 잘 먹으마. 어머니에게 고맙다고 말씀드리렴."

스님은 그렇게 말하고는 괴황지에 부적을 그린 다음 관세음보살이 그려진 주머니에 담아 나에게 주었다. 비닐에 담긴 약과도 함께였다.

"너도 여기까지 저거 들고 오느라 고생했다. 이건 선물이다. 소원을 들어주는 부적이란다. 약과는 내려가다가 당이 떨어지면 먹고."

"감사합니다, 스님."

스님은 다시 자리로 돌아와 누웠다. 그리고 한숨을 쉬었다.

"걱정이구나."

"무슨 다른 일이 있으세요, 스님?"

스님은 한동안 말없이 나를 쳐다보았다.

"이 산에는 원래 지정(土精)이 가득해 신이한 것들이 땅속에서 번성하고 있다. 대부분이 삿된 존재들이지. 지금까지는 나의 법력을 통해 억누르고 있었지만 그것이 끝나면 어떻게 될지…. 결국 인간의 어두운 감정들과 악한 마음들이 모여 만들어 낸 마장이라 나로서도 어쩔 수 없는 일이구나. 인간들이 스스로 감당해야 할 업이니까 말이다."

그때 내 머릿속에 떠오른 것이 말하는 잉어였다.

"네?"

"아니다. 내가 대책도 없으면서 무용한 말을 했다. 좀 피곤하구나. 혼자 좀 누워 있고 싶단다."

스님은 그렇게 말하고 돌아누웠다.

"스님. 혹시 잉…."

"돌아가 주겠니?"

스님에게선 처음 들어보는 단호한 목소리였다. 나는 어쩔 수 없이 자리에서 일어났다.

"자주 올게요, 스님. 안녕히 계세요."

"잘 가거라. 행복하렴."

"스님도요."

스님이 거기에 조그맣게 "조심하렴"이라는 말을 덧붙인 것도 같아 방을 나오던 도중 뒤를 돌아보았지만 확신은 없었다.

산을 내려오는 것은 수월했다. 어느새 해가 저물고 있었다.

내가 내 땀냄새를 맡을 수 있을 지경이었다. 이러고 거리를 돌아다니다가는 생판 모르는 사람들에게 육수 운운하는 모욕을 받을 수 있을 것 같았다. 경험이 있어 알았다.

나는 몸을 움츠리고 고개를 푹 숙인 다음 곧장 집으로 향했다. 번화가를 관통하는 것은 차마 할 수 없어 산과 연결된 외곽도로로 멀리 돌아갔다.

집이 있는 동네 초입까지 다다랐을 때 나는 한적한 다리 위에서 유선이를 만났다.

"어! 유서…."

유선이의 얼굴에 '경악'이라는 두 글자가 새겨져 있는 것 같았다. 유선이는 우민이의 손을 잡고 있었다. 내가 바보가 아닌 이상 내가 모르는 곳에서 어떤 일이 일어났는지 파악하는 데 찰나면 충분했다.

나는 몸을 돌려 도망쳤다.

"지현아!"

유선이는 급하게 나를 불렀지만 듣고 싶지 않았다.

나는 곧장 구청 뒷산으로 달려갔다. 잉어를 만나 이야기하고 싶었기 때문이었다.

'시련 운운하는 얘기를 듣자마자 이런 일이 터지다니, 분명 용한 잉어다!'

하지만 여기서 어떻게 좋은 결말로 이어진다는 것인지는 알 수 없어 그것에 대해 물어보고 싶었다. 이미 일주일치 운동량을 밥도 제대로 먹지 않고 감당한 터라 머리가 어질어질했다. 그러나 그보다 더 견디기 힘든 것은 실연의 상처였다. 나는 스님이 준 약과를 눈물에 적셔 먹으며 산을 올랐다.

약수터를 막 지나친 참에 엄마에게 전화가 왔다.

"어, 엄마. 어, 스님한테 전달했어. 지금은 시내. 잠깐 친구 만나서 저녁 먹고 갈게."

여자의 비명소리를 들은 것은 산중의 연못 가까이 다가가서였다.

"꺄아악!"

내 휴대폰 불빛이 유일한 빛인 어두운 숲이었지만 이미 전적이 있었기에 비명소리에도 당황스럽지 않았다.

"잉어님? 잉어님이세요?"

하지만 대답이 없었다. 혹여 집에 돌아간 지 몇 시간도 지나지 않아 다시 바깥으로 나왔다가 삵이나 멧돼지에 습격당한 것이 아닌가 싶어 나는 발걸음을 서둘렀다.

가파른 경사로에서 연못으로 돌아가는 모퉁이에서 나는 누군가에게 머리를 맞아 잠시 의식을 잃었다.

4

"ㄱㅞㄺ ㄱㅞㄺ ㄱㅞㄺ ㄱㅞㄺ ㄱㅞㄺ ㄱㅞㄺ ㄱㅞㄺ ㄱㅞㄺ ㄱㅞㄺ ㄱㅞㄺ ㄱㅞㄺ ㄱㅞㄺ ㄱㅞㄺ ㄱㅞㄺ ㄱㅞㄺ ㄱㅞㄺ."

의식을 되찾았을 때 이런 소리가 가까이서 들렸다. 그래서 차마 눈을 뜰 수가 없었다.

"ㅅㅙㅀ ㅅㅙㅀ ㅅㅙㅀ ㅅㅙㅀ ㅅㅙㅀ ㅅㅙㅀ ㅅㅙㅀ ㅅㅙㅀ ㅅㅙㅀ ㅅㅙㅀ ㅅㅙㅀ ㅅㅙㅀ ㅅㅙㅀ ㅅㅙㅀ ㅅㅙㅀ ㅅㅙㅀ."

끔찍스러운 소리였다. 마치 고막을 톱으로 긁는 소리 같아서 나는 눈을 뜨기 싫었지만 그 소리가 대체 무엇이고, 어떻게 피할 수 있는지 알아보고 싶었기에 결국 눈을 떴다.

눈앞에 있는 것은 불쾌하게 생긴 생물이었다. 피부는 인간의 것과 유사했지만 지나치게 매끈한 데다 기름이 줄줄 흐르고 있어 이질감이 강했고, 누리끼리한 눈은 등잔만 했으며 코와 입은 마치 반죽을 해놓은 것처럼 일그러져 있었다.

돼지와 두꺼비를 기묘한 비율로 섞어 놓은 것 같은 면상이었다.

"꺄아아아아아아아!"

"진정하시오, 아름다운 낯선 이여!"

"아아아아아아아악!"

사람의 말이 들렸기에 나는 목소리가 들려온 쪽으로 고개를 돌렸다. 그러나 거기에 사람은 없었다.

내 주변에 몰려들어 있던 괴물들과 다를 바 없이 생긴 괴물이 갈라지는 목소리로 나에게 인간의 말을 건네고 있었다.

"이곳에 가인을 해칠 자는 없소."

서 있는 것을 보니 거의 내 절반 정도의 신장으로, 약 70센티미터 정도 될 것 같았다.

"가인께서 불편해하신다. 부채를 부치는 자들만 남고 모두 물러가거라."

"ㄲㅞ랢 ㄲㅞ랢 ㄲㅞ랢 ㄲㅞ랢 ㄲㅞ랢 ㄲㅞ랢 ㄲㅞ랢 ㄲㅞ랢 ㄲㅞ랢 ㄲㅞ랢 ㄲㅞ랢 ㄲㅞ랢 ㄲㅞ랢 ㄲㅞ랢 ㄲㅞ랢 ㄲㅞ랢."

괴물들이 사방으로 흩어졌다. 부채를 부치고 있다는 말을 듣고 살펴보니 남은 놈들은 낙엽을 두껍게 이어 붙여 만든 부채 같은 것으로 나에게 바람을 부쳐주고 있었다.

놈들이 이성을 가지고 있고, 적의가 없다는 것을 일단 알게 되자 비로소 끔찍한 용모에도 비명을 지르지 않고 견딜 만해졌다.

"누구신가요? 저를 어째서 여기까지 데리고 온 것인가요? 여기는 어디죠?"

내가 있는 곳은 일종의 동굴이었다. 인광과 같은 푸른 빛이 곳곳에 있어 내부를 은은하게 밝혀 주고 있었다. 나는 그 동굴의 구석 어딘가, 낙엽이 두텁게 깔린 자리 위에 앉은 채였다.

말을 할 수 있는 괴물은 허리를 깊게 숙여 나에게 인사했다.

"저희는 이 산 아래에 봉인되어 있는 존재들입니다. 이 산의 지하에는 저희 같은 존재들이 많이 있죠. 하지만 우리는 그중에서도 유일하게 세상으로 나가 인간의 위에 설 수 있을 정도로 진보된, 선택받은 존재들입니다."

"그런데 저는 왜 여기에…."

"저희를 이 지하에 가둬 두고 있던 힘이 이제 곧 스러집니다. 우리의 사명은 지상으로 올라가 인간들의 세계를 전복시키고 그들의 것을 우리의 것으로 삼는 것입니다."

"그럼 나는 포로인가요?"

괴물은 껄껄 웃었다.

"처음에는 그럴 생각이었습니다. 정찰을 나간 신하들이 주변을 돌아다니는 인간들을 발견하고 먹을 생각으로 데리고 온 것이지요. 하지만 그중에서도 당신의 미모가 눈에 띄었습니다."

"네?"

"미모 말입니다! 차마 흉측한 인간들과 동족이라고 생각할 수 없을 정도로 당신의 얼굴은 눈부시게 아름답습니다! 저희 동족이 추구하는 미를 완벽하게 구현한 용모입니다! 우리 동족 모두가 태어나서 처음 보는 절세의 가인이십니다!"

좋은 말 같은데 좋게 들리지 않았다.

"어…."

말하는 괴물이 양팔을 벌리고 외쳤다.

"제가 바로 이 지하 세계의, 그리고 앞으로는 온 지상을 지배할 위대한 지도자입니다! 청컨대 제가 앞으로 지상에 건국할 제국의 왕비가 되어 주십시오! 저도 제가 동족이 아닌 자를 비로서 맞이할지는 상상도 못했습니다…. 하지만 당신이라면! 당신처럼 하늘이 내린 미모라면! 온 제국의 누구라도 제가 선택한 사랑을 결코 책망하지 못할 것입니다!"

너무 당황하자 할 말이 자동으로 튀어나왔다.

"생각 좀 해 봐도 되나요?"

"물론입니다. 충분히 숙고할 시간은 드리죠."

"좀 오래 걸릴 것 같은데요?"

"우리는 늦어도 내일 밤에는 세상으로 나설 것입니다. 그때까지 기한을 주겠습니다."

대왕 괴물은 등을 돌려 걸어가려다가 다시 나에게 시선을 주며 입을 열었다.

"왕비가 되면 지상과 지하의 모든 것이 당신의 것이 됩니다. 사실 내 것이지만 결국 당신의 것이기도 하죠."

그때 머리를 치고 지나가는 것이 있었다.

"혹시 인간의 남자도 내 것으로 만들 수 있나요?"

대왕 괴물은 그 말에 한참을 웃었다.

"그래, 그래. 당신과 같은 절세의 가인이라면 그 정도의 색을 누리는 것쯤이야 어디 허물이라고 할 수 있겠소? 항상 나와 함께 셋이서 동침한다는 조건이라면 어떤 남자라도 좋소."

이상한 조건이 따라붙었지만 이놈들이 나에게 우민이를 가져다 줄 수도 있을 것 같다는 확신이 들었다. 왜냐하면 어둠에 눈이 익숙해짐에 따라 산 아래의 거대한 공간을 가득 채운 괴물들의 무시무시한 숫자가 점차 시야에 들어왔기 때문이었다. 몸을 알처럼 웅크리고 벽과 천장에 틀어박혀 있어 한동안 눈치채지 못했는데, 일단 그 알과 같은 것들이 사실은 괴물들이라는 것을 알게 되자 대왕 괴물이 자못 패기 있게 선언하는 정복전쟁이 의외로 현실성 있는 이야기가 아닌가 싶은 생각이 들 정도로, 괴물들의 수는 말 그대로 어마어마했다.

"내 시종이 여기에 머무는 동안 당신을 보좌할 것이오."

시종이라고 지목된 괴물도 별다를 바 없이 생겼다.

"나… 시종… 모신다… 절세가인…."

대왕 괴물이 떠나고 내 뒤를 졸졸 따라오는 시종을 거느린 채 나는 산 아래의 공간을 거닐었다. 눈앞에 보이는 모든 것들이 인간은 이제 망했다는 증거들뿐이었다.

괴물들은 내가 생각했던 것보다 수가 많았다. 인간과 달리 벽과 천장을 통해 이동할 수 있었고, 위계가 어떻게 되는지 몰라도 개중엔 날개가 달려 날아다니는 녀석들도 있었다. 거대한 바위를 얼마 안 되는 수로 옮길 정도로 완력도 상당했고, 거기다 교육받지 못한 인간과 거의 비슷한 지능에, 번식하는 속도도 경이적이었다.

"망했네."

"절세가인··· 불편한··· 있나···. 말해라··· 아무거나···. 왕··· 나··· 혼내···."

나는 인간들이 가두어져 있는 우리에 도달했다. 단단한 나무들이 땅에 박혀 격리할 수 있는 공간을 만들어 내고 있었다.

"어? 지현아!"

익숙한 목소리는 진영이였다. 옥임이도 함께 있었다. 둘 다 우리에 갇혀 있었다.

나는 깜짝 놀라 물었다.

"여기는 어떻게 온 거야?"

"내가 하고 싶은 소리야! 여기는 대체 어디야!? 이놈들 너랑 닮았는데 너 인간이 아니었어?"

진영이의 말에 옥임이가 맞장구를 쳤다.

"어쩐지··· 수상하다 했어."

"무슨 소리야! 나 사람이야! 그리고 닮았다니 말이 너무 심한 거 아니야?"

"가인··· 닮았다니··· 기쁘다···."

"말도 하네?"

옥임이가 분노하여 외쳤다.

"역시! 넌 인간이 아니었지?"

"얘기하자면 길어. 일단 난 인간이고, 닮았다는 얘기는 그만해. 죽여 버린다."

"그럼 넌 어떻게 거기서 걸어 다닐 수 있는 거야? 우리는 갇혀 있는데!"

머리가 아파왔다.

"아니, 왜 너희들이 여기 있는 거야!?"

"우리는 너 따라왔지! 옥임이가 혹시나 괴물이 나올 수 있으니까 산에 가 보자고 해서 약수터에 들렀다가 해 저물길래 내려오는데 네가 울면서 산으로 올라갔잖아. 그래서 따라갔지. 근데 해도 완전히 저물고, 산이라서 어둡고 해서 돌아 내려오는데 네가 여러 명 있었어. 우리는 네 가족인 줄 알았지. 그래서 다가갔는데 저 괴물들이라서 잡혀온 거야."

나는 시종에게 물었다.

"얘들 풀어 줄 수 있어?"

"왕… 윤허… 필요…."

"그럼 여기 있을게. 왕한테 가서 물어봐."

시종이 대왕 괴물에게 간 사이 나는 진영이와 옥임이에게 대체적인 사정을 말해 주었다. 그러나 대왕 괴물이 나를 신붓감으로 점찍었다는 이야기는 차마 수치스러워 입 밖에 내지 못하고, 대신 밖에서 죽어가고 있던 괴물 하나를 별생각 없이 구해 주었더니 그게 대왕이어서 은인 대접을 받고 있다고 둘러댔다.

우리 이야기를 듣고 있던 또 다른 포로 하나가 외쳤다. 다 헤진 양복을 입고 있었는데 행색이 노숙자 같아 보였다.

"그럼 어서 우리를 풀어 줘!"

"지금 풀어 줘도 되냐고 물어보러 보냈잖아요."

노숙자는 나무 창살을 두드리며 혼자 열을 내기 시작했다.

"이 민족의 배신자! 괴물 놈들이 인간들을 모조리 쓸어 버린다는데 거기 붙어서 잘 먹고 잘 살려는 거지! 하여간 이 나라 인간들은 근본부터 글러먹었어!"

시종이 헐레벌떡 다가와 왕의 말을 전했다.

"불가… 도주… 정보 누출… 스파이…."

진영이가 나무 창살 사이로 머리를 내밀며 물었다.

"우리 풀어 줄 수 있대?"

"아직 말 안 끝났어. 잠깐만 기다려 봐."

옥임이가 의심스럽다는 듯이 말했다.

"어떻게 말이 통하는 거지? 역시 그런 거였어?"

"가인… 친구… 보호 가능…."

"내가 자기네들 은인이니까 내 친구들이라고 하면 보호해 준다는 거 같아."

노숙자 아저씨가 갑자기 웃으며 말했다.

"아까는 귀인을 몰라뵙고 결례가 많았습니다. 모쪼록 어리고 아둔한 저를 어여삐 보아 주신다면 골육이 마르고 백골이 진토가 되도록 충성을 다해 섬기도록 하겠습니다."

나는 진영이와 옥임이를 가리키며 시종에게 말했다.

"얘네 내 친구야. 건드리지 마."

"가인… 친구… 알았다…."

"풀어 줄 수 있어?"

"불가능… 오늘 밤… 전쟁…."

"오늘 밤?"

그때 산 지하를 뒤흔드는 뇌성이 울려 퍼졌다.

"산의 구더기들아! 드디어 때가 되었다! 이제까지 우리를 산하에 억누르고 있던 중놈의 기운이 사라졌다! 이제 중놈이 우리의 존재를 눈치채지 못하도록 힘을 억누를 필요도 없다! 더 지체하지 않는다! 오늘 밤이다! 모두 전쟁을 준비하라!"

진영이와 옥임이와 노숙자와 다른 포로들은 모두 공황에 빠졌다.

"뭐야! 전쟁?"

"전쟁? 진짜?"

"저를 어여삐 봐 주신다면, 발을 핥으라고 하면 핥겠으며…."

시종이 나를 거세게 잡아 끌었다.

"더 이상… 기다림… 못 해… 지금… 바로… 결정을…."

지하 전체가 살아 움직이는 전초기지와 같았다. 이 지하에는 한 둥지의 개미떼보다 더 많은 괴물들이 우글거렸다.

"ㅋㅞㄽ ㅋㅞㄽ ㅋㅞㄽ ㅋㅞㄽ ㅋㅞㄽ ㅋㅞㄽ ㅋㅞㄽ ㅋㅞㄽ ㅋㅞㄽ ㅋㅞㄽ ㅋㅞㄽ ㅋㅞㄽ ㅋㅞㄽ ㅋㅞㄽ ㅋㅞㄽ ㅋㅞㄽ ㅋ ㅞㄽ ㅋㅞㄽ ㅋㅞㄽ ㅋㅞㄽ ㅋㅞㄽ ㅋㅞㄽ ㅋㅞㄽ ㅋㅞㄽ."

시종은 더욱 거세게 내 팔을 당겼다.

"결정… 못 하면… 여기서… 박제… 왕의… 칙령…."

괴물들이 날카로운 손톱을 들이밀며 내 주위로 슬금슬금 다가오고 있었다.

"알았어! 알았어! 왕에게 직접 말할게! 왕은 어디 있어!"

시종이 나를 이끌었다. 잉어의 말대로 중차대하기 짝이 없는 결정이었지만 주어진 시간이 너무 촉박했다.

우리 가족! 그들에게도 손을 대지 말라고 해야 했다!

"나 지금 부모님한테 전화해서 너희 보면 무릎 꿇고 손 들라고 할게! 그러면 그렇게 행동하는 사람은 공격하지 마!"

나는 휴대폰을 꺼내 들었다.

"결정 후에… 위의… 가족… 보호… 가능… 모든 것은… 결정 후에… 우리의… 후의가…."

휴대폰에는 유선이가 보낸 장문의 카톡이 와 있었다.

"잠깐만! 잠깐만!"

우민이와의 일을 말하지 않아서 미안해. 하지만 숨기려던 건 아니었어. 다음 날이나 그다음 날이라도 너에게 솔직하게 말하려고 했어. 그때, 내가 부 활동 후에 같이 귀가하자고 말했을 때, 부 활동이 끝나고 우민이에게 고백을 받았어. 솔직히 말하면 나도 우민이를 좋아했어. 하지만 네가 좋아했기 때문에 일부러 거리를 두려고 했어. 그렇지만 먼저 나에게 고백하는 우민이까지 밀어낼 수는 없었어. 네가 나를 원망할 수 있다는 거 알아. 네가 나를 더 이상 친구라고 생각하지 않을 수도 있다는 것도 알아. 하지만 이것만은 믿어 줘. 나는 너를 속이려는 생각은 없었어. 미안해. 이게 지금 내가 너에게 해 줄 수 있는 유일한 말이야.

엄마가 보낸 문자도 있었다.

우리 딸! 슈퍼에서 맥주 좀 사다 줄래? 소시지도 부탁할게.

"움직여라! 움직여! 이제 총공격을 시작해서! 이 땅 위에서 착한척하고 사는 무리들을 싹 쓸어 버리자!"

괴물들을 지휘하고 있는 대왕 괴물이 시야에 들어왔다.

"가인이시여! 당신의 대답은 어떠십니까! 함께 바깥으로 나아가 달 아래에서 인간의 세상이 모조리 우리의 손에 들어오는 것을 기쁜 마음으로 지켜보시렵니까?"

손쉬운 길을 선택하는 것은 말 그대로 손쉬운 일이었다. 나는 우민이를 손에 넣었고, 내 가족과 친구들은 괴물들이 세계를 전복시킨 후에도 상처 하나 없이 무사했다. 나는 세계의 두 주인 중 하나였다.

우민이가 내 발치에 발가벗은 채 엎드려 교태를 부리는 것은 참으로 보기 좋았다. 대왕 괴물은 우민이의 얼굴을 보더니 "추해서 견디기가 힘들다"며 같이 침상에 들기를 거부했다. 우민이는 온전히 나의 것이 되었다.

의외로 대왕 괴물과 역겨운 잠자리를 가지지 않아도 되었던 것은 또 다른 행운이었다. 생식기의 형태가 너무나 달라 도무지 관계를 가질 수 없었기 때문이었다.

나는 새로이 태어난 제국의 얼굴마담이었다. 모두가 나의 미모를 칭송하였다. 딱 그 정도의 일만 수행해도 되었다. 그러면 모든 것이 나의 발아래에 놓였다.

그러나 그런 길을 걷기 직전에 잉어의 말이 문득 기억났다.

'그것은 보주예요. 당신이 어려운 길을 선택했을 때 당신을 도와줄 겁니다.'

보주는 스님이 준 부적 주머니에 잘 들어 있었다. 나는 부적 주머니를 손으로 꽉 쥐었다. 어쩐지 힘이 나는 것 같았다.

"이 새끼들아! 내가 생긴 건 이래도 너희랑 같은 항렬이 아니야!"

내 목소리가 괴물들의 둥지 안에 울려 퍼졌다.

대왕 괴물의 얼굴이 일그러졌다.

"멍청한! 자신이 무슨 말을 하는지도 모르는 것인가! 아무리 얼굴이 아름답다 하여도 우둔한 자는 결코 한 제국을 다스릴 정도로 고귀한 자리에 오를 수 없는 법이다! 여봐라! 저 아둔한 자의 내장을 빼내고 그 가죽은 내 옥좌의 오른 깃대에 박제하도록 하여라!"

발톱을 세운 괴물들이 날렵하게 나에게로 달려들었다.

그때 내 머릿속에 잉어의 목소리가 울려 퍼졌다.

'당신의 선택을 존중합니다. 허황된 형상의 쾌락보다는 내면의 정의가 소중하다는 결론에 도달하셨군요. 이제 당신에게 세상의 풍파에 영원히 꺾이지 않을 견실한 내면을 부여하도록 하겠습니다.'

내가 손에 쥐고 있던 부적 주머니에서 강렬한 빛이 뿜어져 나왔다. 그 빛은 괴물들을 삼키고, 세상을 삼켜 버렸다.

5

눈을 떴을 때, 나는 달라져 있었다. 온몸을 휘감는 거대한 힘이 느껴졌다.

"이게… 나?"

잉어의 목소리가 들렸다.

'네, 난세에는 내면의 정의를 지키기 위해 강인하고 내실 있는 능력이 무엇보다 중요합니다. 그래서 당신을 누구에게도 지지 않는 존재로 만들어 드렸습니다.'

괴물들이 나를 보고 두려움에 물러섰다.

"우오오오오오오!"

내가 근육으로 가득 찬 거대한 팔을 휘두르자 괴물들이 추풍낙엽처럼 쓰러졌다.

대왕 괴물도 신체 능력은 별 볼 일 없었다.

"무엄하다! 살려 줘! 살려 줘!"

"누가 너희랑 닮았다고!?"

나는 대왕 괴물을 두 조각으로 찢었다.

"지현아! 너 왜 그렇게 됐어!"

"역시… 인간이 아니었던가…."

"제가 어디부터 핥아 드리면 될깝쇼?"

나는 친구들과 나머지 인간들을 보호하며 둥지를 탈출하기 시작했다. 끊임없이 몰려드는 괴물들의 방해로 지난한 일이었지만, 지반을 손으로 깨부수어 괴물에게 던지니 손쉽게 제압이 가능했다.

혹시 몰라 약간 위쪽으로 경사를 두고 지반을 뚫었는데, 과연 올라오고 보니 구청 옆이었다.

옥임이가 외쳤다.

"세상이! 세상이 멸망한다!"

"멸망하지 않는다! 내가! 내가 지킨다!"

나는 사람들에게 손을 잡도록 한 다음 목도리처럼 둘렀다.

"다들 꼭 손잡고 떨어지면 안 돼!"

나는 인근의 포병부대로 달려갔다. 과거에 유선이의 오빠가 입대했을 때 유선이와 함께 면회를 가 본 적이 있어 지리를 알았다.

괴물들은 이미 온 사방에 있었다. 도탄에 빠진 사람들의 비명소리가 사위에 가득했다. 모두를 구할 수는 없었다. 그러나 최선을 다해야 했다.

가는 길에 우리 집이 있어 최우선으로 들렀다. 가족은 다행히 무사했다. 방문을 잠그고 틀어박혀 있던 엄마가 기함했다.

"지현아! 그 약을 네가 먹었니!"

마침내 사람들을 있는 대로 이끌고 부대에 도착하자 진지가 구축되어 있는 것이 보였다.

"또 다른 괴물이다! 발포하라!"

군인들이 나에게 총을 쏘았다. 간지러웠다.

진영이를 필두로 내가 데려온 사람들이 외쳤다.

"쏘지 마세요! 우리 편이에요!"

"저놈이 사람들을 방패로 쓴다!"

"아니야! 아군이다! 발포 중지!"

나는 사람들을 부대 안으로 데려다 놓았다.

"사람들을 이곳으로 데려오겠어요. 인원들을 밖으로 빼기보다는 이곳을 사수하는 데 집중하세요. 당신들이 쏘는 총으로는 저 괴물들을 당해 낼 수 없을 겁니다."

중령 계급을 단 군인이 나에게 물었다.

"당신의 이름은 무엇인가요?"

"나는 송지현이라고 합니다."

나는 시내를 종횡무진 누비며 괴물들을 있는 대로 때려잡았다.

"여러분 모두! 모두 저를 따라오세요! 부상자가 있나요? 이리 와 업히세요!"

나는 마침내 유선이의 집에 도착했다. 집 안에서 비명소리가 들리길래 당장 벽을 뚫고 들어갔다. 다행히 유선이와 그 가족 모두 늦지 않게 구출할 수 있었다.

금방이라도 괴물에게 죽을 뻔했던 유선이는 잔뜩 겁에 질려 있었지만 내가 품에 안자 안도했는지 울음을 터트렸다.

"으아앙! 지현아! 지현아아!"

나도 마음이 싱숭생숭해져서 유선이를 안고 울었다.

뒤이어 다른 집의 문짝을 뜯고 들어가니 마침 우민이의 집이었다. 나는 집 안에 있는 괴물들 중 하나는 목을 꺾고 하나는 허리를 꺾어 제압했다.

"으아아아아!"

그 광경을 보던 우민이가 공포에 질려 울음을 터트렸다. 나도 우민이를 안고 울었다.

마음이 너무 아팠기에 나는 둘을 한데 붙여 놓고 달아났다.

"지현! 지현아!"

유선이가 등 뒤에서 나를 애타게 불렀지만 무시했다. 유선이는 나를 위해서 할 만큼 했다. 유선이가 우민이의 이상형까지 알려 주고 전략적으로 살 빼고 꾸미고 고백하라고 등 떠미는 동안 끝끝내 거절당할까 봐 아무것도 하지 않은 건 나였다. 나 말고 누구를 탓하겠는가….

"우리 이제 안 사귀어!"

"응?"

돌아가서 자세히 이야기를 들어보니 사귄 지 하루 만에 합의해서 헤어졌다고 했다. 유선이가 내 귓가에 대고 속삭였다.

"첫 데이트 때 느낀 건데, 애가 진짜 상상 이상으로 수동적이야. 너도 알아 둬야 할 것 같아서 말하는데, 나랑 카톡할 때는 있지, 말로는 어디 간다 저거 하고 싶다 요거 하겠다 하면서 무슨 계획을 다 짜 놓은 것처럼 얘기하더니 정작 첫 데이트 당일에 준비를 하나도 안 해왔더라고. 결국 하나부터 열까지 내가 다 끌고 다녔어. 말수도 없어서 항상 내가 먼저 묻지 않으면 말도 안 하고. 그러고 있으니까 고백은 내가 받았는데 나 혼자만 열심인 것 같다는 생각이 들어서 현타가 오는 거야. 아니, 그럴 거면 나한테 고백을 왜 한 거야? 대놓고 물어보니까 자기는 리드해 주는 여자가 취향이래. 내가 성격이 급해서 총대 메는 일 많이 하니까 연애할 때도 그럴 거라고 생각했다는 거야. 솔직히 애는 착한데, 나는 그렇게는 절대 연애 못 해. 그래서 그냥 서로 잘 얘기하고 합의하에 헤어지자고 했어. 너도 잘 생각해, 지현아. 남친이 수동적이면 감정 교류가 잘 안 돼서 답답하고 내가 사랑받는다는 느낌도 잘 안 들어."

"그러니까 둘이 헤어졌다고?"

"너 내 말 들었니?"

유선이가 한숨을 푹 쉬었다.

"그래. 이왕 이렇게 됐으니 내가 좀 더 도와줄게. 하지만 이번에 느꼈지? 인기 있는 애는 우물쭈물하고 있으면 딴 애가 채 간다. 지금부터라도 계속 좋은 인상을 심어 둬야 해."

나는 유선이의 손을 잡고 우민이가 있는 방으로 들어갔다.

"으아악! 괴물!"

유선이가 우민이의 등을 때리고 설명을 해 주었다. 이내 우민이가 머뭇머뭇 나에게 다가와 말했다.

"저희를 구해 주셔서 감사합니다. 그런데 어디서 많이 본 분 같은데….”

나는 얼굴을 붉히며 말했다.

“나 지현이야. 같은 반 지현이.”

“아, 지현이! 당연히 알지. 좀 많이 달라져서 못 알아봤어.”

나는 슬쩍 우민이의 얼굴을 보았다. 나를 보는 눈에 어쩐지 동경이 서려 있는 것도 같았다.

“걱정 마, 우민아! 너는 내가 반드시 지킬게!”

나는 유선이와 우민이를 안고 하늘 높이 뛰어올랐다. 인간의 조각과 괴물의 조각, 총성과 비명, 괴성이 가득한 마을에 커다란 달이 떴다.

필하율 학생의 직업 체험 보고서

I. 체험하기를 선택한 직업과 그 이유

안녕하세요. 저는 그린티 중학교에 재학 중인 1학년 1반 9번 필하율입니다.

제 장래희망은 화학자입니다. 이유는 과학을 통해 힘과 권력을 가지고 싶은데 그러기 위해서는 필연적으로 화학이 필요하기 때문입니다. 보통 물리학을 과학의 핵심적인 분야라고 생각하지만 제 판단에 그것은 잘못된 견해입니다. 왜냐하면 물리력이라는 것이 실제 세계에 영향을 미치려면 반드시 물질이 필요하기에 그렇습니다. 물질이 존재하지 않는다면 제 아무리 강력한 물리력이라도 한낱 실용성 없는 꿈과 다를 바가 없을 것입니다. 중력과 전자기력, 약력과 강력 모두 물질 사이에서 작용하는 힘이고, 열과 빛, 대류와 폭발, 파랑과 강풍 같은 물리현상들 또한 물질을 매개로 해야만 그 위용을 과시할 수 있습니다. 더 나아가서는 우리가 그토록 신성시하는 생명 또한 단순한 화학 반응에 불과하며, 인류보다 우수한 인공 지능 로봇도 결국 물질 없이는 성립할 수 없을 것입니다.

이러한 이유로 저는 그린티 대학교 화학과의 김융곽 교수님이 운영하시는 유무기바이오나노촉매전자디바이스 연구실을 찾아가 연구실 내의 다양한 일상 업무 및 생활 환경을 견학하였습니다. 여러 연구실 중에서 김융곽 교수님의 연구실을 찾아간 이유는, 김융곽 교수님은 순수화학으로 학위를 받으셨지만 현재는 응용화학 분야에서 더 많은 성과를 내고 계시기 때문입니다. 영국의 철학자인 프랜시스 베이컨은 "아는 것이 힘이다"라고 하였지만, 정말로 아는 것이 힘이 되기 위해서는 반드시 알고 있는 것을 휘두르는 방법을 먼저 알아야만 합니다. 기초 과학이 단순히 지식을 아는 것을 위한 학문이라면 응용과학은 아는 것을 휘두르는 방법을 배울 수 있는 학문이라 할 수 있을 것입니다. 이러한 이유로 저는 제가 가지고 있는 꿈과 가장 합치되는 연구실이 김융곽 교수님의 연구실이라 판단하였습니다. 그리하여 저는 실제로 김융곽 교수님의 연구실을 찾아가 그 안에서 일어나거나 처리되는 여러가지 업무들과 현상들을 견학하였고, 이러한 직업 체험을 통해 (응용)화학자들이 평소에 어떠한 일을 하며 살아가고 있는지를 자세히 알 수 있게 되었습니다.

II. **체험 과정 수기**

00. 연구실 입구

제가 연구실을 견학하는 동안 앞서서 길을 안내해 주시고 여러가지 신기한 것들을 설명해 주신 석사 과정생 유차명 선생님은 친절하고 따뜻하신 분이셨고, 항상 피곤한 얼굴을 하고 계신 것이 인상에 깊게 남았습니다. 저는 오전 11시경에 그린티 대학교 응용과학구(區) 정문 앞에서 유차명 선생님을 만났는데, 유차명 선생님은 저에게 맛있는 학식을 사 주시고 식사 후에는 따뜻한 코코아까지 대접해 주셨습니다. 그러고 나서 저희는 서로의 신변에 대한 가벼운 대화를 나누며 먹은 것들을 소화시켰고, 적당히 이야기가 마무리된 오후 2시경에 응용과학구 북쪽에 위치한 연구실로 발걸음을 옮겼습니다.

김융끽 교수님은 국가 과학자이자 특훈 교수로서 국가와 기업과 대학으로부터 많은 지원을 받고 있다고 하였습니다. 그래서인지 교수님의 연구실은 겉보기에도 매우 면적이 넓어 보였습니다. 바깥에서 보아도 끝과 끝을 한번에 볼 수 없을 정도였는데, 듣기로는 진동에 민감한 투과 전자 현미경(Transmission Electron Microscope)을 여러 대 설치해 놓기 위해 지하에까지 연구실이 확장되어 있다는 것이었습니다. 연구실은 남쪽에 있는 입구를 통해 들어갈 수 있었는데, 문의 손잡이를 잡았을 때 손잡이가 매우 축축했다는 것이 특별히 기억에 남습니다.

01. 로스트 테크놀로지(Lost Technology)

남쪽의 입구를 통해 연구실로 진입한 저는, 제일 먼저 문서들을 보관하는 거대한 도서관을 마주하게 되었습니다. 까마득하게 솟은 서가들과 끝없이 펼쳐지는 문서의 양에 감탄하며 도서관 구획의 중간에 이르자, 등불을 들고 어둑한 서가의 미로를 헤매는 일군의 연구원 무리를 만날 수 있었습니다. 그들 무리 중의 일부는 도서관의 어두운 구석에 자리를 잡고 미약한 불빛에 의지해 낡고 헤진 문서들을 미친 듯이 뒤적이고 있었습니다. 화학 연구실과는 어울리지 않아 보이는 모습에 제가 의아해하자 유차명 선생님은 저에게 그들이 고대의 실전된 테크놀로지를 탐사하고 있다는 사실을 알려 주었습니다.

"실전된 기술이요?"

유차명 선생님은 고개를 끄덕였습니다.

"그래. 화학 분야에서의 응용과학적 연구들은 기본적으로 여러 물질 혹은 여러 장치 등을 겹겹이 반응시키거나 쌓아 올려서 무언가 인공적인 디바이스나 원천 소재 등을 만들어 내는 데 그 목적이 있어. 문제는 우리가 화학쟁이잖아. 그래서 이처럼 무언가를 만들어 내는 작업의 절대다수가 미시적 규모에서 진행되어서 결국 만드는 사람의 손을 심하게 타 버리게 되는 거야."

"손을 탄다는 것은 만드는 사람마다 결과가 크게 차이가 난다는 건가요?"

"맞아. 그런 이유로 어떤 연구실에서 목표로 하는 디바이스 혹은 원천 소재를 일단 성공적으로 만들어 냈다 하더라도, 그것을 처음으로 만드는 데 성공한 고대인이 후계자를 키우지 못하고 졸업을 해 버리면 해당 기술은 그와 동시에 소실되어 높은 확률로 로스트 테크놀로지가 되어 버릴 수 있어. 대개 기술을 구현하는 활동에는 단순히 글로는 전할 수 없는 부분이 존재하거든."

유차명 선생님은 등불을 든 연구원들을 손가락으로 가리켰습니다.

"저들은 기존에 만든 디바이스나 원천 소재를 이용해 그것을 더욱 발전시키거나 응용하려는 연구를 진행하려고 하지만,

불운하게도 고대인에게 도제식으로 인수인계를 받지 못한 현대인들이야. 본격적인 연구에 착수하기 전에 먼저 실전된 기술을 복구해야만 하고, 그러한 이유로 최초로 기술을 개발한 사람이 도서관 곳곳에 남겨 둔 실험 노트들과 비망록 등을 발굴해 기술에 대한 단서를 끌어 모으려는 목적으로 탐사를 하고 있는 거야."

비로소 그러한 사실을 알고 나니 등불을 들고 끝없는 미궁을 거니는 연구원들의 고충이 피부로 느껴지는 것만 같았습니다. 고뇌하고 있는 연구원들을 뒤로하고 도서관의 어둠 속을 스쳐 지나가는 동안, 탐사현장에서 종이쪽이 넘어가는 소리가 마치 연구원들의 한숨소리처럼 들리는 듯했습니다. 저는 그들이 무사히 소실된 기술을 복원하고, 그로부터 자신만의 좋은 연구 결과를 만들어 낼 수 있기를 마음 속 깊이 기원하였습니다.

02. 지괴논문(志怪論文)

잃어버린 기술을 탐사하고 있는 연구원들을 지나 한참을 걸어가자 비로소 도서관의 끝에 도달할 수 있었습니다. 그런데 도서관의 가장자리 지역에서 연구원들이 책장을 바닥에 뒤엎고는 그 위에 황갈색의 액체를 농약 살포기를 이용해 뿌리고 있는 것이었습니다. 제가 대체 무엇을 하고 있는 것인지 묻자, 연구원들은 도서관에서 지괴논문이 발견되었기 때문에 방제 작업을 진행하는 것이라 알려 주었습니다.

지괴논문은 이름처럼 논문의 형식을 모사하고 있지만 사실은 문학 장르의 일종인 기물(奇物)로서, 중국의 육조 시대에 번성했던 지괴소설(志怪小說)이 포스트 모더니즘의 영향을 받은 현대 문학들과 이종 교배를 하여 진화해 온 결과물입니다. 간혹 소리소문 없이 도서관에 출몰하는 경우가 있는데, 문헌 오염을 통해 새로 등록되는 문서들까지 지괴논문으로 만들어 버리기에 발견 즉시 적절한 구축이 이루어지지 않는다면 큰 피해가 따를 수 있습니다.

이처럼 위험한 지괴논문을 식별하기 위해서는 몇 가지 특징을 주의 깊게 살펴보아야 합니다. 먼저 지괴논문은, 저자명에 실존하는 중국인의 이름들이 들어가 있는 경우가 많습니다(다만 유자병 선생님은 이 견해가 중국산 논문들의 생산량이 압도적이라는 점에 기인한 인지 편향일 가능성을 열어 두어야 한다고 부연하셨습니다. 전체 생산량이 많으니 의태해 있는 지괴논문의 비율이 다른 국가와 같거나 낮은 수준이더라도 소수의 표본만 접할 수밖에 없는 개인에게 대표성 편향을 심어 주기 쉽다는 의미입니다). 그러나 물론 다른 나라의 실존인물들의 이름이 박혀 있는 경우도 있어 이러한 단서만으로는 식별하기가 녹록지 않습니다. 다음으로는 사진을 확인하는 방법이 있습니다. 어떤 지괴논문에서 A라는 설명과 함께 등장했던 사진이 다른 지괴논문에서는 B라는 설명을 달고 약간 변형된 상태로 게재되는 경우가 있는데, 이것은 지괴논문 장르의 특징 중 하나로 일종의 스타 시스템으로 이해할 수 있습니다. 주의를 잘만 기울인다면 해당 방법으로 많은 수의 지괴논문을 변별해 낼 수 있습니다. 그러나 만약 이도 저도 되지 않는다면 직접 부딪혀 보는 방법밖에는 없습니다. 지괴논문은 기본적으로 문학으로 분류되는 만큼 대부분이 상당히 진기한 내용을 다루고 있어 읽는 사람의 눈길을 쉽게 끌지만 막상 실험 프로토콜을 그대로 따라가면 높은 확률로 재현이 이루어지지 않기 때문입니다. 하지만 이 마지막 방법은 시간과 비용을 크게 소모하기에 정상적인 과정에서는 진행되지 않으며, 해당 지괴논문을 진짜 논문이라 오인하여 실험을 진행한 인원에 의해 우연히 밝혀지는 경우가 절대다수입니다.

화학자들은 연구자들이기도 하지만 동시에 과학이라는 전장의 최전선에서 끝없는 사투를 벌이고 있는 전투원들이기도 합니다. 유차명 선생님에 따르면 이 세상에는 우리 인류가 무지라는 미명에서 빠져나오는 것을 막으려는 사악하고 집요한 의지가 작용하고 있다고 합니다. 그렇기 때문에 연구자들은 단순히 실험을 설계하고, 실험을 진행하고, 데이터를 분석하고, 행정 업무를 진행하는 것 외에도 자신들의 연구 수행을 방해하는 깊고 어두운 의지와 그러한 의지가 파견한 하수인들을 상대해야만 한다고 하였습니다. 저는 세계의 어두운 곳에 몸을 숨긴 채 인류의 발전을 저해하고자 하는 사악한 의지를 느끼고는 분노로 이를 갈았습니다.

03. 제철물질

도서관을 빠져나오자 눈앞에 웬 밭이 보였습니다. 연구원들이 그 밭을 넘어다니며 밭 곳곳에 묻혀 있는 비커와 시험관 속에서 무언가를 바쁘게 섞거나 끓이고 있었습니다. 알고 보니 그 연구원들은 제철물질을 경작하고 있는 것이었습니다. 제철물질은 특정한 계절에만 수확할 수 있는 화학 물질을 말합니다.

"그럼 연구실에서 사용하는 물질은 다 저렇게 밭에서 생산해서 쓰는 건가요?"

"전부는 아니야. 단일한 원소 혹은 화합물로만 이루어진 순수한 시약은 순도 문제가 개재되기 때문에 보통은 믿을 수 있는 곳에서 돈을 주고 구입하는 것이 선호되지. 하지만 순수한 시약이 아니라 복합체라고 말할 수 있는 화학 물질, 예를 들자면 마이크로-나노미터 사이즈의 유무기 구조체 물질이나 단백질-무기물 하이브리드 물질과 같은 것들은 연구실에서 특제하는 물질이라면 물론이고, 시판되는 종류라도 합성할 수 있는 기술만 있다면 구입하는 것보다는 원천이 되는 시약 혹은 물질로부터 직접 길러내는 것이 싸게 먹히는 경우가 많아."

"돈 문제군요."

그때 밭에서 물질을 경작하던 연구원 한 명이 허리를 펴고 스트레칭을 하는 모습이 눈에 들어왔습니다. 연구원의 얼굴은 반짝이는 구슬땀으로 가득했습니다. 유차명 선생님이 그 연구원을 향해 손을 흔들어 주었습니다.

"하지만 그러한 물질들 중 몇몇 종류는 특정한 계절이 아니라면 만족할 만한 결과물을 경작할 수가 없어. 저기 저 녹색 액체 보이지?"

유차명 선생님이 가리킨 그것은 외기와 밀폐된 구획에서 경작되고 있는 물질이었습니다. 녹색의 액체 물질로, 미세하게 발광하고 있는 것 같았습니다.

"저건 특정 파장의 빛을 받아 단일 파장의 형광을 내는 나노미터 크기의 금속 물질로 양자점이라고 해. 밀폐된 상태로 경작되는 것을 보면 알 수 있겠지만, 반응 과정이 습도에 극도로 민감하기 때문에 습도가 적은 겨울철에 집중적으로 수확을 해 놓지 않으면 여름이 되었을 때 애로사항이 발생할 수 있어."

유차명 선생님은 그렇게 말하고는 밭 고랑을 넘어가더니

근처의 시약장에서 노란색의 왁스 같은 고체 물질이 들어 있는 시약병을 꺼내 왔습니다.

“이것은 분자량이 높은 고분자야. 여름철에는 상온에서도 액체상태지만, 기온이 떨어지는 겨울철에는 보다시피 상온에서 고체 상태로 굳어 버리지. 이 고분자와 다른 물질을 섞어서 소재를 만들 경우엔 대개의 경우 반응에 참여하는 고분자가 항상 액체 상태로 존재해야만 해. 물론 겨울철에도 적당히 가열하면서 녹인 채로 반응시킬 수는 있겠지만 아차 하는 순간 고분자가 굳어 버리면 끝인 거지. 그래서 이 녀석을 조합해 경작하는 소재는 여름철에 시간을 잡고 많은 양을 수확해 두어야 무사히 겨울을 대비할 수 있는 거야.”

그처럼 한철 동안 수확한 물질을 가지고 나머지 1년을 버텨야 한다는 사실을 알게 되자, 비로소 연구원들이 흘리는 땀방울에서 풍년을 기원하는 간곡한 마음을 읽어 낼 수 있을 것 같았습니다. 올해의 작황이 예년보다 좋기를, 저는 잠시 두 손을 모으고 마음속 깊이 기원하였습니다.

04. 벨제붑(Beelzebub)

그런데 열심히 제철물질을 경작하던 연구원 하나가 갑자기 비명을 지르며 바닥에 자빠져 고통과 절망으로 버둥거리기 시작했습니다. 제가 그 참혹한 광경에 놀라 얼어붙은 사이, 괴로워하는 연구원 근처에 있던 다른 연구원이, 쓰러진 연구원이 방금 전까지 작업하던 자리를 살피고는 양팔을 머리 위로 휘두르며 "벨제붑이다!"라고 외쳤습니다. 그 처절한 외침과 함께 밭 전역에 무시무시한 사이렌 경보가 울려 퍼졌습니다. 그러자 경작에 참여하고 있던 연구원들 모두가 두려움에 가득 찬 모습으로 화학 물질들이 들어 있는 용기를 천이나 종이 쪽, 여의치 않다면 몸으로 덮어 가리는 것이었습니다.

벨제붑은 기본적으로 지옥의 마귀대왕을 지칭하는 명칭이지만, 그 마귀대왕이 인간계로 파견한 휘하의 다양한 벌레들을 지칭하는 용어이기도 합니다. 화학 실험이 진행되는 연구실은 스트레스 수치가 고도화되기 쉬워 인간을 타락시키는 데 최적의 장소입니다. 그래서 마귀대왕은 자기 수하의 벌레들을 화학 연구실에 투입하여 호시탐탐 사람을 절망하게 만들 기회를 잡으려 하는 것입니다.

즉, 벨제붑의 계획은 이런 식으로 이루어집니다. 한창 액체 화학 물질을 다루다 물질이 담긴 용기의 뚜껑을 열어 둔 채로 잠시 다른 일을 보다 돌아왔습니다. 이런, 액체 속에 어느새 벌레가 빠져 있네요? 귀중한 화학 물질이 한낱 벌레 국물로 전락하는 순간입니다. 해당 물질을 만들고 정제하는 데 들인 노력과 시간이 모두 무의미해지는 것이지요. 그보다 더 최악인 경우도 있습니다. 열심히 액체 화학 물질을 섞어가며 최종적인 물질을 만들었는데, 반응에 사용되었던 액체 화학 물질의 여분을 폐기물 통에 버리는 순간 벌레가 빠져 있었다는 것을 알게 되는 것입니다. 이번에 제가 보았던 연구원은 너무나 안타깝게도 두 번째 케이스에 해당하는 경우였습니다.

『지킬 박사와 하이드』에서 지킬이 끝없는 파멸에 이르게 된 궁극적 원인이 시약의 불순물 때문이었다는 묘사에서 볼 수 있듯이, 불순물은 화학 실험에서는 극도로 주요한 이슈일 수밖에 없습니다. 우리 인류에게 불운한 사실은, 지옥의 마왕인 벨제붑 또한 그 중대성을 알고 있다는 것입니다. 저는 지옥의 깊은 곳에 도사린 채 휘하의 벌레들을 날려 보내 실험을 망치려 드는 벨제붑의 사악한 의지를 느끼고는 분노로 이를 갈았습니다.

05. 항체 가챠(抗體 Gacha)

밭을 지나 진입한 곳은 오랫동안 빨지 않은 걸레 냄새가 자욱하게 풍기는 지역이었습니다. 그 외에도 여러가지 역한 냄새들이 때때로 풍겨와 기분을 불쾌하게 만들었습니다. 웃자란 식물들이 사위에 가득했고, 간혹 짐승들의 울음소리를 들을 수 있었습니다. 바이오와 관련된 응용 연구들이 진행되는 구획이었습니다. 그런데 널찍한 테이블에 둘러앉은 연구원들이 복권 수십 장을 곁에 쌓아 놓고는 미친 듯이 긁고 있는 모습이 제 눈에 들어왔습니다.

"저건 무엇을 하는 거죠?"

"아, 저건 연구실의 부족한 연구비를 충당하기 위해… 아, 아니군. 저건 항체 가챠를 준비하는 거야."

"가챠라고요? 뽑기 말하시는 건가요?"

"그래. 하율이는 항체에 대해서 얼마나 알고 있니?"

"병원체나 질병의 표지 물질 같은 특정한 항원과 선택적으로 결합하는 생체 내 단백질이라고 알고 있어요."

"맞아. 그처럼 특정한 항원과 선택적으로 결합하는 특성 때문에 응용 화학에서는 항체에 이것저것 다양한 특성을 가진 인공물들을 붙여 사이보그화하는 연구를 많이 진행해. 예를 들어 항체에 빛을 받아 열을 내는 금속을 붙인다면, 그 항체가 항원과 결합했을 때 빛을 쬐어 주는 것으로 목표로 삼은 항원만을 선택적으로 열처리할 수 있겠지. 아니면 항체에 방사성 신호를 내는 물질을 붙이고 항원과 결합하도록 한다면 방사성 신호를 이용해 목표 항원이 언제 어디에 얼만큼 존재하는지를 실시간으로 추적할 수 있을 것이고 말이야. 하지만 이런 기술에는 한 가지 전제 조건이 있어. 항체가 사이보그가 된 후로도 여전히 항원과의 결합 효율이 높게 유지되어야 한다는 거지. 혹시 하율이는 에피토프(epitope)라는 용어에 대해 알고 있니?"

"항체가 결합하게 되는 항원 단백질의 표면 부위를 말하는 용어지요?"

"맞아. 한 종류의 항체는 하나의 에피토프에만 결합할 수 있어. 그런데 항원은 그 크기에 따라 이 에피토프를 여러 개 가질 수 있지. 즉, 〈가〉라는 항원이 있다고 하고, 이 항원이 A, B, C, D라는 네 가지 에피토프를 가진다면, 〈가〉에 결합할 수 있는 항체는 A에 결합하는 종류, B에 결합하는 종류, C에 결합하는 종류, D에 결합하는 종류의 네 종류가 있을 수 있는 거야. 그러니 만약 내가 〈가〉에 결합할 수 있는 항체를 구입하고자 한다면 일단은 이 네 종류의 항체가 모두 섞여 있는 제품을 구매할 수 있겠지? 이처럼 한 항원의 여러 에피토프에 결합하는 항체가 한데 섞인 항체를 '폴리클로날 항체'라고 해. 그러면 '모노클로날 항체'는 무엇일까?"

"한 항원의 한 가지 에피토프에만 결합하는 항체들로 이루어진 항체인가요?"

"맞아. 이 두 제품 중 어떤 것을 사용할 것인지는 연구 내용에 따라 다르지만, 모노클로날 항체는 한 항원의 한 가지 에피토프에만 결합하는 항체들만으로 구성되어 있기 때문에 거칠게 말하면 실험 결과가 보다 깔끔하게 나와. 하지만 이 모노클로날 항체를 사용하게 될 경우 발생할 수 있는 치명적인 문제점이 하나 있지. 바로 아미노산 서열과 관련된 문제야. 아미노산이 무엇인지 알지?"

"단백질을 커다란 레고라고 생각한다면 아미노산은 레고 블록이죠. 이 아미노산들이 순서대로 결합되어서 단백질이라는 구조가 만들어지는 거고요."

"그렇지. 항체도 단백질이니까 당연히 아미노산으로 구성되어 있어. 그런데 문제는 항체에 다른 물질을 붙여 사이보그를 만들 때, 그 다른 물질이 항체의 어느 위치에 붙는지를 바로 이 아미노산이 결정한다는 거야. 항체는 항원과 결합하는 부위와 결합에 참여하지 않는 부위로 구성되어 있어. 만약 항체에 붙이기 위해 도입한 외부 물질이 항원과 결합하지 않는 항체 부위에 붙는다면 항체가 사이보그가 된 후에도 항원과의 결합 효율이 유지되겠지만, 만약 항원과 결합하는 부위에 붙어 버린다면?"

"제대로 된 결과를 얻을 수 없겠군요."

"그래. 안타까운 점은 같은 에피토프에 결합하는 같은 모노클로날 항체라도 그것이 어떤 클론이냐에 따라 항원 결합 부위의 아미노산 서열이 다를 수 있다는 거야. 하필이면 구입한 모노클로날 항체가 다른 물질과 결합시켰을 때 항원과의 결합 특성이 저하되는 클론이었다면? 하지만 구입 전에 구입하려는 항체 클론의 항원 결합 부위가 어떠한 아미노산으로 구성되어 있는지 알 수 있는 방법은 없지. 말 그대로 운에 따른 뽑기인 거야."

"저런. 잘못 뽑으면 돈과 시간을 한번에 날리게 되겠네요."

"맞아. 다양한 항체가 섞여 있는 폴리클로날 항체라면 개중 한두 개의 항체가 꽝이 걸리더라도 어떻게 결과는 얻어 낼 수 있겠지. 그런데 모든 항체가 같은 에피토프에 결합하는 같은 클론의 항체인 모노클로날 항체라면 꽝을 뽑는 순간 기껏 구입한 항체 전체가 쓸모 없게 되어버리는 거지. 값이 싼 것도 아닌데 말이야. 비싼 것은 수 마이크로리터에 100만 원 정도도 넘어 간다고."

"그런데 그것과 복권은 무슨 상관이 있는 건가요?"

제 질문에 유차명 선생님은 갑자기 안경을 벗더니 몹시 피로한 사람처럼 양손에 얼굴을 묻고는, 등을 잔뜩 구부린 자세가 되어 대답했습니다.

"…당연히 항체 구입 전에 미리미리 복권을 긁어 '꽝'에 해당하는 시행 횟수를 축적시켜 놓는 거지. 마치 온라인 게임에서 중요한 아이템을 강화하기 전에 먼저 쓰레기 아이템을 잔뜩 강화해 강화 실패 횟수를 쌓아 두는 것처럼 말이야. 실패를 먼저 많이 해 두면 그다음 시행에서는 성공이 나올 확률이 그만큼 높아지게 되겠지? 그렇지? 그렇겠지?"

"어…."

무언가 이상한 느낌이 들었지만, 지식이 일천한 탓에 그 자리에서는 명확하고 논리적으로 반박할 수가 없었습니다. 저는 눈이 벌겋게 충혈된 채 침이 뚝뚝 흐르는 입으로 무언가 주문 같은 것을 나지막하게 읊조리며 복권을 긁고 있는 연구원들의 굽은 등을 바라보면서, 그들이 꼭 좋은 항체를 뽑을 수 있게 되기를 마음속 깊이 기원하였습니다.

06. 체인질링(Changeling)

발걸음을 얼마 옮기지 않아 저희는 박테리아를 기르는 목장 앞에서 세상이 무너진 것처럼 바닥을 치며 통곡하고 있는 연구원을 마주하게 되었습니다. 유차명 선생님이 다가가 무슨 일인지를 알아보았습니다. 바로 사악한 의지의 일종인 체인질링이 그 연구원에게 끔찍한 짓을 저지르고 말았던 것이었습니다.

울고 있는 연구원은 샬레 위에 고체 영양 물질을 채운 배지에서 한 종류의 특정한 박테리아만을 기르는 순수 배양을 진행해 오고 있었습니다. 박테리아를 고체 배지 위에 심으면, 그 박테리아는 한 배지에 포함된 영양 물질을 먹어 치우며 계속해서 증식하게 되는데, 이것을 그대로 방치하면 영양분을 전부 소모해버린 박테리아가 결국 자멸하게 되므로 적절한 시기에 박테리아의 일부를 따서 새로운 배지로 옮겨 주는 작업이 필요합니다. 이처럼 한 배지에서 새 배지로 미생물을 이사하도록 하여 여러 세대에 걸쳐 육성하는 방식을 계대 배양이라고 합니다.

그런데 이처럼 배지를 옮기는 과정에서 체인질링이 개입해 원래의 미생물을 다른 미생물로 바꿔 치는 짓을 자행했던 것이었습니다. 통상 배지 위의 박테리아는 증식하면서 콜로니라는 이름의 무리를 이루게 되는데, 박테리아의 종류에 따라 콜로니의 색깔, 형태, 크기 등이 다양해 어느 정도는 육안으로 종을 식별하는 것이 가능합니다. 그러나 운이 나빠 원래 기르던 박테리아의 콜로니와 새로 바뀐 박테리아의 콜로니가 비슷한 형상이라면 경험이 풍부하지 못한 사육자일 경우 둘 사이의 차이를 미처 식별하지 못할 경우가 발생할 수 있습니다.

이번에 체인질링의 피해를 입은 연구자도 그와 같이 경험이 부족한 인원으로서, 해당 박테리아에 대해 보다 많은 경험을 가진 다른 연구자의 지적으로 겨우 자신이 키우던 것이 원래의 박테리아가 아니었다는 사실을 깨닫고 만 것이었습니다. 그렇게 오랜 세월 동안 잠을 줄여가며 먹이고 키우고, 불면 날아갈까, 쥐면 터질까 애지중지 길러온 박테리아가 사실은 완전히 남의 자식이었다는 사실을 알았을 때의 심정은 대체 어떤 것이었을까, 저는 도무지 상상할 수가 없었습니다. 저는 마치 자비라는 감정이 결여된 것 같은, 세계의 이면에 도사린 사악한 의지를 다시금 느끼고는 분노로 이를 갈았습니다.

07. 랩 샤먼(Lab Shaman)

바이오 구역을 지나쳐 마지막으로 진입하게 된 곳은 본 연구실에서 메인이 되는 주요한 연구들이 진행되고 있는 핵심적인 구획으로, 기업에서 돈을 출자받아 수행하는 연구들과 특허를 목적으로 한 제품 개발 등이 광범위하게 이루어지고 있었습니다. 마치 스팀펑크 스타일의 거대한 도시와 같은 느낌이었습니다.

그런데 구획의 곳곳에서 무당 옷을 입은 사람들이 실험에 매진하고 있는 연구원들 주변에서 북과 꽹과리 소리에 맞춰 펄쩍펄쩍 뛰고 있는 모습을 볼 수 있었습니다.

"저 사람들은 누구인가요?"

"저건 랩 샤먼이야. 현재 진행되고 있는 실험에서 초상적(超常的) 요인에 의한 오차 발생 가능성을 줄이기 위해 하늘과 신불에 치성을 드리고 있는 거지."

"초상적 요인이요?"

"완전히 동일한 실험을 동일한 사람이 동일한 조건에서 진행하더라도 실험에는 항상 오차가 생겨. 이것은 절대로 피할 수 없는 필연적인 현상이야. 아무리 인간이 주의를 기울여 세밀하게 실험을 진행한다고 해도 이러한 오차는 절대로 완전히 제거될 수가 없지. 이와 같은 오차는 인간의 실수에 의한 착오, 발생 원인을 자연적인 범위 내에서 명확하게 식별해 낼 수 있는 정오차, 그리고 발생 원인을 특정해 낼 수 없는 우연오차로 나뉘어. 여기서 초상적 요인은 일부 우연오차의 원인이 되고 있는 초자연적 현상을 말해. 예를 들자면 연구실의 기운이 안 좋거나, 터가 나쁘거나, 수맥이 흐르거나, 그날 일진이 나쁘거나, 연구자한테 삼재가 들었거나 하는 것들 말이야."

"무당분들이 저렇게 하면 결과가 좀 나아지나요?"

"뭐…."

유차명 선생님은 말끝을 얼버무렸습니다.

"테크니션이라는 용어를 아니? 미국 대학에서는 드물지 않게 볼 수 있지만, 국내 연구실에서는 사실상 전무하다고 할 수 있는 직업이야. '기술자'라는 이름에서 추정할 수 있듯이, 말 그대로 세밀한 테크닉이 요구되는 특정한 실험만을 전문적으로 수행해주는 사람들이지. 연구자가 어떠한 테크닉이 필요한 실험을 설계한 뒤에 자세한 실험 과정을 짜서 해당 테크닉을 담당하고 있는 테크니션에게 넘겨주면, 테크니션은 그 실험 과정을 그대로 재현해가면서 실험을 진행하게 되어 있어.

그러나 그들은 같은 종류의 실험 테크닉만을 수 년 동안 반복해 왔기 때문에 연구자가 동일한 실험 과정을 따라 생산한 결과보다 훨씬 이상적인 결과를 만들어 낼 수 있지. 단지 실험을 수행하는 사람이 바뀌었다는 것만으로 그렇게 극적인 차이가 나타나는 거야."

"신기하네요."

"테크니션들이 인적 오류의 영향을 줄여 준다면 랩 샤먼들은 그 인적 오류 바깥에 있는 신비적 영역의 오류 요소들을 줄여 주는 거지. 하나의 실험을 성공적으로 진행하기 위해서는 생각보다 훨씬 많은 운이 따라 줘야 해. 지독하게 결과가 나오지 않던 실험이 단순히 시약 하나를 바꾼 것만으로 성공하는 경우도 있어. 시약의 종류를 바꾼 것이 아니야. 그저 동일한 회사에서 생산한 동일한 시약의 로트 번호를 바꾼 것만으로 불순물의 함량과 종류가 변화해 그런 차이가 발생할 수도 있는 거야. 그건 정말로 사람의 힘으로는 어떻게 감당할 수가 없는 부분이야."

곧이어 랩 샤먼 한 명이 연구실 한복판에서 바닥에 세워 둔 창 위에 돼지 시체를 착착 세워 올리고 있는 광경이 제 눈길을 끌었습니다. 과연 그들 또한 과학의 최전선에서 분투하는 한 명의 당당한 전문가라는 생각이 들었습니다. 랩 샤먼들이 불러들여오는 좋은 기운으로 연구실의 모든 실험이 빛나는 성과를 얻어 낼 수 있기를, 저는 마음속 깊이 기원하였습니다.

08. 피펫 트롤(Pipette Troll)

메인 구역 안으로 조금 더 깊숙이 들어가자 실험대 앞에서 엎어져 울고 있는 연구자가 보였습니다. 주변에서 그 연구자를 걱정스럽게 쳐다보고 있던 다른 연구자가 '피펫 트롤'이 출몰했다는 사실을 알려 주었습니다.

여기서 피펫은 마이크로피펫을 말합니다. 마이크로피펫은 이름에서 연상할 수 있듯이 마이크로리터 수준의 액적(液滴)을 정밀하게 계량할 수 있는 피펫입니다. 아무래도 마이크로리터라는 극미량의 범위에서 작용하기 때문에 신뢰성 있는 메이커 제품을 구입해 사용하는 것이 선호되지만 그러한 제품들은 대개 수십만 원 선에서 하한 값이 책정되기 때문에 무작정 많이 살 수는 없습니다. 그러한 이유로 보통 한 마이크로피펫을 여러 연구원들이 공유하는 것이 일반적입니다.

지금 울고 있는 연구자 A에게 일어난 일은 피펫 트롤이 장난을 치는 전형적인 방식을 잘 보여 주는 사례입니다. A와 B와 C가 한 마이크로피펫을 사용해 실험을 진행하고 있습니다. A는 90마이크로리터의 액체를, B는 125마이크로리터의 액체를, C는 200마이크로리터의 액체를 각각 계량해야 합니다. 참고로 마이크로피펫에서 얼마만큼의 부피를 계량할지는 보통 마이크로피펫 끝부분에 달린 나사를 돌려 내부의 스프링이 조여진 정도를 바꾸는 방식으로 조절이 가능합니다. 내부의 스프링을 더 많이 조일수록 더 적은 부피의 액체가 계량되는 것입니다.

이제 A가 90마이크로리터로 맞춰 놓은 마이크로피펫을 B가 말도 없이 가져가 125마이크로리터로 맞추어 사용한 다음, 다시 90마이크로리터로 돌려 놓지 않고 125마이크로리터로 맞춰진 상태 그대로 A의 곁에 놓았다고 생각해 봅시다. A는 마이크로피펫이 사라졌다 돌아온 것을 까맣게 모르고 여전히 90마이크로리터로 맞춰져 있다 생각하고는 액체 시약을 계량해 다른 물질과 반응시킵니다. 당연히 원하는 결과가 제대로 나올 리 없습니다.

이런 불상사를 피하기 위해 A, B, C는 실험 전에 일종의 규약을 설정합니다. 이번 경우는 A가 먼저 마이크로피펫을 90마이크로리터로 맞춰 놓고 사용하고 있었으니, B와 C가 마이크로피펫을 사용할 때는 먼저 A에게 허락을 맡고, 사용한 다음에는 반드시 마이크로피펫을 90마이크로리터로 되돌려 놓은 채 반납한다는 것이 규약이었습니다.

그렇게 규약을 수립하고는 세 명이서 정신없이 실험을 진행하던 도중이었습니다. 마이크로피펫으로 액체를 계량해 반응기에 집어넣은 A가 문득 무언가 이상하다는 느낌을 받습니다. 마이크로피펫의 눈금을 확인해 보니, 이런! 기묘하게도 마이크로피펫의 눈금이 108마이크로리터를 가리키고 있는 것이 아니겠습니까! 당혹감과 절망감 속에서 A는 대체 누가 이런 짓을 한 것이냐고 B와 C에게 쏘아붙입니다. B와 C는 둘 다 자신이 한 짓이 아니라고 답변합니다. 그렇습니다. 바로 피펫 트롤이 이런 짓을 저지른 것입니다.

피펫 트롤의 사악한 점은, 단순히 진행하던 실험을 망치는 것에 있지 않습니다. 피펫 트롤은 자신이 장난을 친 시점에서 같은 마이크로피펫을 공유해 실험을 수행하고 있던 연구원들 사이의 우의와 신뢰관계를 완전히 박살내 버립니다. 도대체 과학의 발전을 저해하는 어두운 존재의 의지는 얼마나 깊고 사악한 것인지, 그 가공할 만큼 간교하고 악의 어린 계책에 소름이 돋을 정도였습니다. 저는 피펫에 몰래 장난을 쳐 놓고 보이지 않는 곳에 숨어 자신이 일으킨 연구자들간의 불화를 즐거운 마음으로 감상하고 있을 피펫 트롤의 사악한 의지를 느끼고는 분노로 이를 갈았습니다.

09. 성별간택사업(性別簡擇事業)

저는 메인 구획의 한쪽 구석에 자그마한 방들이 여러 칸 마련되어 있는 것을 보았습니다. 그 방들 안에는 연구실과는 무관해 보이는 중년의 아저씨들 다섯 정도가 방마다 하나씩 들어가 있었는데, 침낭과 간단한 가구, 가재도구 등을 방 안에 차려 놓은 것이 마치 그곳에서 숙식하고 있는 것만 같은 모습이었습니다.

"저분들은 어떤 분들인가요?"

"저분들은 우리 연구실에서 진행하는 성별간택사업에 지원하신 지원자분들이야. 계약이 만료될 때까지는 연구실 한 켠에 방을 터 만든 생활 공간에서 계속 생활을 하시도록 하고 있지."

"성별간택사업이요?"

"화학, 특히 유기 화학을 전공하는 남자는 딸을 낳는다는 속설이 있거든. 자매품으로 분석 장비에서 나오는 전자파를 많이 쬔 사람도 딸을 낳는다는 이야기가 있고. 그래서 아들보다는 딸을 낳고 싶어하는 사람들을 대상으로 지원자를 모집한 다음, 소정의 돈을 받고 연구실 내에 마련된 방을 내주는 거야. 그러면 일단 한 달 동안은 적응을 위한 기간이라고 해서 여기서만 지내고, 그 후에는 아내의 배란기가 올 때마다 주기적으로 집으로 돌아가 관계를 맺는 거지. 아내가 임신하게 되면 계약이 만료되어 집으로 돌아가는 것이고."

"정말로 이런 방식으로 딸을 낳을 수 있는 건가요?"

"실제로 우리 교수님도 딸만 셋이고, 우리 연구실 출신 석박사들만 봐도 아들이 아예 없는 것은 아니지만 대부분이 딸을 낳은 건 사실이야. 사실 통계적으로 명확히 증명된 바는 없고, 경험적인 가설이지만 이런 쪽 장사가 뭐 다 그런 거니까…. 연구실 살림에 보탬이 되는 거니 겸사겸사 하는 거야."

말을 끝낸 유차명 선생님은 한숨을 푹 쉬시고는 제 어깨를 밀며 길을 재촉하셨습니다. 그러고 보면, 저희 어머니도 때때로 딸이 하나 있어서 살갑게 굴어 주면 좋겠다고 말씀하시는 경우가 있었습니다. 저는 그 아저씨들을 바라보며, 본인들이 원하는 대로 꼭 딸을 낳을 수 있기를 마음속 깊이 기원하였습니다.

10. 궐지승(屈知勝)

메인 구획의 막바지에서, 저는 몹시 이상한 행동을 하고 있는 연구원을 보았습니다. 그 연구원은 왼팔로 오른손을 부여잡고 소리를 지르다가, 머리를 쥐어뜯다가, 다시 오른손을 부여잡고 소리를 지르고 있었습니다.

그 연구원은 궐지승에 당한 것이었습니다. 궐지승은 피고름이 흐르는 지옥에 살며 망자의 근골을 빨아먹는다는 벌레인 최맹승(最猛勝)의 근연종으로, 눈에 보이지는 않지만 늘 우리 머리 위를 날아다니고 있습니다. 그 또한 역시 사악한 의지의 일종이며, 몹시 교묘한 방식으로 우리 인류의 과학 활동을 방해하는 데 매진하고 있습니다.

인간의 지식은 크게 형식지와 암묵지로 나눌 수 있습니다. 형식지는 언어를 통해 타인에게 명확히 전달할 수 있는 지식을 말합니다. "대한민국의 수도는 서울"이라는 지식을 그 예로 들 수 있을 것입니다. 그러나 암묵지는 언어를 통해서 전달하는 것이 극히 어렵기에 어두울 암(暗)에 잠잠할 묵(默)자를 써서 암묵지라 합니다. 대표적으로 자전거를 타는 방식이 있습니다. 자전거 타는 방식을 말로 설명할 수 있을까요? 자전거 타는 방식을 적어 놓은 글을 읽으면 자전거를 탈 수 있을까요? 그렇지 않습니다. 이른바 경험을 통해 몸에 체화된 노하우(knowhow)가 바로 암묵지인 것입니다.

이러한 암묵지는 과학 실험에 있어서도 중요한 역할을 하게 됩니다. 예를 들어 "24밀리몰의 A 수용액 172밀리리터를, 다이메틸 설폭사이드 13밀리리터에 73밀리그램의 B를 녹인 용액과 섞은 후 섭씨 84도씨에서 두 시간 동안 반응시킨다"는 실험 방법이 있다고 했을 때, 일단 이 실험 방법 자체는 명시적으로 언어화시키는 것이 가능한 형식지에 해당합니다. 그러나 A와 B를 섞을 때 A를 B에 섞을지, B를 A에 섞을지, 천천히 섞을지, 빠르게 섞을지, 섞은 후 흔들어 줄지, 흔들어 주지 말지, 섭씨 84도까지는 어떤 용기에서 어떤 장비를 사용해 어떤 속도로 올려야 할지, 두 시간 동안 반응시키면서 용액을 저어 줄지 말지, 저어 준다면 어떤 기구를 통해 어떤 방식으로 저어 줄지 등은 일일이 지시해 줄 수 없는 노하우의 영역입니다. 이런 지식들은 문자로 적을 수는 있겠지만 몹시 개인적이고 애매한 표현들이 섞여 들어 그것을 쓴 당사자는 이해가 가능하더라도, 타인이 보았을 때는 오인하기가 매우 쉽습니다.

궐지승은 바로 이 암묵지에 작용하는 괴물입니다. 어떤 실험을 성공적으로 마무리했다 하더라도, 동일한 실험을 약간 변형시켜가며 또다시 진행해야 할 때가 자주 있습니다. 이럴 경우, 실험의 재현성을 최대한도로 유지하기 위해서는 실험 과정 곳곳에 도사리고 있는 암묵지들을 실험을 수행하는 연구자 본인이 샅샅이 숙지하고 있어야만 합니다. 필요할 경우에는, 자신만이 알아볼 수 있더라도 노하우를 꼼꼼하게 어딘가 잘 적어 놓아야만 합니다. 그렇지 못했을 경우, 연구자가 잠에 들었을 때 궐지승이 내려와 암묵지의 일부를 떼어 내 여분의 낭(囊) 차원에 집어넣습니다. 이렇게 낭 차원으로 들어간 암묵지를 암흑지라 부릅니다. 이제 다음 날 깨어난 연구자가 실험대 앞에 앉아 실험을 진행하지만, 실험 도중에 문득 이런 생각이 듭니다. '앗! 내가 여기서 어떻게 했더라?' 서둘러 연구 노트를 뒤적이지만 적혀 있지 않습니다. 낭패인 것입니다.

그러나 더 큰 문제는 이렇게 낭 차원으로 들어간 암흑지가 예기치 못한 시점에 갑자기 연구자의 머리에 암묵지의 형태로 돌아올 때가 있다는 것입니다. 이럴 경우 기존과는 전혀 다른 실험을 진행하던 도중에 문득 이런 생각이 들게 됩니다. '앗! 내가 지금 뭐 하고 있는 거지?' 알고 보니 기존의 다른 실험에 사용하던 노하우를 엉뚱한 실험에 적용하고 있었던 것입니다. 분명 실험의 초입에는 해당 노하우를 당연히 적용하지 않고 있었는데, 조건을 조금씩 바꿔가며 정신없이 실험을 반복하던 도중 어느 순간부터 이번 실험에서는 써서는 안 될 그 노하우를 사용하고 있다는 사실을 깨닫고 마는 것입니다.

이번에 제가 목격한 연구자는 실험 도중에 암흑지가 암묵지로 돌아온 사례였습니다. 그 연구자는 대체 실험의 어느 시점에서부터 엉뚱한 노하우를 적용했던 것인지, 이렇게 나온 실험 결과를 신뢰성 있는 실험 결과라 인정할 수 있는 것인지, 답도 나오지 않는 질문을 허공에 던지며 애꿎은 자신의 손만 원망할 뿐이었습니다. 한순간 제 귀에 허공을 떠돌아다니는 궐지승의 날개 소리가 들리는 듯하였습니다. 저는 그 자그만 벌레가 내뿜는 사악한 의지를 느끼고는 분노로 이를 갈았습니다.

III. 체험 과정을 통해 배운 점

정말로 보람차고 배울 것이 많은 경험이었습니다. 이번 체험 학습을 통해 저는 과학의 최전선에 서는 일은 절대로 하지 못할 것 같다는 깨달음을 얻을 수 있었습니다. 그 대신 저는 앞으로 공과대학에 입학한 다음 학부를 졸업함과 동시에 기술직 공무원 시험을 치러 공무원이 되겠다는 새로운 목표를 세웠습니다.

저를 이끌어 주시느라 귀중한 시간을 내주신 유차명 선생님과, 연구실 견학을 허락해 주신 김융픽 교수님에게 마지막으로 깊은 감사를 드립니다. 그리고 과학의 최전선에서 사투하고 계시는 모든 연구자분들이 세계의 이면에 수없이 존재하는 사악한 의지들의 흉계와 방해를 극복해 내고 끝끝내 결실 있는 결과를 얻어 내기를 마음속 깊이 기원하겠습니다.

01

그날은 광화문에서 만나 인터뷰하기로 한 사람이 있어 동료 기자인 박승욱이랑 차를 타고 경부고속도로를 30분가량 달렸다. 한남동 육교 쪽에서부터 뭔가 이상하다 싶었는데, 남산 1호 터널 중간쯤 가서는 다소 정체가 일어나기 시작했다. 그래도 심한 정도는 아니라서 시간에는 늦지 않게 대겠다 싶으면서도 초조한 생각에 검지로 핸들을 두드리다 보니 몇 분쯤 지나 굴 밖으로 나오게 되었다. 요금소에서 현금으로 통행료를 지불하고 도심으로 들어가는데 옆자리에 앉은 박승욱이 나를 다급하게 부른다.

"야, 유한아! 오른쪽! 오른쪽!"

오른쪽을 보니 멀리 충무로역 방면에서 거대한 손처럼 보이는 무언가가 내려오고 있었다. 말 그대로 하늘에서 어마어마하게 큰, 기이한 색채로 채색된 뒤틀린 형상의 손이, 마치 중심을 잃은 거인이 땅을 짚으려는 것처럼 낙하하고 있는 것이었다.

"씨발, 저거 뭐야?"

너무 놀라 나도 모르게 욕도 튀어나왔다. 아득함에 순간적으로 머리가 깜깜해질 정도로 당혹스러워서, 쉬이 받아들이기 힘든 광경이었다. 그러나 차량의 행렬은 계속 이어졌고, 도로의 고도가 낮아지면서 손을 볼 수 있던 시야도 이내 가려졌다.

"라디오 돌려봐라."

승욱이가 라디오 주파수를 조작했다. 지금 일어나고 있는 일에 대해 얘기해 주는 방송은 없었다. 라디오에서 정보를 얻는 것을 포기한 승욱이가 스마트폰을 열심히 두드리는 동안 자동차는 사거리를 지나 평화방송 건물이 눈에 곧장 들어오는 위치까지 진입했다. 정류장에 정차한 버스 때문에 잠시 서 있는데 길에 있던 사람들이 하늘을 쳐다보며 당황해 하기 시작했다. 방금 전 본 것 때문에 짚이는 데가 있었기에 창문을 열고 고개를 꺾어 하늘을 보았다.

하늘에 빛나는 거대한 금이 가 있었다. 그게 뭔지 제대로 인식하기도 전에 틈이 점차 커지더니 그 안에서 다시는 떠올리고 싶지 않은 모습을 한 거대한 괴물이 나타났다.

괴물의 첫 인상은 색채가 정말로 현란하다는 것이었다. 인간이 지각할 수 있는 사실상 모든 색이 있었다. 구토와 섬망을 유발하는 요란스러움 때문에 천지분간이 힘들 정도였다.

거기에 더해, 괴물은 확실히 어떠한 구조인지 현재까지도 알아낸 사람이 없는 것으로 알려져 있는, 정확히 그려 내는 것이 불가능한 것이 아닐까 싶을 정도로 뒤틀린 원근감과 난생 처음 보는 질감으로 특징되는 형상을 가지고 있었다. 하지만 형태의 전체적인 인상이 인간과 놀랄 만큼 비슷하다는 면에 대해서는 나를 포함해 이견이 있는 사람을 만난 적이 없다. 적어도 그 당시에는 미친 것같이 들뜬 눈과, '공허'라는 한 단어 외에는 더 이상 묘사를 진전시킬 수 없었던 벌려진 입만은 확실히 구분할 수 있었다.

그것이 틈 너머에서 하계를 구경하는 신처럼 우리들을 살펴보더니 곧 그 무시무시한 손을 우리 세상 속으로 집어넣었다. 나와 박승욱은 차 밖으로 뛰쳐나와 우리 주위에 있던 거의 모든 사람들이 하던 일을 똑같이 했다. 하늘이 무너지는 공포감에 휩싸여 별 아래 헤쳐진 개미집의 개미들처럼 방향성 없이 도망치는 것이었다.

무슨 맥락에서 승욱이가 선택되었는지는 모르겠다. 땅을 향해 뻗어오던, 말도 안 되게 거대한 손은 내 곁에서 패닉에 빠져 굴러다니던 승욱이의 몸을 엄지와 검지로 쥐었다. 패닉에 패닉이 더해지니 이러다 쇼크로 죽는 것이 아닐까 싶을 정도로, 승욱이는 광란 상태에서 발버둥치며 누구보다 크게 비명을 질러댔다.

괴물이 승욱이를 그렇게 세게 쥐고 있던 것은 아니었던 것 같다. 몸이 터지거나, 눈, 코, 입에서 피가 흐르거나 하지는 않았으니까. 적어도 승욱이가 내 시야에서 사라지기 전까지 승욱이에게는 의식이 있었다. 왜냐하면 계속 고함치며 움직였으니까.

자동차 사이에 숨어 있던 승욱이를 용케 잡아 낸 손이 하늘로 올라가기 시작했다. 승욱이는 엄마를 찾으며 내 점퍼 자락을 부여잡고 매달렸다. 변명하는 것은 아니고, 상황을 정확히 설명하려는 노력인데, 그때 상황은 물에 빠져 죽을지 모른다는 두려움에 질려 버린 사람이 곁에 있는 사람을 물속으로 처넣으면서 살아남으려는 것과 같았다. 우린 둘 다 물에 빠진 사람이었다. 승욱이는 나를 함께 끌고 올라가려 했고, 난 곧 점퍼를 벗어 버렸다.

틈이 닫힌 후에도 얼마 지나지 않아 경찰과 소방관들과 공무원들이 잔뜩 달려와서 사태 수습을 시도하기 시작할 때까지, 나는 거대한 공포에 사로잡혀 바닥에 단단히 달라붙은 상태에서 조금도 움직이지 못했다. 공습을 피하려는 사람처럼 머리를 부여잡은 채 몸을 웅크리고, 방금 태어난 아기처럼 엉엉 울어대면서.

02

기사에 넣으려던 목적으로, 사건 직후 여러 사람들의 도움을 받아 조사한 바에 따르면, 그날 하늘이 열린 곳은 국제적 승인을 받은 국가만 대상으로 생각해도 전 세계 195개국 중 확인된 것만 90여 개국에 달했다. 일이 터진 이후 네티즌들이 커뮤니티에 게시한 글들과 지인들과의 통화, 잇따른 뉴스와 기사의 정보를 종합하자면, 그 시각 바깥에 있던 사람들은 지역을 가리지 않고 사실상 거의 전원이 해당 사태를 목격한 것이 명확했다. 모두 몇 분 내외로 약간씩의 시간차는 있었지만 하늘이 열리는 것을 보았고, 그 너머에서 나타난 묘사가 불가능한 현란한 색채의 괴생명체를 마주했다.

다른 나라, 내가 직접적으로 접한 것은 미국과 독일의 커뮤니티였는데, 최소한 그 두 나라에서도 마찬가지로, 시차 때문에 수는 적었어도 지리 좌표계와 무관하게 모든 지역에서 목격자가 존재하는 것 같았다. 그 눈 아프게 만드는, 첫인상 안 좋은 놈들은 전 세계에 걸쳐 매우 촘촘하게 모습을 드러낸 것이었다.

거기에 난리의 규모에 비해서는 다소 빈약하다는 생각이지만, 역시 현재까지 확인된 것으로는 전 세계에서 총 서른두 명이 해당 시각에 하늘로 끌려 올라갔다. 개중에 승욱이가 포함되어 있다는 것이 매우 슬펐다. 신문사 동료들도 승욱이가 그런 식의 기괴한 흉사를 당한 것에 대해 참담한 기분을 숨기지 못했다. 다소 소심하고 겉도는 느낌이기는 했으나 성정이 올곧았고, 봉사 활동도 착실하게 다니면서 선행에 게으르지 않던 아이였는데, 사고라는 게 다 그렇다만 이리도 허무하게 떠나 버리니, 공식적으로는 아직 사망이 아닌 실종 상태이기는 하나 인생의 무상함에 대한 회의가 짙게 들 수밖에 없었다.

사족으로 말하자면, 단순히 운 나쁘게 괴물들의 눈에 든 희생자들을 제외하고도, 해당 사태 시에 다른 유형의 비극을 겪음으로써 유명을 달리한 사람들도 존재했는데, 주행하는 자동차를 운전하던 사람과, 달리던 차 주변에 있던 보행자들이 대표적인 예였다. 나 같은 경우는 온갖 곳을 돌던 차들이 모여드는 남산 1호 터널의 고질적인 정체 현상 덕분에 목숨을 건진 셈이었다. 나는 내 기사에서 이런 일들에 대해 기술하면서, 별 깊은 생각 없이 희생자의 부류를 직접과 간접으로 구분했다. 손에게 잡혀간 사람들은 직접 피해자, 그 밖의 부차적인 유인에 의해 사망하거나 다친 사람들은 간접 피해자로 명칭을 부여한 것이었는데, 이 기사를 사이트에 게시하고 여러 인터넷

커뮤니티에 링크를 올렸더니 생각지도 못하게 해당 용어가 널리 쓰이게 되었다.

사고 당일 밤, 국내에서는 유일한 직접 피해자였던 승욱이에 대한 기사를 작성하며, 흐르는 눈물을 삼키기 힘들었다. 사고가 터진 '그날, 그 시각'을 집중적으로 다루는 나의 기사와는 달리, 내 옆자리의 영성 선배는 승욱이의 대학 시절 선배로서, 승욱이를, 학내 신문사에서 처음 만난 날부터 시작해 흉사를 당하기 직전까지의 삶을 촘촘히 다루는 장문의 기획 기사를 작성 중이었다. 손은 쉬지 않았지만 영성 선배의 눈에도 눈물이 가득 고여 있었다. 함께 이 영세한 신문사에 들어와서 통신사 의존율을 줄이고 양질의 기사를 작성하기 위해 함께 분투하던 그간의 시절에 대한 기억이 심금을 태우고 울리는 것일 터였다.

여하간 첫 번째 사태가 종료된 후 입에서 발화하거나, 전파를 타고 날아다니는 모든 대화는 찢어진 하늘과 그 너머에서 나타난 거대한 괴생물체에 대한 주제로 잠식되었다. 인터넷도 마찬가지였다. 유력 포털 사이트의 주요 검색어 순위는 모조리 예의 초자연적인 재앙에 대한 혼란스러움과 당혹감의 반향을 비춰 주고 있었다.

"그것은 무엇인가! 목적이 어떻게 되는가!'

그러나 그보다 더욱 급박한 질문은, "그런 일이 다시 일어날 것인가"였다. 보다 정확히는, "그 일이 나나 내 소중한 사람에게 닥쳐올 가능성이 있는가?"

그랬다. 다음 날 울산에서 한 명이 끌려 올라갔다. 그날, 개천(開天)의 두 번째 날은 전 세계 각국에서, 확인된 것만 따져서 모두 열두 명의 직접 피해자가 나왔다. 한국은 유일하게 두 번 연속으로 직접 피해자가 나온 국가였다.

정부는 케이블 방송까지 포함해 모든 채널에 특별 방송을 편성하여 해당 사태가 다시 발생할 경우 즉시 공습 사이렌을 울릴 것이라 고지하고, 사이렌을 들으면 곧장 주변의 건물이나 지하철처럼 하늘이 가려지는 건조물 내로 피신하라고 권고하는 광고를 하루 온종일 지속적으로 내보냈다.

03

개천의 세 번째 날에는 오전 8시 40분경에 하늘이 열렸다. 광고를 통해 예고된 대로, 공습 사이렌이 울려 퍼졌다. 출근길의 하늘 아래 노출되어 있던 수많은 사람들이 신속하게 주변의 엄폐물을 찾아 산개하는 장면은 인상적이었다. 개천 전의 민방위의 날에 볼 수 있었던 풍경과 비교하면 같은 사람들이라고 생각할 수 없을 정도로 훈련된 것처럼 보이는 움직임이었다. 숨어 있는 동안 팽팽하게 긴장된 분위기가 온 사방에 가득 깔려 있는 것을 느낄 수 있었다. 열린 틈으로 쏟아져 들어온 요사스러운 빛이 길바닥 위에 반짝거리는 유막 같은 빛 웅덩이를 만들었다. 그날은 대한민국에서는 괴물에 의한 직접적인 희생자가 없었다.

당연한 일이지만 정부는 소란이 확산되지 않기를 바랐다. 방송 중간마다 대피 요령을 알려 주는 공익 광고가 삽입되기는 했지만, 예능 방송을 포함해 모든 대중 매체 프로그램은 정규 스케줄대로 진행되었다. 하지만 아무리 태연함을 가장해도, 점점 커져가는 사회적 불안을 완벽히 막을 수는 없었다. 지엽적인 현상으로는, 〈나는 자연인이다〉의 야외 촬영 중에 긴급 대피가 이루어졌다는 기사가 포털을 장식했고, 〈유퀴즈〉처럼 바깥에서 활동하는 모습을 비춰 주는 종류의 방송들이 하나둘씩 폐지되거나 스튜디오 촬영으로 방향을 전환하는 일이 일어났다. 조금 더 직접적으로는, 차를 타지 않고 보행하는 사람들이 길거리에 현저하게 줄어들고, 기분 전환을 위해 어딘가로 여행을 떠나는 것을 꺼리는 분위기가 만연하는 등의 변화를 목도할 수 있었다. 거기에 매일같이 울리는 사이렌에 긴장하면서 이전과 완벽하게 같은 마음으로 삶을 살기는 힘들었던 것이다.

사람들이 이 황망한 사태에 충분히 적응한 이후에는 모를 일이지만, 여하간 현재까지의 상황으로만 보면 모든 사람들은 날 선 긴장에 지친 나머지 점차 집단적인 우울증 속으로 흘러 들어가는 것처럼 보였다.

04

직접 피해자는 매일같이 전 세계에서 꾸준히 발생했지만, 우리나라에서는 첫 번째와 두 번째, 여덟 번째 날에 일어난 총 세 번의 사례를 제외하면, 공식적으로 보고된 바로는 끌려간 사람이 없었다. 여덟 번째 날의 불운한 사람은 바지 주머니에 휴대폰을 넣은 채로 하늘 너머로 사라졌는데, 이후 GPS를 추적해 봐도 신호가 잡히지 않았다는 정부 발표가 따랐다. 이제까지 잡혀 올라간 사람들이 어떻게 되었는지 아는 사람은 아무도 없었다.

그러다 열한 번째 날에 우리 신문사 사람에게 흉사가 하나 더 터졌다. 열정으로 가득했던 신문사 초창기, 증면 경쟁과 부수 경쟁의 소용돌이 속에서 사비를 쏟아 넣어 수도권 언론사에 의한 독자 약탈을 막았던 인물인 송석율 선배의 가족에게 사고가 일어난 것이다. 사고 당시, 석율 선배는 암 때문에 방사선 치료를 받고 있던 모친을 병원에 데려가기 위해 차를 병원 주차장에 세우고, 어머님을 부축해 병원 건물로 들어가던 중이었다. 곁에는 선배의 아내와 딸이 함께 있었다.

그때 공습 사이렌이 울리고 하늘이 열렸다. 석율 선배의 어머님은 달릴 수 없는 상태였기 때문에 선배가 어머님을 업으려 했고, 형수님과 딸은 어머님이 등에 제대로 업힐 수 있도록 보조하던 상황이었다고 했다. 어머님은 몸에 기운이 없어 선배의 목을 잡고 매달리는 것도 버겁던 상태여서 도움을 줄 수 있을 인원이 많이 필요했다. 그렇게 종종걸음으로 병원 정문 앞까지 와서 이제 되었다 싶어 어머님을 등에서 내려놓았는데, 돌진해 온 트럭이 선배 곁을 아슬아슬하게 스치며 형수님과 어머님을 치어 짓뭉갰다.

이 사고에 대해서도 본지가 독점 취재를 해서 기사를 낸 바가 있다. 당시 병원이 위치한 길 건너편은 개활지였고, 개천이 시작되자 보행하던 사람 몇이 병원 쪽으로 무단 횡단을 시도했다. 하필이면 그때 트럭이 화물칸에 철근을 가득 실은 채로 고속 주행 중이었고, 부지불식간에 길로 뛰어들어온 사람들을 멈추지 않고 피하려다가 핸들을 놓친 채로 병원 정문에 차체를 들이박은 것이었다.

석율 선배의 딸은 도중에 지갑이 들어 있는 엄마의 핸드백을 가지러 차에 돌아갔다 오는 바람에, 트럭에 의해 선배의 시야에서 차단된 채로 트럭 건너편에 무사히 살아 있었다. 그러나 선배가 피떡이 된 두 가족을 보고 겪어야 했던 심적 충격에서 회복된 이후, 다친 다리를 가누기 힘들어 거의 기다시피

해서 차체를 돌아 비명을 지르고 있는 딸에게로 갔을 때 딸은 이미 괴물의 손에 쥐어져 있었다. 후들거리는 다리를 움직여 손에 매달려 보려 했으나 괴물은 무심한 신처럼, 발광하는 딸을 하늘로 끌고 올라갔다.

서둘러 차를 타고 달려간 병원 입구에서 비슷한 시점에 도착한 다른 언론사 기자들과 함께 사고 현장의 사진을 찍고, 석율 선배가 요양하고 있던 병실로 올라갔다. 다른 사람들은 병실 앞에서 차단당했기에 다시 발걸음을 돌려 트럭이 견인되고 있는 병원 앞에서 카메라를 놀리고 있었고, 나하고 나랑 함께 파견된 호영 선배만 석율 선배를 마주할 수 있었다. 후배인 선택이에게는 바깥에서 다른 언론사 사람들 사이에 끼어 견인 현장을 사진기에 담고 있도록 지시했다.

다리에 깁스를 하고 몸 여기저기에 붕대를 감은 채로 병상에 앉아 있는 석율 선배는 꼴이 말이 아니었다. 정신이 나간 몰골로 허공을 응시하다가 우리를 보자마자 울기 시작하는데, 서로의 집 숟가락 개수까지 전부 알고 있는 관계인 만큼 참담한 심정이 공감되어 뼈가 저릴 지경이었다. 석율 선배가 그깟 정든 신문사 하나 살리겠다고 집안 재산 죄다 끌어다 쓰다가 가족이 공중분해될 뻔한 위기를 겪고 나서부터 가정에 얼마나 절절하게 헌신하고 매달렸는지 우리 모두 알고 있었다. 신문사 사람들 모두 침울해져 있었기에, 복귀한 일터의 분위기는 장례식장을 방불케 했다.

그날 밤, 석율 선배에게서 들은 증언을 토대로 사건 당시의 상황을 재구성하는 기사를 작성하는 나와, 석율 선배의 가족과 딸에 대한 애정과 희생정신을 오랫동안 관찰한 경험을 근거로 특집 기사를 워드에 박아 넣는 호영 선배는 흐르는 눈물 때문에 모니터를 보기 힘들어 많은 휴지를 소모해야 했다.

05

석율 선배가 퇴원했다는 소식을 듣고 신문사 동료들이 걱정되는 마음에 인사를 가려고 했으나, 석율 선배와 연락이 불가능하다는 사실만을 알 수 있었다. 혹시 실의에 지쳐 자살이라도 시도한 게 아닌가 싶어서, 내가 선택이를 옆에 태우고 차를 달려 석율 선배의 집에 가 보았다. 다행히 선배는 살아 있었으나, 우려한 대로 별로 살고 싶어 하지 않아 하는 모습이었다. 일단은 현관문을 가로막은 채 혼자 있고 싶다고 고집하는 선배를 비집고 들어가 거실에 주저앉아 이런저런 이야기를 시도했다. 선배는 내가 늘어놓는 말에 어떠한 흥미도 보이지 않고 맞장구만 멍하니 기계처럼 출력했다. 저렇게 모든 것에 대한 관심이 사라졌는데, 밥은 제대로 먹고 있는 건지 걱정되었다.

"선배, 힘내세요. 이따 저녁에 다른 사람들도 올 거예요."

"응, 알았어."

더 이상 할 수 있는 게 없다고 생각해서, 선택이 시켜서 사 온 과일이나 냉장고에 넣어 주고 나왔다. 마지막 인사를 건넸을 때 본 석율 선배의 혼이 나가버린 표정은 아마 평생토록 잊지 못할 것 같았다.

06

전 세계가 손만 놓고 있었던 것은 아니다. 다들 나름의 노력을 했지만 성과가 시원치 않았을 뿐이다.

공인된 첫 시도는 괴물의 손을 물리적으로 저지하려는 것이었다. 유타주 주방위군 공군이 연방 정부의 공인하에 적성 생물체의 커다란 손에 대한 공격을 감행했다. 그러나 전투기 기관포는 물론이고 추격 시스템이 제거된 암람으로도 기스 하나 내지 못했다는 얘기가 후일담으로 들려왔다. 그 외에 다른 국가에서도 적극적으로 물리적 접촉 시도가 잇따랐다. 손은 반격을 하지 않았기에, 집중되는 화력을 점차 증가시키는 방향으로 비슷한 활동이 한동안 이어지다가 결과가 시원치 않자 단번에 소강상태에 빠져들었다.

다음 단계는 관찰이었다. 정확히는 '틈' 너머의 세계, 지표에서 광학 장비를 사용하더라도 알려지지 않은 괴이한 이유로 명확히 기록되지 못하는 별세계를 관측 가능한 정보의 형태로 확보한다는 것이 골자였다.

사람들은 보지 못하는 것을 두려워한다. 때문에 자기가 세운 계획을 구현할 능력이 있는 국가들은 곧바로 관측을 최우선 목표 중 하나로 삼고 그것을 현실화하는 작업에 착수했다. 미국은 NASA 주도로 대학 및 기업과 협업을 시작했다. NASA는 뉴호라이즌스 호에 적용한 것과 같이 X밴드를 데이터 전송 매개체로 삼는 다양한 관측 장비들을 더미에 싣고, MIT 등의 협업 대학은 이 더미를 보다 '사람처럼' 보이게 만드는 데 경주한다는 계획이었다. 그리고 기업은 돈과 소재를 댄다.

우주 관련 기술이 미국보다 뒤처지는 일본에서는 정부 차원의 공식적인 발표는 없었고, 엄청나게 긴 아라미드 섬유가 연결된 광학 장비를 사람처럼 꾸민 로봇에 장착하고, 로봇이 손에 붙잡힌 상태로 틈의 내부를 관측할 수 있는 궤도에 이르면 틈이 닫히기 전에 광학 장비를 로봇으로부터 탈락시키고 낙하산과 섬유의 도움을 받아 탈출한 장비를 회수한다는 요지의 계획이 5ch를 중심으로 뜬소문처럼 번지는 정도였다.

첫 개천 후 열여섯 번째 날, 누적된 공식 직접 피해자 수만 367명에 달했던 날에, 미국은 우주 정거장에서 직접 피해자가 끌려가는 모습을 촬영한 영상을 공개했다. 왜 아무것도 하지 않느냐는 국내외의 비난이 공화당 정부에 위협적인 수준으로까지 번지자 나름 대응이랍시고 한 일 같았는데, 나로서는 아무리 생각해도 자충수에 다름 아닌 것 같았다.

영상 속에서 사태 당시의 우주 정거장은 온 사방에서 비추는 현란한 빛에 싸여 있었다. 영상에 모종의 조작을 가했을 가능성이 있다는 설이 음모론자들 사이에서 번지고는 있지만, 일단 빛이 모든 각도에서 갈마들었기에 아래쪽에 펼쳐진 지구의 모습도 식별하기 힘들었다. 그 천구를 가득 덮은 광원들 속에 언뜻언뜻 뒤틀린 괴물들의 그림자가 어른거렸다. 개중 몇몇이 손을 지구의 대기 내부로 넣고 있었다. 대류권에 층적운이 많았기에 마치 박하사탕이 담긴 통에 손을 넣고 휘젓는 것처럼 보였다. 얼마 후 괴물이 손을 거두어 갔다. 서서히 꺼져 가는 빛 속에서, 끌려간 사람들은 마치 목성을 지나 심우주로 향하는 것처럼 아득한 암흑 너머로 사라져갔다.

그렇게까지 육중한 여파는 없었다. 모두가 그러려니 하고 생각했던 것을 보다 가까이서 관측한 것뿐이었기 때문이다. 미국은 계속해서 초장거리 통신과 로봇 공학을 통한 관측 장비 개발에 온 신경을 쏟고 있었고, 다른 나라에도 해당 프로젝트에 대한 지원을 촉구했다. 단지 이 영상을 통해 구상화 기간이 오래 걸리는 것에 대한 핑곗거리를 제시한 셈이었다.

07

세상에 난리가 나도 횡령하는 공무원은 자기 주머니에 돈 넣는 것을 멈추지 않는다. 어쩌면 염세적인 분위기가 만연해지고 사회 붕괴에 대한 비전이 멀찍이 시계에 들기 시작하자 더욱 박차를 가하는 것인지도 몰랐다. 공식 자료에는 공원이라고 쓰여 있지만, 현장 사진을 문외한에게 보여 주면 백이면 백 황무지라고 대답할 시립 공원에 얽힌 비밀을 탐사하러 가는 중이었는데 석율 선배가 전화를 걸어왔다.

"예, 선배."

걱정하면서 핸즈프리로 전화를 받았는데, 의외로 송화기 너머의 목소리는 밝았다. 어쩐지 병적인 밝음이라는 인상을 주기는 했지만….

"어, 유한아! 나다."

"예, 무슨 일이세요?"

"이거 너 믿고 너한테만 말해 주는 거야. 다른 사람한테 말하면 안 된다."

예감이 몹시 좋지 않았다.

"예…, 말 안 할게요."

"나 계획이 있어."

"무슨 계획이요?"

선배는 잠시 동안 말이 없었다.

"선배?"

"내가 직접 가서 그쪽을 찍어 올 거야."

잠시 동안 상황 파악이 되지 않았다.

"그쪽이요?"

"거기 있잖아. 그 새끼들 있는데."

선배는 사고가 있기 전에 시청 공무원이 얽혀 있는 불법 청탁에 대한 사건을 취재 중이었다.

"도시안전실 김 주사 얘기예요?"

"아니, 걔네 있잖아. 저 하늘 위."

할 말을 잃어서 침묵하고 있는데, 선배는 자신의 계획이라는 것을 차근차근 얘기하기 시작했다.

요약하면 모자랑 어깨 등에 소형 카메라를 잔뜩 달고 스스로 잡혀 올라가겠다는 말이었다. 완충제가 채워진 철제 상자 같은 데 넣어져 외부 충격으로부터 방호되는 카메라를 모자나 어깨 보호대에 고정하고 부가물을 매달아 어느 정도 중량을 준 다음, 수제 미니 낙하산을 매달고 반대편에는 일본 쪽에서 소문이 난 설을 인용하여 아라미드 섬유를 길게 늘어뜨려 그 끝에 무거운 질량체를 매어 놓음으로써 지표물로 삼는다는 것이었다.

그 상태로 적당히 끌려 올라가 저쪽 세계의 정경을 화소에 담으면, 상자를 일시에 몸에서 탈락시켜 지표에 있는 동조자들로 하여금 회수하게 하겠다, 대충 이것이 선배가 당혹스러울 정도로 진지한 목소리로 늘어놓은 전략이라는 것의 요체였다.

선배는 가족을 잃은 충격과 그 후에 엄습한 우울증으로 정상적인 판단이 되지 않는 것 같았다. 사실상 자살 지망자와 다를 바 없는 언동과 행태를 보이고 있는 터라, 말리는 게 상책이라고 생각했다.

"선배, 딱 듣기에 그대로 밀고 나가기에는 문제점이 약간 있는 거 같아요. 어디 계세요? 일단 만나서 조금 더 자세히 들어보죠."

하지만 석율 선배는 완고했다.

"구태여 만날 거 없어. 넌 내 후배고, 이건 우리 신문사 일로 진행하는 거니까. 내 말대로 해."

"선배…."

"너 누구한테 말하지 않기로 약속했다. 내가 준비된 후에 실행할 때 다시 전화할게. 네가 할 일은 내가 떨어뜨린 카메라 회수하는 거다. 그때는 다른 애들한테도 말해서 도우라고 해. 네 역할이 중요한 거야."

"선배, 조금만 진정하세요."

"난 진정했어! 나 하라는 대로 해! 이것만 찍으면 우리 신문사가 드디어 대박 터뜨리는 거야! 그러면 많은 걸 바꿀 수 있어! 이건 어디까지나 취재야! 직업적 헌신으로 진행하는 거란 말이야!"

선배가 히스테릭하게 소리를 질러대 귀가 멍멍했다. 계속 고함을 지르려는 것 같아 갓길에 차를 세우고 핸즈프리를 뽑아 버렸다.

이후로 사무실에서 나더러 어디서 뭐하기에 소식이 없느냐는 연락을 해 오기 시작할 때까지 거듭해서 회유와 협박을 시도했지만 성과는 없었다. 심지어 통화 도중에 하늘이 열렸다 닫히기도 했다. 석율 선배는 마지막으로 이 일이 '때가 될 때까지' 외부에 알려진 기미가 보이면 당장에 자살해 버릴 거라고 쏘아붙이고는 전화를 끊어 버렸다. 이미 해가 서쪽 산에 걸려 붉어진 세상 속에서, 난 왠지 모르게 끔찍한 고립감을 느끼며 머리를 싸맨 채로 한동안 멍한 기분 속에 놓여 있었다.

이후 사무실 사람들 중에서 석율 선배와 가장 친분이 깊고, 개인적으로도 가장 믿을 만한 사람이라고 생각하는 호영 선배에게만 이 일에 대해 상담했다. 호영 선배는 불교통이었고, 일전의 조계종 총무원장 비리 사건이나, 달라이 라마 방한 같은, 불교 종단과 관련된 사건이 있으면 통상 취재를 전담하다시피 하는 인력이었는데, 성정이 온화하고 인상이 부드러워 사무실 내에서 통용되는 별명도 보디사트바(보리살타, 보살)였다. 선배들은 줄여서 보디라고 불렀다.

식은 커피를 앞에 둔 채로 내 이야기를 주의 깊게 들은 호영 선배는 나를 시켜 석율 선배에게 전화를 걸도록 했으나, 전화기는 꺼져 있었다. 나중에 호영 선배가 문안을 가장해서 석율 선배의 집에 찾아갔을 때도 석율 선배는 외출 중이었으며, 그날이 끝나도록 돌아오지 않았다고 했다.

08

영세한 예술가를 취중 상태에서 취재하는 기획 기사를 위해 인터뷰이를 만나기로 약속한 시간이 되어 막 사무실을 나서려던 참이었다. 조금 있으면 해가 지기 시작할 시간이었다. 며칠간 연락을 할 수 없었던 석율 선배에게서 느닷없이 전화가 걸려왔다.

다급하게 호영 선배를 찾았다. 선배는 내가 손가락으로 전화기를 가리키자 금방 눈치를 채고 나를 따라왔다. 그렇게 둘이서 수신이 끊어질까 저어하면서 비상 계단으로 뛰어가 스피커폰으로 전화를 받았다.

"야, 유한아, 어디야!"

석율 선배의 목소리는 어쩐지 들떠 보였다.

"저 사무실입니다."

"지금 열린다! 나 지금 김포-관산 도로 위다! 송산 IC 좀 지나서 운정신도시 쪽이야! 저번에 얘기한 계획대로 갈 거야! 내가 10분 후에 다시 전화 안 걸면 성공한 거다! 줄 맨 끝에 내 휴대폰 매달아 놓았으니까 삼성 계정으로 로그인해서 GPS로 위치 추적해! 아이디랑 비번은 우리 사무실 단톡으로 보냈어! 너만 믿는다!"

석율 선배는 이렇게 말하고 전화를 끊었다. 곧바로 우리 쪽에서 전화해 보았지만 당연히 신호음만 갈 뿐 응답은 없었다. 그렇게 10분이 지나도 연락은 오지 않았다.

석율 선배의 휴대전화를 위치추적해 보니 심학산 산림공원을 지나 교하로 북쪽의 개활지에 있는 것으로 파악되었다. 아까 전화로 탑골 IC 방면이라고 했으니 휴대폰은 그 짧은 시간에 상당한 거리를 이동한 셈이다. 무슨 일이 일어났다는 것만은 거의 확실해 보였다.

호영 선배는 자책감이 드는지 한숨만 팍팍 쉬었다.

"어떻게 할까요? 사람들한테 얘기해서 카메라를 찾으러 갈까요?"

"걔가 원하는 대로 찍었을 것 같지는 않아. 우주까지 끌려가는 마당인데 그걸 어떻게 찍어."

호영 선배는 터덜터덜 사무실로 돌아가 내근하던 인원들을 다 긁어 모으고 외근하던 편에도 전화를 돌려 사태를 알렸다. 곧 무거운 분위기가 사위를 가득 채웠다. 호영 선배는 자신을 포함해 당장 급한 일이 없는 몇 명을 차출해 현장을 확인하러 가자 했다. 실제로 석율 선배가 제시한 카메라 영상에 대해서는 별 기대를 할 수 없을 것이라는 게 다수의 공통된 의견이었지만, 반쯤은 도의상으로, 반쯤은 기삿거리로 쓸 자료로 삼기 위해 잠깐 탐사해 보고 오는 정도는 해 볼 가치가 있다는 것이었다.

나는 사전에 잡아 놓은 인터뷰가 급했기 때문에 그 무리에 끼지는 못했다. 이미 약속한 시간에 대는 것이 불가능했기에, 인터뷰이에게 양해를 구하고 빠르게 차를 달려갔다.

09

인터뷰이에게는 술을 먹이면서 나만 사양할 수 없는 분위기였다. 손톱에 물감을 묻혀서 점묘법으로 작품을 만드는 사람이었는데, 잘 안 팔리는 무명이기는 했지만 확실히 작품에는 흡인력이 있었다. 요즈음 다루는 주제는 예의 하늘에서 매일같이 나타나는 그것이었다. 개인적으로 인연이 깊은 주제라 그런지 작품을 보고 느껴지는 바가 남달랐다.

술자리가 파하고, 아이스크림 하나씩 먹은 뒤 작가분은 택시 태워 보내고 나는 근처 모텔 방을 잡아서 인터뷰 내용을 토대로 기사 작성을 시작했다. 자기 전에 인터뷰 기사와 오전에 취재한 내용을 토대로 세 개를 더 써야 했다.

도중에 문득 궁금해져서 선택이에게 전화를 해 보았다. 선택이는 막내 라인이었기 때문에 아마 탐사 현장에 동원되었을 것이라고 생각했던 것이었는데, 정말로 그랬다.

"여기 다 산이랑 개활지예요. 어두워서 아무것도 안 보이고, 무슨 야간에 민가 털러 내려온 빨치산 된 느낌입니다."

"여태 찾고 있어?"

"휴대폰은 생각보다 빨리 찾았는데요, 거기 매달린 끈이 있어서요."

석율 선배가 예고했던 것과 같았다. 휴대폰 끝에 어마어마한 길이의 밧줄이 연결되어 있다는 것이었다. 석율 선배는 아라미드 섬유라고 했지만, 선택이의 말을 들어보면 그냥 철물점에서 살 수 있는 값싼 밧줄이라는 것 같았다. 자명한 일이었다. 아라미드 로프는 미터당 6천 원 정도 나가고, 등반용 다이나믹 로프 같은 것도 싼 것이 미터당 3천 원 정도 한다.

"용케 안 끊어지고 남아 있어요. 일단 계속 줄 따라 더듬어 가고 있는데, 중간마다 매듭으로 이어져서 지금 벌써 길이가 10킬로미터 정도 됩니다. 여태 끝이 안 나요. 사방이 끈이에요."

"미친…."

"줄이 막 타조 농장으로도 이어져 있고…. 아침 되면 백퍼 눈에 띄니까 일단 이번 밤에 줄 끝이라도 찾아보자고 해서요.

이러다가 신고당하는 거 아닌지 모르겠어요."

계속 수화기를 붙잡고 있어 봤자 현장에서 일하는 데 방해만 되는 것 같아 적당히 수고하라고 하고 전화를 끊었다.

밧줄이 10킬로미터라니 상상이 안 갔다. 석율 선배가 어느 지경까지 몰려 있었는지에 대해 그 말을 들으니 보다 생생하게 와 닿는 것이 있었다. 가족이 모두 떠난 어두운 방에 틀어박혀 밧줄을 10킬로미터가 되도록 매듭 지어 잇고 있는 석율 선배의 비쩍 마른 모습이 머릿속에서 떠오르자 가슴이 답답하고 몹시 쓰려왔다.

아까 술집에서 작가가 보여 주었던 괴물의 그림. 정확한 모습은 여전히 알려진 바가 없기에 단순히 인상만을 가지고 묘사했던 형상도 덩달아 함께 떠올랐다.

그것들은 대체 무엇일까? 왜 우리에게 이런 고통을 주는 것인가? 이미 전 세계의 희생자는 700 단위를 바라보고 있었다. 그리고 여태껏 아무도 이 무력한 사태를 끝낼 방법을 몰랐다!

세상이 언제까지 버틸 수 있을까. 당장 위협을 피할 수 있는 방도는 있기에, 사회와 국가는 이전과 비슷한 모습으로 굴러가고 있었지만, 근래 들어 급증하고 있는 종말론적인 거대 신생 종단들은 사람들의 무의식에 무언가 안 좋은 것이 퍼져나가고 있다는 것을 노골적으로 비춰주는 지표였다.

혼란스러움을 잊기 위해 일에 집중하려 했지만, 정신은 쉬이 아득한 곳으로 흘러갔다. 그래도 업무는 해야 했다. 산 사람은 살아야 하니까. 어쩌면 석율 선배의 계획에 본의 아니게 가장 밀접하게 연관되어 있던 위치로서, 기사에 쓰기 위해 예의 계획의 초입에 일어났던 일들을 미리 정리해 둘 필요가 있을지도 모른다. 그것도 일하면서 틈틈이 써 둬야겠다고 생각했다.

10

악몽에 시달리다 아침 7시에 일어났는데 사무실 단톡방이 소란스러웠다. 새벽 5시 10분경에 메시지가 폭발하듯이 증가해 있었다. 상자를 찾았다는 내용이었다.

궁금한 마음에 선택이에게 연락했다. 자고 있을지도 몰라서 문자를 보냈다. 답은 금방 왔다.

“네, 유한 선배.”

선택이의 목소리에서 피로가 묻어 나왔다. 얘기하는 중간마다 하품이 잦았다.

“찾았어?”

“네, 찾았어요. 땅에 박혀 있더라고요. 처음엔 무슨 지뢰 같은 거라고 생각했는데, 겉면에 석율 선배 이름이랑 우리 사무실 이름하고 주소하고 코팅되어 있어서 알았죠. 꺼내느라 삽이랑 곡괭이까지 썼어요."

"안은 확인했어?"

"지금 사람들이랑 사무실로 가고 있어요. 상자가 철제인데, 용접되어 있어서 연장으로 꺼내야 할 것 같다고 해서요. 안에 카메라는 있어요. 렌즈는 깨졌던데, 뭐라도 찍혀 있으면 좋겠네요."

호기심이 동해서 숙취도 느껴지지 않았다. 적당히 몸을 씻고 차를 달려 사무실로 향했다.

한 시간 정도가 지나자 고속도로 위에서 호영 선배에게 전화가 왔다.

"예, 선배. 카메라 찾았다면서요."

"영상이 찍혔다! 이것이면 되었어! 그 안에 뭐가 있는지 알게 되었다고! 석율이가 해냈어! 석율이가 인류를 구한 거야! 너도 빨리 와라! 너도 봐야 하는 거야!"

그러고 전화가 끊겼다. 선배의 목소리는 한껏 들떠 있었다. 이상스러울 정도로 환희에 찬 어조라는 느낌에 의문스러움만 배가되었다.

"찍었어? 말도 안 돼!"

황당한 마음에 혼잣말이 튀어나왔다. 잘해봐야 석율 선배가 허공으로 끌려가는 끔찍한 영상이나, 괴물의 자세한 모습 정도가 담겨 있을 것이라고 생각했는데….

과속하여 사무실 근처에 도착하자 하늘이 열리기 시작했다. 어차피 차 안에 있으면 안전했다. 도로를 걷거나 버스 정류장에 서 있던 몇 안 되는 사람들이 재빠르게 소산했다. 근처에 건물이 있으면 연고가 없는 곳이라도 벌컥벌컥 열고 들어갔고, 아무도 그것을 이상하게 여기지 않았다. 개천 이후 새롭게 볼 수 있게 된 생활상이었다.

하지만 사무실이 들어선 빌딩건물을 보던 내 눈엔 이상한 것이 들어왔다. 옥상 위에 사람들이 잔뜩 모여 있었다. 하늘로부터 내려오는 괴기스런 빛을 팔을 벌려 안듯이 받으면서, 틈 너머에서 하계를 내려다보는 괴물들을 애타게 갈구하는 일군의 사람들은, 자세히 살펴보니 전원 우리 직원들이었다.

"미친!"

차창 밖으로 고개를 빼고 경적을 울리며 소리를 질렀다. 얼굴을 식별할 수 있는 선후배들의 이름을 목청껏 불러봤지만 들리지 않을 것 같았다. 옥상 위는 마치 한창 향연이 진행되는 원시의 신전 터 같은 분위기였다. 환각제에라도 중독된 것처럼 흥분해 있는 동료들의 낯선 얼굴이 생경스러워 소름이 끼쳤다. 딱 3년 전에 우리 아버지가 뇌혈관 파열로 숨이 넘어가는 와중 보인 것 같은 표정이었다. 환희로 해석될 수 있을 것 같은 공포, 혹은 공포로 해석될 수 있을 것만 같은 환희, 이 세상의 언어로는 표현할 수 없을 죽음과 삶 사이에 걸쳐져 있는 낯선 표정 말이다.

"어! 어!"

괴물의 손이 옥상 위에 내리자 동료들은 자신이 먼저 잡혀가려고 하는 것처럼 앞다투어 달려들었다. 결국 누군가 잡혀 올라갔다. 뒤통수에 포니테일이 대롱거리는 것으로 봐서는 영성 선배였다. 지상에 있던 사람이 그 꼴을 보고 비명을 질렀다.

다른 괴물이 거대한 손을 옥상으로 탐욕스럽게 뻗어 왔다.

난 투사된 대포알처럼 차를 몰아 지하 주차장에 꽂아 넣고, 차에서 내리자마자 선택이에게 전화를 걸었다. 선택이도 옥상에 있다는 것을 바깥에서 확인했었다.

"네! 선배!"

선택이의 목소리는 기쁨인지 고통인지 모를 고양된 감정에 차 있었다. 도저히 제정신이라고 생각할 수 없을 정도로 광기에 사로잡혀 잔뜩 흥분하고 있다는 느낌이 강하게 와 닿았다.

"야! 사람들 지금 뭐 하는 거야! 미쳤어?"

"선배…. 나중에 봬요!"

선택이는 일방적으로 전화를 끊어 버렸다. 엘리베이터를 타고 닫힘 버튼을 연타했다. 그렇게 사무실로 올라가 보니 텅 비어 있다. 한 명을 빼고.

다가가 보니 호영 선배였다. 선배는 가동되고 있는 컴퓨터 앞에 앉아 있었다. 가까이 가서 화면을 보니, 유튜브에 무언가 영상을 올리고 있다는 것을 알 수 있었다.

"선배…. 저거 다 뭐예요."

호영 선배가 나를 돌아보았다. 특유의 자애로운 미소가 나를 향했다. 그러나 그 미소는 나 자신의 육체가 아닌 어딘가 먼 곳을 향해 있는 것만 같아 보였다.

"티베트에서 전승되는 '사자의 서'에 대해 알아?"

선배가 나직하게, 그러나 뜬금없는 내용으로 운을 뗴었다.

"아뇨. 옥상 위에 저거 어떻게 된 거냐고요."

"사람이 죽으면 영혼 상태로 바르도라는 곳을 떠돌게 된다고 해."

난 몸을 돌려 옥상으로 향하려 했다.

"소용없어! 네가 가도 막을 수 없을 거다!"

호영 선배는 자리를 박차고 일어나며 버럭 소리를 질렀다.

"영상을 보여 주마. 조금만 기다려."

내가 돌아보자 선배는 유튜브에 영상이 올라가고 있다는 메시지가 표시된 화면을 손짓으로 가리켰다.

"여기에 영상이 있어…."

난 잠시 머뭇거리다 선배에게로 다가갔다. 호기롭게 말은 했지만 정말로 옥상으로 올라갈 용기를 마지막까지 내지 못한 것이다. 무지는 두려움이었다. 나는 이해할 수 없는 상황 속에서 서서히 올라오는 공황발작의 전조를 느낄 수 있었다.

그것을 피하기 위해서는 이 상황을 납득시켜 불가해함에서 유발된 공포를 물리쳐 줄 논리적인 답이 필요했다.

"'사자의 서'는 8세기 파드마삼바바라는 성인이 쓴 글이야."

호영 선배는 재빠르게 말을 이었다.

"원제는 '바르도 퇴돌', '삶과 죽음의 중간에서 듣는, 영원한 자유에 도달할 수 있는 가르침'이지. 불교에서 사람은 죽음 후 환생이라는 시스템을 통해 육도(六道)라 하는, 고통과 번뇌로 가득 찬 사바세계에서 무수히 윤회한다고 해. 그리고 사바세계의 모든 것은 무(無)에 불과하지만 우리가 가진 마음의 집착이 그 안에 오온(伍蘊)이라는 물질, 감각, 기억, 행위, 지식 등을 낳아 채워 넣은 것이 고통의 원인이 된다고 말하고 있지. 그것을 벗어나 무(無)의 세계로 돌아가는 것이 바로 해탈이야. '사자의 서'에 따르면 현세에서 죽어 바르도를 떠도는 영혼의 앞에는 부처가 나타난다고 해. 하지만 사바의 미명에 젖어 있는 영혼들의 눈에는 그 모습이 엄청나게 무섭게 보여서 본능적으로 회피하게 되지. 그러면 해탈에서 멀어지게 되는 거야. 그 모습을 두렵게 받아들이지 않고 그분들이 부르고 있는 곳으로 거침없이 향해야 윤회전생의 고(苦)를 벗어 던지고 열반에 이를 수 있어. '사자의 서'는 영혼이 현명한 판단을 할 수 있도록 죽은 사람에게 읽어 주는 일종의 지침서야."

선배는 기이한 열정에 몰린 채로, 알 수 없는 말을 쏘아붙이

듯이 늘어놓았다.

“이제 와서 보면, 파드마삼바바는 사실을 정확히 봤어. 하지만 사실을 정확히 해석하지는 못했어. ‘사자의 서’에 기술된 것은 실제로 일어난 일의 밀교적 ‘설정’이야. 일어난 일이 제대로 포착은 되었지만 완전히 오인된 채 종교적인 언어로 기술되었기에 그 본질이 다르게 이야기된 것이지. 진실은 그것과는 달라. 진짜는… 훨씬 아름다워.”

“무슨 얘기하시는 건지 모르겠어요.”

“석율이가 찍은 영상에 뭐가 찍혀 있었는지 알아?”

나는 대꾸를 하지 않았다.

“아무것도 찍혀 있지 않았어.”

“네?”

“아무것도….”

호영 선배는 한순간 몹시 의기양양하게 보였다. 한동안 팽팽한 침묵이 우리 사이를 가로막았다.

“그건 무(無)였어. 완벽하고, 순수한 무. 너무나 안온하고, 너무나 무한한….”

호영 선배는 이렇게 말하고 마치 눈앞에 떠오르는 이세계의 광경을 음미하는 듯이 허공에 흐릿한 시선을 던졌다.

나는 나대로 할 말을 찾지 못하고 있었다. 사실 찾기는 했지만 말해 봐야 상황을 풀어나가는 데는 도움이 되지 않을 말이었다. 정확히는 '미친놈'이라는 말이 떠올랐다.

"저들은 구원자야. 하지만 모든 것이 언제 끝날지 우리는 몰라. 이 기회를 놓치면 안 돼."

선배는 그야말로 한 치의 의혹도 섞이지 않은 것 같은 확신에 차 있었다. 마땅히 경계해야 할 정도로 절대적이고 추악한 확신이었다. 사람들이 도대체 무엇을 본 것인지 모르겠으나, 그들, 적어도 내 눈앞의 호영 선배는 이전에 내가 알던 사람과는 까마득하게 달라 보였다. 과거의 동료가 아니라, 정신 속에 무언가 들여보내서는 안 될 것을 담아 버린 인간이 극단화된 두타행을 위해 스스로를 절단하고 고문하기를 종용하는 광신자와 같은 모습으로 내 눈앞에 서 있었다.

"근거가 있어요? 근거가 있냐고요!"

난 항변했다. 뭔가 잘못되었다. 이들은, 무언가를 잘못 이해한 것이 틀림없다…!

가쁜 호흡이 조절되지 못하자 식은땀이 비처럼 흐르고 눈앞이 침침해졌다. 내 정신이 두려움으로 가득 찬 무서운 공간으로 아연히 빨려들어가기 시작하는 느낌이었다.

호영 선배는 패닉을 일으킨 내 모습에도 전혀 동요가 없었다. 선배는 전부 이해한다는 투로 자애롭게 미소를 지으며 오른손을 컴퓨터 키보드에 가져다 대었다. 항마촉지인을 노골적으로 흉내 내는 손짓이었다.

"실존이 근거야. 직접 봐봐…."

선배는 컴퓨터 외장하드에 들어 있던 동영상을 내 눈앞에서 재생시켰다.

영상이 시작되었다. 잔뜩 긴장해 금방이라도 기절할 것처럼 호흡을 가쁘게 쉬는 석율 선배의 얼굴이 처음으로 모니터 가득 비춰졌다. 곧이어 선배는 괴물의 손에 쥐어져 비명을 지르는 채로 하늘로 끌려 올라갔다.

영상 속의 공간감이 이상하게 뒤틀려 있었다. 먼 곳과 가까운 곳의 구분이 없이, 마치 3차원 공간상의 모든 좌표가 한 개의 소실점에서 만나 있는 것처럼, 손 한 뼘에 몇 광년이 담겨 있었고, 평생 달려도 닿을 수 없는 거리가 먼지 한 톨의 직경에 불과한 것만 같았다.

곧이어, 우주까지는 가지도 않았건만 놀랍게도, 예의 괴물들이 바로 코앞에서 찍힌 채로 화면에 떠올라 있었다.

"으아아…."

오금이 저려 더 이상 버티지 못하고 주저앉았다. 그건 진실로 내가 감당할 수 있는 모습이 아니었다. 너무도 현란했고, 너무도 다채로웠다. 끔찍할 정도로 많은 것들이 내 눈앞에서, 단번에 찬란하게 펼쳐졌다.

그러나 그 괴물 너머, 하늘이 찢긴 틈 안쪽이 시야에 들어왔다. 그랬다…. 정말로 거기에 찍혀 있었던 것은!

11

"이건… 대체…!"

나는 자리에서 일어나 두 손으로 모니터를 부여잡은 채 화면에 투사된 영상을 눈도 깜빡이지 못하고 바라보았다. 이내 그 잊혀진 정경이 억압되어 있던 최초의 생에 대한 기억을 일깨워 주었다. 그것은 빛 너머 다른 공간에 존재하는 진실된 세계의 모습이었다. 밀교의 선지자들만이 올바르게 관측하였지만 해탈(解脫) 이후의 공무(空無)라고 잘못 해석한, 나의 원래 세계였다.

나는 갑작스럽게 상기된 기억이 주는 충격으로 컴퓨터가 놓인 책상에서 튕겨져 나와 사무실 한가운데 비틀거리며 섰다. 모든 정황을 자각하자 비로소 내가 여태까지 존재하고 있었던 세계의 모습이 올바르게 보이기 시작했다. 진정한 세계의 풍경과 대비시킬 수 있게 됨으로써 드디어 그 본질을 드러낸, 시야에 펼쳐진 모든 사물들의 질감, 형상, 곡률, 움직임 등은 참을 수 없이 엉망으로 뒤틀려 있었다. 색채는 감당할 수 없을 정도로 아무렇게나 섞여 있어 속을 끊임없이 뒤집어 놓았고, 원근 또한 어지럽게 흐트러져 내 몸의 중심조차 잡을 수 없을 지경이었다. 대기는 쉼 없이 이어지고 끊어지며 징그럽게 빛나는 선들의 모습과, 투영되는 차원을 넘나듦에 따라 곡률이 시시각각 변화하는 도형들의 촉감으로 가득했다.

“아아아아아아아아아아!”

나는 겁에 질려 바닥에 주저앉았다. 나는 도대체 어떻게 이런 세계에서 그토록 태연하게 살아올 수 있었던 것일까! 한 차례 구토를 하고서, 나는 눈을 가리기 위해 손을 들어올렸다. 그러나 내 손 또한 이 세계에 속한 다른 모든 것들과 같이 그 형체가 마구잡이로 일그러져 있었다. 녹색과 붉은색, 푸른색, 초록색과 같은 강렬한 원색들과 희석되어 더러워 보이는 흐린 색조들이 내 손 위를 벌레처럼 기어 다니며 번쩍거렸다. 나는 머리를 감싸고 소리 없이 비명을 질렀다.

그때 무언가가 내 뺨을 때렸다.

“ㅁ로뫎ㄹ무먀ㅜㅁ루먀ㅜㅈ댜ㅜㅈㄷ!!!”

듣기 싫은, 째지는 듯한 소리가 귀를 울렸다.

“퐈포ㅕㅕ뇌해ㅕㅑㄴ푸ㅕㄴㅌ비루구ㅑㅒ!!!”

고막을 찢는 것 같은 소음이었지만 그 안에는 익숙한 음질과 패턴이 존재했다. 정신을 집중해 숨겨진 패턴을 읽어 내려 애썼다.

“유한! 유한아! 정신차려!”

호영 선배였다. 역겹고 끔찍스러운 배경에서 불거져 나와 움직이는 모습은 무한한 색채와 가능한 모든 형상이 겹쳐져 형편없이 뒤틀려 있었지만, 그 목소리와 형태의 조합으로 나타나는 패턴이 뚜렷이 호영 선배를 연상시켰다. 내 귀에 들리는 나 자신의 목소리 또한 알아듣기 힘들 만큼 엉켜 있는 파(波)들의 더미에 불과했으나, 이 세계에서 살아오며 익숙해진 방식대로 무작정 목소리를 내 보았다.

"그랬구나! 그랬었구나!"

다행히 호영 선배가 내 말을 이해한 것 같았다. 무수한 형태들이 중첩되어 참을 수 없는 질감으로 뒤섞여 있는 얼굴에 뚫린, 크고 뒤틀리고 깊고 부들거리는 구멍을 움찔거리며 호영 선배가 대답했다.

"자, 어디로 가야 할지 알았지?"

"돌아가자! 다시 피안으로 돌아가자!"

이제 내가 향해야 할 곳이 어딘지 알 것 같았다. 그러나 비로소 똑바로 보이게 된 이쪽 세계의 진실된 모습은 여전히 견디기 힘들 정도로 끔찍했다. 발걸음을 한 번 떼는 것만으로도 천지가 울렁거리며 뒤집히고, 사물들의 상대적 배열이 극과 극으로 널뛰었기에 몇 걸음 걸으려 해도 도움이 필요했다.

호영 선배의 부축을 받아 함께 계단으로 이어지는 비상구 문으로 향했다. 모서리의 경계가 깊은 소실점을 향해 끝없이 뻗어나가 마침내 요동치는 작은 형상들과 구분할 수 없게 되어버린 문을 열자, 이미 난간에 매달리다시피 한 상태로 허공에 제멋대로 이리저리 뻗어 있는 것처럼 보이는 계단을 조심스럽게 올라가고 있던 또 하나의 일그러진 형상이 눈에 들어왔다. 이제는 그 마구잡이인 형상에서도 어렵지 않게 일정한 패턴을 읽어 낼 수 있었다. 그 물체는 편집부의 이민식 선배였다. 민식 선배가 우리를 향해 두개골 안을 맴돌며 신경을 찢어 버릴 것만 같은 날카로운 소음을 발했다.

"로ㅑ쟈ㅐ붑ㅈ ㅜㅂ재ㅔ ㅑ ㅓㅜ애ㅔ ㄹ주애ㅈ!!!"

호영 선배가 다그쳤다.

"나야! 나야, 민식아!"

민식 선배는 땀으로 온몸이 흠뻑 젖어 있었고, 얼굴은 세계의 진실을 목격한 공포와 피안에 대한 환희로 뒤틀려 있었다.

"보디… 너구나…. 화장실에 숨어 있다가 네가 카톡으로 돌린 영상 보고 나왔어. 이제 내가 뭐였는지 생각났어!"

호영 선배가 나를 민식 선배에게 떠밀며 말했다.

"너, 얘 좀 데려가라. 애가 심약해서 정신을 못 차린다."

나는 민식 선배에게 안긴 채 호영 선배에게 외쳤다.

"선배는요!"

"나는 너같이 제 앞가림 못하는 놈들 찾아서 계도해야지! 내가 영상을 올렸으니 책임질 수 있는 만큼은 해야지, 안 그래? 회사 사람들 가족부터 챙길 생각이니까, 일단 너희들 먼저 올라가!"

호영 선배는 그렇게만 말하고 비상구 문 안쪽에서 요동치며 뿜어져 나오는 요란하고 혼란스러운 빛과 색채 사이로 사라졌다. 그 뒤로 내이의 깊은 곳을 긁어대며 사방으로 방사되는 소음만이 뒤따를 뿐이었다.

"자! 함께 돌아가자!"

나와 민식 선배는 시야를 가득 채운 끔찍스러운 형상들에 정신을 잃어버리지 않기 위해 서로의 몸을 부축했다. 그리고 귀향의 기대감으로 벅차 오르는 가슴을 안고서 마구잡이로 휘어대는 빛과 번들거리는 검은 형상으로 울렁거리는, 까마득하고 소란스러운 어둠 위에 세워진 뒤틀리고 뒤엉킨 계단을 올랐다. 길어지다 다시 짧아지는 무수한 변위들을 이동할 때마다 모든 형상의 굴곡이 변화했고, 빛들은 어지럽게 분열되어 각각의 성분으로 쪼개져 사물들의 끔찍한 색채를 더욱 무시무시하게 뒤틀었다.

옥상으로 향하는, 뒤집힌 곡률로 된 모서리를 가진 문을 열자 시야에 드러난 유동하는 하늘은 불안에 떨며 잠들었을 때 꾸는 악몽에서나 나올 법한 수없이 많은 괴이한 무늬로 가득했다. 그리고 그 오심을 불러일으키는 소용돌이치는 형상과 번쩍거리는 빛으로 충만한 하늘을 배경으로 거대한 손이 옥상에서 우리를 기다리고 있었다. 피 섞인 양수로 번들거리는, 티 없이 깨끗하고 무구한 선의로 가득 찬, 통통하고 거대한 아기의 손이었다.

우리가 한때 저 너머의 세계에 속해 있었을 무렵 사방에서

꿈틀거리던, 가능성으로서만 존재하던 개체들 중 하나의 손이었다. 까마득한 고대에, 우리는 그 무상하고 안온한 세계에서 영원한 꿈을 꾸고 있었다. 그러나 어느 순간 정체를 알 수 없는 공포스러운 인력이 우리를 지옥으로 끌어와 유한한 몸에 집어넣은 뒤 기억을 지우고 고통에 가득 찬, 죽음을 통해서조차 탈출할 수 없는 윤회의 삶을 강요했었다. 우리는 이곳에서 납치되고 있는 게 아니었다. 반대로 아득한 옛날, 형언할 수 없이 끔찍하고 추악한 무언가에 의해 우리가 저곳에서 이곳으로 끌려왔었던 것이다.

그러나 과거의 친구들이 어딘지 알 수 없는 곳으로 사라진 우리의 행방을 결국 알아낸 것 같았다. 이제 저 너머에서 뻗어온 오랜 친구의 손을 잡고서, 나는 마침내 원래 있었던 평온한 무(無)로 돌아갈 수 있을 것이다.

"돌아가자. 돌아가자. 피안으로 돌아가자."

나와 민식 선배는 어깨동무를 한 채로, 요동치며 하늘로 솟아오른 건물들 사이에서 끝없이 몰아치는 두려운 형상들로 가득 찬 바람과, 귀 안을 맴돌며 송곳으로 찌르는 듯한 극심한 두통을 일으키는 소음을 가르며, 우리를 기다리고 있는 옛 친구에게로 천천히 걸어갔다.

과학 무당과 많은 커피

00

과학 문명이 세상을 뒤덮었지만 인간의 무의식과 밤의 꿈이 만들어 낸 환상은 사라지지 않았다. 다만 환상 속에서 살아가는 존재들은 인간의 정신이 변성함에 따라 끝없이 요변(妖變)할 수밖에 없기에, 현대에는 과학적 사고방식의 변성과 문화 습속의 변화에 따라 과거에 나타났던 존재들 중 많은 수가 모습을 감추고 말았다.

그러나 그만큼 현대 과학 문명이라는 당면한 시대에 걸맞은, 낯선 형태와 새로운 성질을 가진 존재들이 우리의 눈이 닿지 않는 문명의 그늘 속에서 끊임없이 만들어지고 있다. 양차 세계 대전기에 널리 알려졌던, 기계 장치를 망가뜨리는 날아다니는 괴생명체인 그렘린은 환상의 이러한 속성을 설명하는 데 자주 활용되는 고전적인 사례라 할 수 있을 것이다.

이처럼 현대 사회를 지배하고 있는 과학 기술적 패러다임에 근간을 둔 새로운 존재들 중에서는, 과학적 감수성과 과학적 지식, 과학적 세계관과 과학적 사고방식에 심대하게 경도된 사람들만이 특별히 잘 감각할 수 있는 종류들이 있다. 초상적(超常的) 세계관에 기반한 원시 환상 세계의 존재들 중 많은 수가, 소위 영계와 교통할 수 있다는 능력인 영감을 가지고 있는 사람들에게 특히나 쉽게 감지될 수 있었던 것과 유사하게 말이다.

내가 '그것'을 처음 본 곳은 자취하는 하숙집으로 가는 길에 있는 조그만 놀이터에서였다. 벤치와 나무 그늘로 가려진 으슥한 구석에 두세 마리가 까맣게 몰려 있었다. 미끄럼틀에 가려진 형체를 얼핏 본 것에 불과해서, 그때는 그저 좀 이상하게 생긴 까마귀들일 것이라 생각했을 뿐이었다. 때는 금요일이었고, 오전 강의를 들은 후에 편의점 주말 야간 근무를 나가기 전까지 집에서 충분히 수면을 취해야 했기에, 내겐 다급한 발걸음 중에 느낀 위화감의 원인을 자세히 살필 여력이 없었다.

나는 그린티 대학교 화학과 3학년생이었다. 가정 형편이 그다지 좋지 않은 상황에서 등록금은 필사적으로 공부해 성적

장학금으로 메우고 있었고, 생활비 대출도 가능한 받고 싶지 않아 여건이 되는 한 직접 벌어 썼다. 과외는 인맥이 없어 생각 외로 구하기 힘들었고, 다행히도 교수님 한 분이 다음 방학부터 학부 연구생으로 생활하면 생활비 정도는 주겠다고 말씀해 주셨지만 연구실에 정식으로 출근하기 전인 이번 1학기까지는 아르바이트로 연명해야 하는 신세였다.

하숙집 대문을 열고 들어서자 집주인 할머니가 반기며 바구니에 자두를 가득 담아 주셨다. 할머니와는 작년 여름 방학 집중 근로 때 주민 센터에서 만났는데, 갑자기 가슴이 아프다며 쓰러지셔서 내가 구급차가 올 때까지 옆에 붙어 돌봐 드린 일이 있었다. 그 후에 할머니가 고맙다면서 생전 처음 먹어 보는 값비싼 고기도 사 주셨고, 남편을 보내고 혼자 적적하시다면서 집세를 싸게 받을 테니 자기 집에 들어와 살라고도 권유해 주셨다. 만약 할머니 집으로 들어간다면 단순 비례식으로 16인실 기숙사를 써야 할 가격에 원룸을 잡는 셈이었기에 나에겐 매우 좋은 일이었다.

다만 주말마다 손자를 데리고 찾아오는 할머니 아들 내외가 자기들이 쓸 방들을 이미 맡아 두었던 터라, 나는 보일러실을 끼고 방 하나를 떼어 낸 공간으로 들어가게 되었다. 그리마가 가끔 나오기는 했지만, 그래도 내 몫의 방은 널찍하니 나쁘지 않았고, 학교도 가까웠으며 무엇보다 온전히 나만의 공간을 가지게 된다는 점이 무척 마음에 들었다. 어느 정도 여유가 있는 사람들이 사는 동네라서 그런지는 몰라도 대학가와는 달리 낮이나 밤이나 항상 고즈넉하다는 점도 공부하기에 좋았다.

다만 할머니의 며느리만은 나를 내내 백안시했는데, 나중에 그게 의부증 때문이었다는 사실을 알게 되고서는 당혹스러웠었다. 나는 오로지 높은 학점을 취득하는 일과 생활비를 버는 일에만 대부분의 시간을 소모하고 있었고, 남는 시간은 틈틈이 좋아하는 과학 기술적 지식을 탐식하는(양심적으로 '탐구'라는 단어는 못 쓰겠다) 데 온전히 쓰고 싶어서, 대학에 와서도 질 나쁜 남학생들한테 "길거리에서 도를 아시냐고 묻고 다니는 애들 같다"는 뒷담화나 듣고 다닐 정도로 허름한 스타일만을 줄곧 고수하고 있었다. 원판도 그다지 매력적인 편은 아니라고 생각하지만, 그런 요소를 부러 훨씬 극대화하기 위해 나름대로 세심하게 디자인한 자신작이었는데, 대체 어느 부분에 설계 미스가 있어서 그런 식의 꼬투리가 잡혔는지는 모를 일이었다. 금형을 제조하는 작은 회사를 운영하는 집주인 아저씨와도 주말에 마주칠 때 간단히 인사만 나누는 사이였을 뿐이었는데도, 집주인 아주머니의 상상력은 그런 실낱 같은 단서를 주춧돌로 나와 집주인 아저씨간에 모종의 관계가 있다는 방향으로 뻗어 나갔던 것이다.

뭐… 여하간에 그처럼 제어되지 않는 인간의 상상력이 물리적 영역의 인과적 폐쇄성 안으로 들어온 것이 바로 환상적 존재라 할 수 있다. 당시의 나는 아르바이트와 기말고사 준비에 지쳐 있었고, 어울리던 몇 안 되는 학과 동기들끼리 벌어진 파벌 다툼에 예기치 않게 말려들어 정신적으로도 상당히 피로한 상태였다. 어쩌면 그런 상황이 내가 돌연히 '그것'과 소통하는 능력을 얻게 된 계기로 작용했는지도 모른다.

내가 처음으로 놀이터에서 그것들을 목격했던 바로 그날, 내 하숙집에서 건너건너편 집에 살던 할아버지 한 분이 갑자기 심해진 대장암 증상으로 투병하던 끝에 돌아가셨다. 소화기 부품을 만드는 작은 중소 기업체를 운영하시다가 암에 걸리고서는 큰아들에게 사업을 물려주고 병환 치료에만 전념하셨다고 하는데, 처음에는 항암 치료로 예후가 좋아 보였던 병이 느닷없이 악화되어 죽음에 이르게 된 것이라 하였다. 그리고 앞으로 시작될 이 모든 기괴한 사건의 종착지가 될 거대하고 끔찍한 재앙을 불러올 마(魔)의 씨앗은, 바로 그 순간에도 그 할아버지의 집 안에서 풀려날 때를 기다리며 숨죽인 채 웅크리고 있었다.

01

처음 놀이터에서 그것을 본 이후, 점차 그 존재감을 키워가던 괴이의 명확한 형태를 최초로 인식한 것은 사흘 후인 월요일 오후 2시경, 전공 수업을 들으려 등교하던 도중에 담벼락 위에 무리 지어있던 놈들을 발견했을 때였다. 그러한 것들이 태연히 현실 세계에 나타나 움직이고 있다니, 도무지 믿기지 않는 일이었다. 그것들은 다름 아닌 카페인의 이차원 골격 구조식을 몸체로 삼은 채, 새를 모방하여 움직이는 손바닥 크기의 괴물들이었다.

당혹스러운 일이 일어날 때마다 반사적으로 내면을 향해 완전히 침잠해버리는 것은 내 나쁜 버릇이었다. 무엇인가의 맥락과 의미를 만족할 만큼 이해하지 못했을 때 느끼는, 무력하고 현실에서 소외된 듯한 감각이 싫어 언제나 과도한 수준으로 작업 기억을 소모하곤 하는 것이었다. 그 이상한 존재들을 발견한 뒤 현실에의 확신감을 잃어버린 나는 외부 세계로 열린 의식의 통로부터 닫아 버린 뒤 눈앞의 현상과 관련된 과학적 지식들을 꼬리를 물며 연상해 나가기 시작했다.

카페인, 다른 이름으로 1, 3, 7-트라이메틸잔틴이라 불리는 물질은 여덟 개의 탄소와 열 개의 수소, 네 개의 질소와 두 개의 산소로 이루어져 있으며, 질소 두 개를 포함하는 육각 고리인 피리미딘과 질소 두 개를 포함하는 오각 고리인 이미다

졸이 합쳐진 눈사람 모양의 퓨린에 산소 두 개가 붙어 만들어진 화학 물질이다. 커피나 엽차 등에 다량으로 포함되어 있고, 신경 활동을 둔화시키는 아데노신과 구조적으로 유사해 마치 아데노신인 것처럼 가장하고 아데노신 수용체에 결합하여 사람에게 각성 효과를 나타낸다. 나 또한 시험 기간마다 유용하게 활용하고 있는 물질이었다.

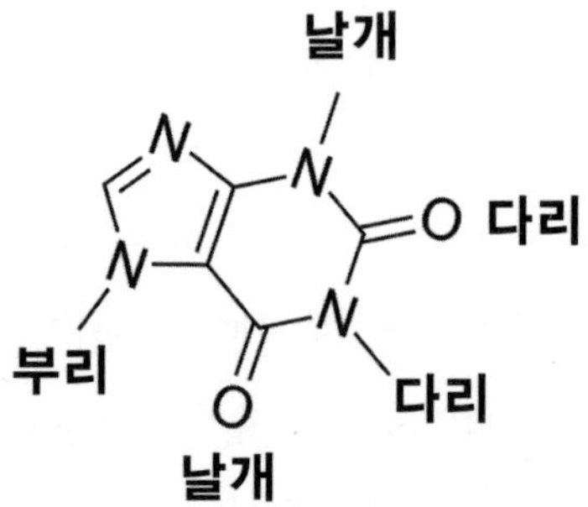

날개
다리
부리
다리
날개

출처
https://ko.m.wikipedia.org/wiki/%ED%8C%8C%EC%9D%BC:Caffeine_structure.svg

Fig 1. **카페인 새의 해부학적 구조**

그러한 카페인의 화학 구조식을 이차원에 전개하면 위와 같은 그림이 되는데, 그 괴물들은 그림과 같이 퓨린 골격에서 뻗어 나온 메틸기와 케톤기들을 각각 부리, 날개, 다리처럼 활용해 담벼락 위를 총총 뛰어다니며 부리로 무언가를 쪼아먹고 있었다. 다행히 울음소리는 내지 않았다. 그것들이 진짜로 울기라도 했다면 나는 당장 그 자리에서 미쳐 버렸을지도 모른다.

화학자들은 형태적 유사성을 근거로 화학 물질의 이차원(혹은 드물게 삼차원) 구조식과 다른 사물을 연관시키는 과업을 흔하게 진행해 왔다. 유기 물질의 합성 경로와 그 물리적 기전을 탐구하는 과정의 부산물인 하우세인(housane)은, 이차원 구조식이 집(house)을 연상시킨다는 이유에서 그런 이름이 붙었다. 한때 제약에 활용할 수 있겠다는 가능성이 점쳐졌지만 아직까지 용도를 찾아내지 못한 펭귀논(penguinone)은, 그 이차원 구조식이 펭귄(penguin)과 닮아 붙여진 이름이다. 화학자인 제임스 투어가 교육을 목적으로 합성한 나노퓨션(NanoPutian) 물질군은 일부러 이차원 구조식이 사람 모양을 가지도록 만들어졌고, 『걸리버 여행기』에 나오는 릴리푸트 사람인 릴리퓨션(Lilliputian)에, 작다는 의미를 표현하기 위해 접두어 나노(nano)를 붙여 이름을 지었다. 그 외에도 여타의 사례들이 많으며, 에탄올의 삼차원 구조식이 개와 유사하기 때문에 술을 마시면 개가 되는 것이라는 농담은 유명하다.

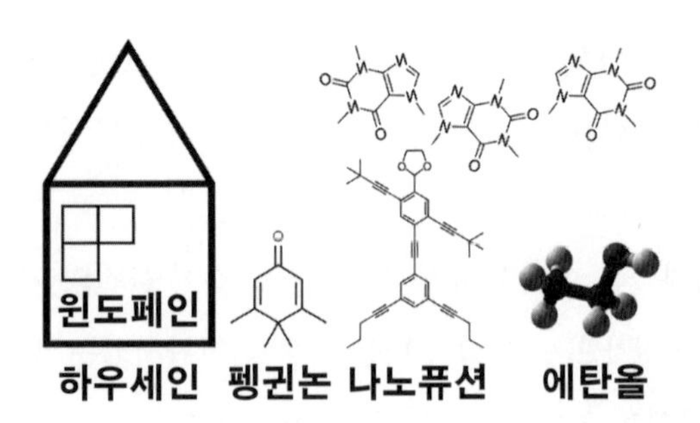

출처
Housane: https://commons.wikimedia.org/wiki/File:Housane.svg
Windowpane: 직접 그림
Penguinone: https://commons.wikimedia.org/wiki/File:Penguinone.svg
Nanoputian: https://commons.wikimedia.org/wiki/File:Nanokid.svg
Ethanol: https://commons.wikimedia.org/wiki/File:Ethanol-3D-balls.png

Fig 2. **무언가를 닮은 구조식들**

이러한 현상은 인간이 대략 생후 8개월 정도 되었을 때 측두엽의 방추상 얼굴 영역이라는 피질 부위가 완전히 성장함에 따라 나타나게 되는 시각의 착각 특성인 파레이돌리아(pareidolia)에 기인한다. 이 기능이 일단 활성화되면, 인간은 주어진 대상에서 형태적 유사성만을 기초로 전혀 무관한 다른 무언가를 연상할 수 있게 된다. 전원 어댑터를 보고 돼지의 코를 떠올리는 것이 대표적인 사례이다.

나는 계속해서 이러한 '과학적인' 정보들을 떠올리며 땅이 밑으로 꺼져가는 듯한 비현실감을 극복하려 했다. 그러던 중 어느 순간부터 그것들이 일제히 부리로 땅을 쪼던 동작을 멈추고는 나를 똑바로 바라보더니, 개중 두 마리가 느닷없이 '날개'를 퍼덕이며 나에게 날아와 이미다졸 뼈대에서 뻗어 나온 메틸기 '부리'로 내 머리통을 사정없이 쪼아 대기 시작했다.

"으와악!"

나는 기겁을 하며 바닥으로 넘어졌다. 놈들을 쫓아내기 위해 팔을 다급하게 휘젓다가 손에 들고 있던 휴대폰을 놓쳐 버렸음에도 그런 사실에 마음을 둘 겨를조차 없었다. 그러나 카페인 새들은 내가 넘어지건 말건 마구 휘두르는 팔을 마치 실체가 없는 것처럼 피하며 집요하게 날아와 내 머리를 콕콕 찔렀다.

생생한 통증이었다. 그러나 뾰족한 것으로 피부를 찔렀을 때 느껴질 것이라 기대되는 감각과는 조금 달랐다. 찌르는 듯한 통증이라기보다는 머리에 있는 혈관들이 거세게 맥동하는 것처럼 욱신거리는 감각에 가까웠는데, 그러한 둔통이 머리 전체에 걸쳐 압박하듯이 감지되는 것이었다. 마치 새들이 부리로 혈관을 잡아 뜯는 느낌과도 비슷했다. 그리고 그와 함께 금방이라도 위장을 게워내야 할 것 같은 불쾌한 메스꺼움도 덮쳐왔다.

그 순간 머릿속에 계시처럼 떠오르는 오래지 않은 기억이 있었다. 정도와 범위는 달랐지만 이것은 분명히 내가 경험해 본 종류의 통증이었다. 그것도 한 번이 아니라 여러 차례 말이다. 갑자기 닥쳐온 해괴한 일에 괴롭고 무서워서 당장이라도 그 기분 나쁜 느낌에서 벗어나고만 싶었던 나는, 내가 떠올린 최초의 판단에 따라 서둘러 가방에 든 캔커피를 끄집어내 한번에 들이켰다. 전공 교수님 중에서는 수업 시간에 조는 일을 절대로 용납하지 않는 사람들이 있었기 때문에 타고나기를 졸음이 많은 편인 나에게는 커피가 상비약 같은 개념이었고, 그래서 필요할 때 바로 마시기 위해 늘 캔 커피 두 개를 배낭에 넣고 다녔다. 과연, 커피를 한 캔 마시자 새 한 마리가 나에게서 떨어지더니 머리 위를 빙글빙글 선회했다. 그러나 나머지 한 마리는 여전히 뾰족한 부리를 내 두피 여기저기에 찔러 넣느라 바빴다.

커피 한 캔에 새 한 마리를 떨쳐냈다는 사실을 확인한 나는 얼른 다른 캔 하나도 배낭에서 꺼내 들이켰다. 내가 두 번째 커피 캔을 비우자 마지막 한 마리 새도 쪼는 것을 멈추고 내 머리 주위를 한 차례 활공하더니 다시금 담 위로 올라가 자기 친구들 사이에 안착했다. 그리고 그들 새 무리는 마치 공기 중에 녹아 드는 것처럼 서서히 사라져 눈에 보이지 않게 되었다.

내 판단이 옳았다. 카페인은 교감 신경계를 활성화시켜 뇌 혈관을 수축시킨다. 그래서 카페인이 포함된 커피 등을 지나치게 많이, 자주 마실 경우 머리의 혈관이 만성적으로 수축된 상태를 유지하다가, 카페인 공급이 끊겼을 때 반동으로 크게 확장되어 주변의 신경을 누름으로써 상당한 수준의 혈관성 두통을 유발한다. 카페인의 주요한 금단증상 중 하나인 카페인 의존성 두통이었다.

나도 고등학생 때는 시험이 있을 때마다 커피를 물 마시듯이 퍼 마셔서 카페인 의존성 두통을 겪어본 적이 많다. 카페인 새가 내 머리를 쪼았을 때 느껴졌던 감각이, 물론 정도와 범위는 조금 전이 비교할 수 없을 정도로 훨씬 강하고 넓었지만, 그때 접했던 통증과 동일했기에 반사적으로 커피를 마셔 보아야겠다는 대처 방안을 떠올릴 수 있었던 것이었다. 당장 견디기 괴로워 마구잡이로 시도해본 일이었지만 진짜로 효과가 나타나자 이게 다 무슨 일인지 어리둥절했다.

바닥에서 구르던 몸을 일으켜 세우니 휴대폰은 진창에 처박혀 있었다. 피처폰이었고, 액정 부분 끝자락만 젖어서 천만다행히 기능에는 이상이 없었다.

충격이 어느 정도 가시자 내 처지가 참을 수 없이 서러워졌다. 길을 걷다 느닷없이 오물이라도 뒤집어쓴듯한 느낌이었다. 기말 시험 때문에 전공 수업은 되도록 빼먹기 싫었지만 충격으로 온몸이 파들파들 떨려서 다리를 움직이기가 힘겨웠다. 따뜻하고 포근한 곳에 당장이라도 몸을 뉘이고 싶었다. 결국 나는 넘어질 때 휘어졌던 왼쪽 발목을 절뚝거리며 다시 집으로 들어갔다. 집주인 할머니가 마당에 묻어 둔 항아리에서 감식초를 뜨시다가 내가 훌쩍거리며 대문을 넘는 것을 보고는 혼비백산해서 뛰쳐나왔다.

그저 단발적인 현상이었을 거라고 생각했던 카페인 새들은 오후 6시경 학내 도로에서 또다시 출현했다. 저녁에는 교양 과목의 보강이 있었고, 교양 과목은 교수가 호의로 짚어 주는 시험 범위를 확보하지 못하면 공부량을 조절하기 힘겨워지기에, 나는 집 안에서 어느 정도 마음을 진정시킨 뒤(물론 몸을 벌벌 떨면서 카페인과 정신증, 그 둘 사이의 관계 등에 대해 가능한 모든 과학 기술적 자료들을 수집하고 숙지하는 시간을 보냈다는 의미다. 혼란스러운 현실에 인과적 맥락을 제공해 주는 과학 기술적 지식은 고통을 객관화하는 데 도움이 되고, 특히 나에게는 마음을 진정시키는데 명상보다 효과가 좋았다) 그저 일시적인 현상이었을 거라 긍정적으로 넘겨짚고는 일단 나머지 수업이라도 챙기려 학교에 나가 있던 상태였다.

이전보다 수가 늘어난 대여섯 마리의 새들은 자비 없이 날아와 머리를 쪼기 시작했고, 나는 경악과 공포로 바닥에 엎어졌다.

"괜찮으세요?"

내 뒤에서 걸어오던 모르는 사람들이 나를 부축해 일으켜 주며 걱정스러운 목소리로 물었다. 내 머리 위에서 요란스럽게 퍼덕거리고 있는 새들에 대한 언급은 없었다. 다른 사람의 눈에는 이 새들이 보이지 않는구나 하는 깨달음이 들었다. 심지어 카페인 새들은 그 사람들의 몸을 아무런 저항 없이 투과하고 있었다. 그러니 이들이 무슨 방법을 쓰든지 나를 도와줄 수는 없겠다고 생각했다.

"괘, 괜찮습니다."

나는 아까 전에 대응했던 방법을 적용하면 당장의 고통은 해결이 될까 싶어 재빨리 자판기로 뛰어가 캔 커피를 두 개 뽑아 마셨다. 그러나 이번에는 두 캔으로도 효과가 없었다. 자판기 전면의 플라스틱에 반사된 내 모습을 보니 처음에 달려든 새들 중 절반 가량만 머리 위에서 날개만 파닥거리면서 공격을 가하지 않는 것 같았다. 겁에 질린 나는 다급하게 캔 커피를 하나씩 추가로 사서 차례로 벌컥벌컥 들이켰는데, 그렇게 네 캔을 마시고 나서야 새들이 이전과 같이 공기 안으로 녹아 없어지듯이 사라지는 것이었다. 마신 카페인을 토하면 다시 새들이 찾아올 수도 있겠다는 생각에, 나는 삼킨 카페인을 조금이라도 빨리 소변으로 배출하기 위해 근처에 있는 정수기로 달려가 하마처럼 물을 뽑아 마시기 시작했다.

이것은 좋지 않은 징조였다. 새가 다시 나타난 상황은 그렇다 치더라도 일단 네 시간이라는 간격은 너무 짧았다. 보통 100밀리그램의 카페인이 포함된 커피를 마시면 약 한 시간 정도가 지나 혈장 내 카페인 양이 최고 리터당 2밀리그램까지 치솟는다. 그 수치가 절반으로 떨어지는 시간은, 여러 요인에 의해 편차가 있지만 성인 기준으로 대략 다섯 시간 정도이다. 나는 지금 그 이론상의 반감기가 되기도 전에 하루 카페인 권장 섭취량의 최대치인 400밀리그램가량의 카페인을 말 그대로 위장으로 쏟아부은 것이다. 구강으로 섭취하는 카페인 양과 피 속에 떠돌게 되는 카페인의 양은 정비례 관계가 아니기에 실제로는 보다 적은 양이 되겠지만, 단순 계산으로는 캔 커피 하나의 4.5배 정도의 카페인을 졸지에 피 안에 집어넣게 된 상황이었다.

예상한 대로 시간이 지남에 따라 안 그래도 피로와 스트레스에 절어 있던 몸에 카페인의 과용에 따른 부작용들, 이른바 카페인 쇼크라 불리는 현상이 찾아왔다. 다행히 미리미리 물을 마셔 두어서 심계항진이 그렇게까지 강하지는 않아 어찌어찌 견뎌낼 수는 있었지만 혈압이 크게 오르고 내장이 뒤집히는 듯한 구토감이 느껴졌다. 식은땀도 마구 났다. 그 외에도 불안감을 기반으로 하는 여타의 고통스러운 증상들 때문에 너무나도 괴로웠지만 죽을 정도로 힘겹지는 않았다. 아직까지는 버텨낼 수 있었다. 아직까지는….

남의 눈에는 보이지 않는 것 같은 이상한 새가 내 눈에만 보이고 그것도 모자라 나를 공격한다니, 평소대로였다면 증상이 더 심해지기 전에 당장 병원부터 찾아가 봤을 테지만 어쩐지 발걸음이 쉽게 떨어지지 않았다. 마치 내 무의식이 병원을 찾아간다는 선택지를 밀어내려는 듯이 병원에 가지 말아야 할 다양한 이유들이 수십 가지나 머릿속에 떠올랐기 때문이었는데, 나중에야 그런 생각들이 들게 된 데에는 초자연적인 이유가 작용하고 있었다는 사실을 알게 되었다. 다시 말해, 나 스스로도 자각하지 못한 상태에서 카페인 새들과 마주하는 일을 내가 무의식적으로 원하고 있었다는 것이었고, 결과론적으로 보았을 때 그것이 결국 내 입장에서는 '좋은' 선택이었다.

그때는 대략 이러한 생각들이 떠올랐다. 의사가 카페인의 섭취를 제한하고 카페인으로 야기된 여러 이상 증상은 잡아줄 수 있을지 몰라도 새는 어떨까? 그것은 나에게는 이미 단순한 환상으로 치부할 수 있는 것이 아니었다. 그것들을 볼 때 시각적으로 감지되는 질량감과, 몸에 닿았을 때 느껴지는 생생한 촉감, 귓가에서 퍼덕이는 징그러운 날개 소리와, 더 이상 단순한 카페인 의존성 두통이라고는 얘기할 수 없을 강도로 실신 직전에 이를 정도의 고통을 주는 날카로운 부리들. 의사는 높은 확률로 새에 관한 내용들을 단순한 망상으로 치부하고 내가 카페인으로 대응하는 것을 막으려 할 것이다. 그러면 나는 그 새들이 주는 통증을 무방비로 받아들인 결과로 어떻게 될까? 또한 어떨 때는 병 자체보다, 내가 걸린 병이 내 생각보다 훨씬 심중한 것이었다는 사실을 마주할 가능성이 더 두려운 경우가 있다.

결국 이러한 다종다양한 걱정들에 시달린 끝에, 이대로 조금만 기다리면 괜히 일을 키우지 않아도 증상이 저절로 가시지 않을까 하는 주술적인 기대감에 의지하기로 결심한 나는, 학교에서 도망치듯이 집으로 향하면서도 유비무환이라는 마음으로 편의점에서 인스턴트 커피와 생수를 미리 많이 사 두었다. 카페인은 에너지 드링크에도 들어 있지만 캔 커피보다는 함량이 절반 정도로 낮았고, 새의 공격이 입으로 들어가는 카페인의 양과 관련돼 있다는 짐작이 드는 만큼 설탕 섭취량이 함께 증가하는 것을 고려해야만 했다. 타우린도 안전한 물질이라고는 하지만, 과다 섭취시 부작용이 일어날 가능성이 제로가 아니라서 현재로는 인스턴트 커피가 가능한 최선의 선택이었다.

내가 학교 안에서 두 번째로 카페인 새들의 공격을 받았을 그 시각, 할아버지가 암으로 사망해 실려 나간 예의 건너건너 집에서 이번에는 할아버지의 첫째 며느리가 마당에서 머리가 박살 난 시체로 발견되어 귀갓길의 동네는 평소와 다르게 소란한 상태였다. 그러나 당시의 나에게는 그런 일들에까지 눈길을 줄 여유가 없었다. 흉기는 마당에 있던 장독대 뚜껑이었고, 형사들은 밤 늦게까지 이웃 사람들을 탐문하고 주변의 CCTV들을 철저히 조사했으나 외부인이 그 집으로 침입했다는 의혹을 확정하는 데 실패했다고 한다.

03

방문을 닫아 걸고 있었음에도 내 기대와 달리 새들은 이번에도 오후 10시에 마치 허공에서 실체화된 것같이 출현했다. 내 방의 가구들 위에 빽빽이 도열한 카페인 구조식들 중에서 열 마리가 넘는 수가 날아와 내 머리를 무참하게 쪼아 대기 시작했다. 이번에는 카페인을 마시지 않고 통증이 끝날 때까지 한번 버텨 보자는 전략이었지만 이전보다 강해진 통증 때문에 견딜 수가 없었다. 눈앞이 깜깜하고, 머리가 터져 나갈 것 같은 상황에서, 점심을 조금 먹고 내내 굶었기에 나올 것도 없는 위장의 내용물을 한계까지 짜내며 버틴 끝에 나는 이후 찾아올 참혹한 결과를 예상하면서도 미리 만들어 놓은 커피 농축액을 목으로 넘길 수밖에 없었다.

"갸아악!"

제발 틀리기를 바랐던 예상은 이번에도 들어맞고 말았다. 방 안의 전신 거울로 카페인 새들의 움직임을 살피며, 마셔야 하는 커피의 부피를 조절했는데 무려 카페인 약 800밀리그램에 상당하는 양을 쏟아 넣은 뒤에야 비로소 새들이 가하는 공격이 멈추고, 방 안에서 카페인 새들의 모습을 찾아볼 수 없게 되었다. 캔 커피에만 의존한다면 대략 2리터에 가까운 부피였기에, 미리 2그램에 50밀리그램의 카페인이 포함된 인스턴트 커피 8그램을 끓는 물 50밀리리터에 녹이는 식으로 캔 커피보다 카페인 농도가 여덟 배가량 높은 커피를 미리 만들어 놓았기에 감당할 수 있었던 양이었다.

이미 새들의 공격은 의지로 버텨낼 수 있는 수준을 넘어서 있었다. 처음에는 두 마리였던 것이 방금 전 덮쳐온 것은 열 마리가 훌쩍 넘는 수였다. 다음에 마주할 고통을 상상하니 몸서리가 쳐졌다. 이것으로 확실하게 판단을 내릴 수 있었다. 이유는 모르겠지만 이 새들은 나를 죽이려고 작정하고 있는 것이 분명했다! 처음에는 약 200밀리그램의 카페인이면 새들을 물리칠 수 있었지만 두 번째는 400밀리그램, 지금에 이르러서는 800밀리그램의 카페인이 필요했다. 카페인 구조식의 형태를 뒤집어 쓴 괴물들이 마시기를 강요하고 있는 카페인의 양이 너무나도 명백히 등비수열의 형태로 증가하고 있었던 것이다. 이것이 동일한 경향성으로 지속된다면 대체 언제까지 견뎌낼 수 있을까? 방금 내가 마신 800밀리그램의 카페인도 상식적인 수준에서는 말도 되지 않을 정도의 과량이었다.

입으로 넣는 카페인을 무한히 증량한다는 것은 불가능했

다. 순수한 카페인을 기준으로 사람은 대략 5에서 10그램의 카페인을 한 번에 섭취하면 죽을 수 있다. 5그램 정도를 한 번에 섭취한 30대의 건강한 여성이 갑작스러운 기절에 대한 물리적 조치와 부정맥에 대한 약물 처방 등으로 별문제 없이 회복했다는 사례도 있지만, 반대로 그보다 훨씬 적은 양인 수백 밀리그램 수준의 카페인을 한꺼번에 섭취한 청소년이 사망했다는 보고도 있는 등 카페인에 의한 사람의 죽음은 예측할 수 없는 지점이 너무나 많았다.

나의 한계는 그 사이의 어디에 있을까? 변기 위에 앉아 계속 물을 마시면서 마려운 대로 오줌을 배출하고는 있지만 두근거리는 심장과 어질어질한 감각 이상이 감당할 수 없을 정도로 몰려왔다. 과다한 카페인은 사람을 불안하고 고통스럽게 만든다. 최악의 상황이 오면 도움을 청하자는 마음으로 손에 휴대폰을 들고 있었으나 손을 포함해 몸 전체가 열병에 걸린 것처럼 자꾸만 벌벌 떨려 휴대폰을 화장실 바닥으로 떨어뜨리고 말았다. 그것을 주워 보자고 상체를 숙인 찰나, 머리에 피가 몰리더니 의식이 지옥으로 빨려 들어가는 것 같은 감각과 함께 나는 실신하고 말았다. 악몽 속에서 나는 바닥이 없는 굴로 계속해서 떨어져 내렸다. 그 굴 끝에서 만나게 된, 빛이 없이 수평으로 난 긴 통로 속에는 사람과 같은 소리를 내는 것들이 많이 존재했는데, 하나같이 고통과 절망에 가득 찬 비명을 지르고 있었다.

나는 머릿가죽을 벗겨 내는 듯한 고약한 통증에 눈을 떴다. 오물로 젖은 화장실 바닥을 구르며 머리를 아래로 하고 있던 자세를 바로잡자 화장실 안을 새까맣게 채운 카페인 새들이 또다시 내 머리를 표적으로 공격해 오는 모습이 보였다. 스무 마리도 한참 넘는 수였다. 사람의 두피라는 한정된 면적에 그처럼 많은 수가 달려드니 그 하나하나를 구분하기가 힘들었지만, 새들은 마치 여러 개의 빛줄기가 서로 교차해도 뒤섞이지 않는 것처럼 어지럽게 겹쳐졌다 흩어지면서도 여전히 그 개체성을 유지하고 있었다. 집 안은 형광등을 켜 놓은 상태였지만 밤처럼 컴컴했는데, 카페인의 구조식을 모방한 새들이 집 안을 가득 채우고 있기 때문이었다. 녀석들의 사각거리는 기분 나쁜 날갯짓 소리가 나의 민감해진 귀를 울렸다.

"으아아아악!"

죽음의 공포를 직감한 나는 자리에서 일어나 바깥으로 뛰쳐나갔다. 그러자 내 머리를 쪼던 녀석들도 퍼덕거리며 따라 나왔다. 살기 위해서는 무조건 도망쳐야 했다. 800밀리그램의 카페인으로 이미 실신을 경험했는데, 1600밀리그램의 카페인을 마시라니, 나로서는 도저히 감당할 수 없는 일이었다.

그러나 카페인 쇼크의 증상이 강하게 남아 있던 탓에 도주는 오래 이어지지 못했다. 마지막 발악으로 새벽 2시의 인적 없고 탁 트인 길을 벗어나 나무가 무성한 곳에 숨기로 결심한 나는 공원 숲으로 이어지는 놀이터로 달려 들어갔지만 딱 거기까지가 내 한계였다. 나는 미끄럼틀을 지나친 뒤 울타리를 뛰어넘다 다리가 풀려 나무 아래의 흙 바닥으로 구르며 두 손으로 머리를 부여잡았다.

"그만! 제발 그마안!"

그 순간 내 머리가 향해 있는 숲 안쪽 방향에서 나이든 여성의 고함 소리가 들려왔다.

"이놈들!"

내가 몸을 굴려 눕는 자세를 취하자 내 정수리 바로 위에서 있는 왜소한 할머니의 모습이 보였다. 보름달이었고, 가로등도 있었기 때문에 새벽임에도 할머니의 형상을 식별하는 데는 어려움이 없었다.

"물러나라!"

분홍색 스웨터에 감색 정장바지를 입은 할머니가 모종의 아미노산서열을 읊으며 달려드는 카페인 새들을 손으로 후려치자 카페인 새들은 일정한 비율로 날개 하나를 잃은 파라잔틴, 다리 하나를 잃은 테오브로민, 부리를 잃은 테오필린으로 대사되더니 원소의 형태로 뿔뿔이 흩어져 대기 중으로 녹아 내렸다.

그 광경을 본 나는 할머니의 바짓가랑이를 붙잡고 울며불며 애원했다.

"제발 살려 주세요!"

나를 구해 주신 그분의 이름은 김명자 박사님으로, 나중에 본인에게 들은 바로는 하버드 대학교에서 수학을 전공하고 그린티 대학교 수학과에서 정교수까지 재직하셨는데, 밤낮없이 정수론을 연구하던 끝에 수(數)의 이데아라는 신격(神格)과 접신해 과학무당이 되었다는 것 같았다. 벤치에 나를 앉히고서 조곤조곤 말을 건네 오는 박사님의 눈은 조금 맛이 가 있었다.

"여기 와 당신의 얼굴을 보니 비로소 확신할 수 있었습니다. 당신에게는 과학무당의 재능이 있습니다. 물질의 세계 이면에 있는 바깥 세계에 대한 감수성이 발달해 있어요."

"살려 주세요. 아까 그 새들이 자꾸 저한테 커피를 먹여서 죽이려고 해요."

박사님은 발치에 있던 검은 봉다리를 부시럭거리더니 그 안에서 암갈색 액체로 가득 찬 페트병을 하나 꺼내 내게 내밀었다.

"저는 당신에게 커피를 전달하라는 계시를 받았습니다."

기대와 벗어난 상황이라서 무척 당혹스러웠지만, 이럴 때일수록 사람은 침착해야 했다. 나는 설명부터 요구했다.

"선생님은 뭔가 알고 계시나요? 제가 왜 이런 일을 겪어야 하는지 설명해 주실 수 있나요?"

"커다란 규모의 액난(厄難)이 오고 있습니다. 수많은 사람들을 죽음으로 몰아넣을 무서운 재앙이 다가오고 있습니다."

"그래서요?"

"비조지경미상동야(飛鳥之景未嘗動也)라는 말을 아십니까? 나는 새의 그림자는 움직이는 듯이 보이지만, 그것은 그저 새가 움직이기 때문에 움직이는 것처럼 보일 뿐, 실제의 그림자는 새가 움직이는 순간순간 그저 표면 위에 사영(射影)되는 멈춰 있는 존재라는 뜻입니다. 당신의 눈에 보이는 기이도 마찬가지입니다. 움직이는 것은 당신의 마음, 저 새처럼 생긴 것들은 초상 세계의 이상 거동을 감지한 당신의 마음과 의지가 현실에 투영한 허상에 지나지 않습니다. 만물은 서로 교감합니다. 우리 또한 물질이니 만물이 이루는 노드와 엣지 사이에 포함되어 있지요. 당신은 타고난 과학무당의 재능으로 그 4차원 시공간을 가로지르는 장구한 연결 속에 일어난 극히 미세한 진동을 감지함으로써 가까운 미래에 일어날 환란을 예지해 냈고, 그 사태를 막고 싶다는 당신의 의지로 새들을 만들어 냈습니다. 새는 다른 세계와 연결되어 있다고 이야기되는 동물, 그들이 새의 형상을 취한 것에는 이유가 있습니다."

"그런가요?"

"그렇습니다."

"그럼 제가 그 재앙을 막도록 선택됐다는 말인가요?"

"누가 그것을 선택하겠습니까. 물리에 선악이 없듯이 선악의 문제가 아닙니다. 그저 미래를 예견한 당신의 무의식이 재앙을 막고자 하는 의지를 내었기에 이 모든 일이 시작된 것입니다."

"저는… 잘 모르겠어요… 무슨 재앙인지 제가 막을 수 있다면 좋겠지만, 지금 제가 너무 괴로워서."

"잠깐 누울까요?"

내가 카페인의 후유증으로 계속해서 힘겨워하자 박사님은 내가 당신의 무릎을 베고 누울 수 있도록 해 주었다.

"이제 일어나게 될 재앙이 무엇일지는 저도 모릅니다. 어디서 일어날지도 모릅니다. 그러나 당신은 저보다 우수한 과학영력(科學靈力)으로 그것의 발생을 감지해 내는 데 성공했고, 그러니 당신이 이 길을 계속해서 걸어간다면 당신은 자연히 그 재앙의 시작점에 도달할 수 있을 것입니다. 선택은 당신의 몫입니다. 저 자신이 제가 모시는 수(數)의 이데아에게 당신에 대한 이야기를 듣고 이러한 사실들을 알려 주자는 선택을 한 것처럼요."

"하지만 그전에 죽을 것 같아요."

"죽고 싶을 정도로 괴롭더라도 죽지는 않습니다. 이것은 예견된 거대한 재앙을 개인의 힘으로 막으려는 일…, 이 모든 과정은 작은 신화입니다. 그러니 최후의 적과 싸우기 전에 반드시 그에 어울리는 시련을 이겨내야만 합니다."

"제가… 그래도… 도무지 그 시련을 견뎌내지 못하겠다고 한다면요?"

박사님은 내 머리카락을 쓸어 올렸다. 그리고 드러난 내 눈을 향해 미소를 지었다. 눈은 여전히 살짝 맛이 가 있었다.

"선택은 기만입니다. 세상이 모든 선택지를 주지는 않기 때문입니다. 우리는 주어진 상황에서 원하지 않는 선택을 해야 할 때도 있습니다. 평소의 당신이었다면 눈앞에 괴상하게 생긴 새가 보이면 일단 병원부터 순회하기 시작했겠죠. 그러지 않은 것은 지금의 당신이 현실적인 차원과 초상적인 차원 양쪽에서 갈등하고 있기 때문입니다. 만약 당신이 현실을 선택하고 싶다면 병원에 가세요. 깊은 마음은 통제가 어려우니 새들은 재앙이 일어나기까지 계속해서 나타날 테지만 의사들은 그러한 현상에서 오는 괴로움을 적절히 조절해 줄 것입니다. 그러나 당신이 초상의 길을 택해 재앙을 막는다는 목표를 향해 나아갈 것이라면, 앞으로 다가올 압도적인 고통을 받아들이세요. 당신에게는 그 두 선택지밖에 없습니다."

04

나는 박사님이 가져온 1600밀리그램의 카페인을 목으로 들이켰다. 박사님이 직접 추출 시간을 오래 잡아 카페인을 최대치로 하여 뽑아낸 핸드드립 커피였다. 생각해 보면 나도 살아

오면서 다른 사람들의 선의로부터 꽤 많은 도움을 받았던 것 같다. 약점으로만 가득 채워진 환경에서 태어난 내가, 운 좋게도 그러한 도움들을 만나지 못했다면 지금 무슨 광경을 바라보고 있을지 상상하면 아찔하다.

그런 생각을 하면서 박사님이 특제한 커피를 모두 마신 나는 우주가 무너져 내리는 고통 속으로 떨어졌다.

"바깥의 세계를 선택했군요. 초상의 세계와 연을 둔 자로서 저도 도울 수 있을 때까지 돕겠습니다."

새벽 6시경, 박사님이 혼절해 있던 나를 흔들어 깨웠다.

"왔습니다."

의식을 되찾자 가슴이 주체할 수 없이 두근거리고 머리는 멍하고 내가 버티고 선 세계에 대한 불안정감이 끝없이 덮쳐왔다. 죽을 것만 같은 공포감도 같이 찾아왔다. 혼자서는 버텨내지 못했을 고통이었다. 박사님이 나를 등 뒤에서 꼭 껴안아 주었다.

새벽의 희부연 청색 대기 속에서 건물 지붕에도, 전신주에도, 나뭇잎 사이사이에도, 검은 선과 면으로 이루어진 이차원의 새들이 온 하늘을 채우며 빽빽하게 앉아 있었다. 박사님은 나에게 또다시 직접 내린 커피가 담긴 페트병을 내밀었다.

3200밀리그램의 카페인…. 단번에 마시면 누구라도 병원에 실려가야 할 양이었다. 게다가 네 시간 간격으로 끝없이 카페인을 쏟아부어 왔으니 내가 체감하게 될 카페인 양은 그보다 훨씬 많을 것이 분명했다. 같은 일이 계속 이어진다면 다음에는 6400밀리그램의 카페인…. 내 몸은 약하디 약한 인간의 것이다. 언제까지나 버텨 내는 것은 불가능했다. 그래서인지 이번이 아마도 여러 의미에서 마지막일 것이라는 직감이 들었다. 그래도 커피에는 쉽사리 손이 가지 않았다. 이미 1600밀리그램의 카페인으로도 다시는 떠올리고 싶지 않은 지옥을 경험했기 때문이었다.

그러나 나는 선택을 했었다. 이번이 정말로 마지막이기를 기원하며 나는 무지막지한 양의 카페인이 포함된 커피를 들이켰다. 박사님이 준 확신이 아니었다면 마시는 즉시 백 퍼센트 죽는다고 생각해 입에 댈 엄두도 못 내었을 양이었다.

새들은 내가 정해진 양의 카페인을 모조리 들이켰음에도 사라지지 않았다. 그저 사방의 높은 곳에 빼곡히 앉아 가만히 나를 내려다보고 있을 뿐이었다. 그렇게 시간이 얼마나 지났을까. 심장의 박동은 너무나 빠르고 거세서 마치 나를 둘러싼 세계 전체가 심장처럼 맥동하고 있는 것 같았다. 혈압은 높이 치솟아 머리 전체를 고압 용기에 넣고 있는 기분이었다. 카페인의 영향으로 세상이 물 속에 있는 것처럼 움직였고, 나는 어느새인가 몽롱한 정신으로 그 흐름에 몸을 맡기고 있었다. 하늘하늘 흔들리는 세상이 속을 뒤집어 놓았지만, 그에 맞춰 해초처럼 움직이면 괴롭지 않았다. 세계 바깥의 흐름이 나를 떠밀었기에 나는 카페인 새들이 고요하게 인도하는, 막대한 규모의 공포와 절망이 기다리고 있는 목적지로 향하는 길을 따라갔다. 박사님은 그런 내 뒤를 계속해서 쫓아왔다고 한다.

도착한 곳은, 사람들로 붐비는 오전 7시의 지하철이었다. 내가 지하철 개찰구로 향하자 박사님이 자기 교통카드를 사용해 나를 지하철 안으로 들여보냈다. 그러나 당신은 일회용 지하철 교통카드를 뽑느라 시간을 지체해 출근하는 사람들로 가득 찬 역사에서 나를 잃어버렸다.

나는 사람들의 물길에 휩쓸려 정차해 있는 지하철 안으로 쓸려 들어갔다. 마치 카페인으로 가득 절여진 내 상태를 상징하는 것처럼, 카페인 새들은 지하철의 외부에는 물론이고 내부에도 빽빽하게 들어차 있었다. 물론 그 새들은 오로지 나나 박사님처럼 초상의 세계에 눈을 접한 사람들만이 보고 느낄 수 있는 것이었다.

나는 지하철 안에서 불안하게 떨고 있는 작은 아주머니 한 명을 보았다. 스웨터와 면바지를 단아하게 차려입었지만, 거기가 어디든 직장에 출근하는 사람이라는 생각을 머리에 넣고 보면 어색하게 느껴지는 차림새였다. 남의 눈치를 살피며 손안에 든 무언가를 만지작거리던 아주머니는 급하게 밀려들어오는 사람들에 떠밀려 손에 든 물체를 바닥으로 떨어뜨리고 말았다. 그 광경이 확대경으로 확대한 것처럼 시야를 가득 채웠다. 아주머니가 손에 들고 있던 것은 작은 검은색 상자였는데, 그 상자가 부서지면서 안에 든 작은 은색 캡슐이 바닥으로 떨어지는 광경이 말이다.

어지럽게 오가는 사람들의 발 사이에서 이리저리 굴러다니던 캡슐이 한순간 운동을 정지하자, 캡슐 표면에 새겨져 있는 Ir-192라는 검은색 글자가 보였다. 그 글자가 마치 고함을 지르듯이 내 뇌리를 후벼 파자, 비로소 정신이 번쩍 들었다. Ir-192는 이리듐의 방사성동위원소로, 붕괴하면서 강력한 에너지를 가진 전자기파인 감마선을 뿜어내어 근처에 있는 인간에게 다양한 종류의 치명적인 방사선 장애를 유발할 수 있는 위험한 물질이었다!

"바, 방사능이다!"

나는 경악하며 외쳤다.

"방사능이다! 모두 여기서 나가요!"

처음에는 "방사능?"이라며 의문을 표하던 사람들은 캡슐을 떨어뜨린 아줌마가 사람들을 미친 듯이 밀치며 닫히려던 지하철 문을 몸으로까지 막아 연 뒤 요란스럽게 탈출하자 서서히 한 방향으로 마음을 모으기 시작했다.

그날 그 자리에 이리듐-192가 출현하게 된 사건의 자세한 내막은 시간이 한참 흐른 후 해당 사건의 고등법원 판례를 열람할 수 있게 됨으로써 알 수 있었다. 방사능 사태가 일어나기 전주의 금요일, 건너건너 집에서 대장암 증상으로 사망했다던 할아버지는, 사실 살해당한 것이었다. 자신의 둘째 아들과 입주 가정부에 의해서 말이다.

둘째 아들은 이른바 유전자 가챠에 실패해 용모는 아버지를, 지능은 어머니를 닮아 발달이 매우 느리고 생김새가 추했다고 한다. 어린 시절부터 자수성가한 아버지에게는 능력이 없다고 욕을 먹고, 어머니에게는 잘생긴 형과 비교되어 냉대를 당하며 점차 어두운 어른으로 성장한 그는, (본인 아버지의 주장으로는) 그저 그럴 뿐인 인서울 하위권 공대를 졸업한 후 히키코모리가 되어 30대 중반이 될 때까지 온라인 게임으로 하루하루를 보내고 있었다.

그러던 중 자신에게 친절하게 대해 주던 50대 입주 가정부에게 연정을 느끼고 고백해 긍정적인 대답을 얻어 내지만, 둘의 관계가 알려지면 자존심이 강하고 남의 눈치를 많이 보는 아버지가 연을 끊어 자립할 능력이 없는 자신의 삶이 힘겨워질 것이 우려되었다. 사업과 관련된 재산 지분은 이미 형에게 완전히 넘어가 있었기에 둘째 아들은 서둘러 아버지를 죽이고 자기 몫의 유산을 물려받은 뒤 먼 곳에서 가정부와 새로운 가정을 차리려는 생각을 품는다.

어느 날, 그는 남의 눈을 피해 집에서 먼 곳에서 가정부와 데이트를 즐기다가 우연히 갈대밭에 버려진 비파괴 검사용 방사선 조사기를 발견한다. 이리듐-192를 선원으로 하는 해당 조사기는 인천에 소재한 모 비파괴 검사 업체의 소유물로, 업체의 직원이 외근 현장에서 뒷문이 열린 봉고차에 조사기를 적재한 뒤 저녁을 먹으러 간 사이 도난당한 것이었다. 경찰과 피해 업체, 한국원자력안전기술원이 탐사 작업을 벌였지만 회수에 실패했는데, 절도범이 자신이 훔친 것이 방사능 덩어리라는 사실을 언론 보도로 알게 되자 조사기를 내다 버리고 따로 관련 기관에 연락을 취하지 않았던 것으로 추정된다고 한다.

방사성동위원소는 불안정한 원자핵이 방사성 붕괴를 일으켜 안정한 원자핵으로 변화하는 과정에서 방사선을 내기 때문에, 시간이 지나면 나오는 방사선이 감소한다. 방사성동위원소의 개수가 처음의 절반으로 감소해 방출하는 방사선도 절반이 되기까지 걸리는 기간이 반감기인데, 이리듐-192의 반감기는 약 74일로 3개월에서 6개월 정도가 지나면 산업적인 용도로 사용할 수 없을 수준으로 방사능이 감퇴된다.

당시 갈대밭에서 발견된 조사기 안에 들어 있던 이리듐 선원은 길이 5밀리미터, 직경 1밀리미터의 스테인리스스틸 캡슐로, 캡슐 내에 디스크 형태로 봉인된 이리듐의 최초 양이 37 큐리(Ci)였고, 이미 반감기를 세 번가량 거친 뒤였음에도 캡슐 표면의 감마선 양은 시간당 약 25만 뢴트겐에 달했다. 감마선의 세기는 거리의 제곱에 비례해 감소하기 때문에 선원에서 1센티미터 떨어지는 것으로 감마선의 양은 시간당 약 2만 뢴트겐, 5센티미터 떨어지는 것으로 시간당 900뢴트겐으로 지수함수적으로 급감한다. 또한 물이 풍부한 인체는 공기보다 감마선의 진행을 더 잘 방해해서 인체의 심부로 내려갈수록 전달되는 감마선의 양은 보다 큰 폭으로 떨어진다.

형보다 공부를 못한다고 내내 구박받았지만 그래도 정시로 인서울 하위권 공대에 진학할 정도의 교육 수준은 되었던 둘째 아들은, 이리듐-192에 의해 아버지가 받게 될 피폭량을 계산, 낮 시간 동안 직장암 2기인 아버지가 방사선 치료를 위해 병원에 간 사이 미리 구입한 납 장갑을 착용한 채 정자세로 취침하는 습관이 있는 아버지의 항문이 위치할 자리에 맞춰 침대 매트리스에 이리듐 선원을 파묻어 놓았고, 그의 예상대로 항암 치료로 몸이 많이 약화된 고령의 아버지는 자는 동안 둔부를 중심으로 피폭된 6000뢴트겐가량의 살인적인 방사선을 버텨 내지 못했다. 기상 직후 구토와 어지럼증 등의 전구증상을 호소하던 노인은, 심각한 수준의 신경계 증상을 일으켜 병원으로 이송되어 치료를 받던 중 극심한 허혈성 심장질

환을 일으키며 사망한다. 내가 처음으로 카페인 새를 발견한 금요일 오후의 일이었다.

방사선 치료 후에 갑자기 이러한 일이 벌어졌으니, 큰아들은 병원 측에 의료 사고의 가능성을 따져 물었다. 병원은 주말 동안의 자체 조사 결과 진료에는 이상이 없다는 견해를 고수했고, 월요일의 검시를 통해 사망 과정에서 방사선의 영향이 유의미하다는 점이 확증되자 말다툼 끝에 병원과 유가족 양측이 각각 고용한 검침 전문가들이 화요일 아침에 망자의 집에 모여 방사능 수치를 계측하자는 방향으로 결론이 내려졌다. 큰아들은 집에 사람을 죽일 정도의 방사능이 존재하는데 어째서 다른 사람들은 멀쩡하냐며 말도 되지 않는 일이라 일축했지만, 둘째 아들의 입장은 달랐다.

주말 동안 형을 대리해 병원에 붙잡혀 있느라 이리듐 선원을 제거할 기회를 잡지 못했던 둘째 아들은, 집으로 달려가 마당에 파묻어 숨겨 두었던 조사기 본체를 꺼내 아버지의 방으로 운반하던 도중 형수에게 발각된다. 형수를 살해한 후 흙 땅에 찍힌 발자국을 지우느라 시간이 지체되어 어린이 집에 맡겨 두었던 조카들이 가정부와 함께 귀가해 TV가 놓인 마루를 차지했고, 잠시 뒤 형수의 시체가 발견되어 형사들이 집 안을 수색하기라도 한다면 조사기 본체가 문제가 될 것이라는 판단을 내린 둘째 아들은 가정부에게 언질을 주고 차를 타고 나가 본체만 강에 던져 처분한다. 경찰은 피해자가 살해되고 얼마 지나지 않아 드라이브를 핑계로 집을 떠난 둘째 아들을 강하게 의심했지만, 그가 자기 형수를 살해할 동기를 찾아내지는 못했다.

둘째 아들은 경찰의 호출에 귀가하기 전까지 지역 내 공구상을 돌며 텅스텐 용접봉과 납땜 세트를 구매, 집 근처에 숨겨 두고 가정부가 회수하도록 했다. 그리고 밤 동안 용접봉을 잘라 여러 층으로 나란히 붙이고 이음새를 납땜해 상자 모양으로 만든 뒤 내부를 납 장갑을 오려 만든 조각들로 채우고는 새벽녘에 선원을 상자 안에 봉하는 데 성공한다. 그리고 자신에게 집중된 경찰의 의혹을 의식, 가정부로 하여금 지하철을 타고 가능한 먼 곳으로 가서 상자를 강 속에 던져 버리라고 지시했는데….

"어서 나가! 방사능이다!"

나는 계속해서 소리를 질렀다. 내 고함 소리에 사람들 몇 명이 가정부가 열어 놓은 문으로 슬그머니 빠져나갔다. 그렇게 사람 몇이 자리를 비우자 문 근처에 있던 사람들은 자기 주위에 갑자기 나타난 빈 공간의 크기를 고스란히 공포로 환원시켰다. 공포에 떠밀린 그들이 뒤이어 빠져나가자 지하철 칸 내의 모든 사람들 사이에 공극(空隙)이 균열처럼 전파되며 막대한 공포가 운반되었다. 출근길의 혼잡한 지하철에서 사람들이 점차 역류하기 시작했다.

"나가요! 나가!"

혼란 속에서 스테인리스 캡슐이 구두 뒤축에 밟혀 부서졌다. 이리듐-192가 캡슐에 생긴 균열을 통해 분출되어 나왔다. 일부 디스크는 심지어 부서져 있었다.

우려했던 상황이었다. 캡슐 안에 들어 있다면 캡슐만 회수하면 되지만 이리듐 디스크 자체가 캡슐 바깥으로 유실되어 조각까지 난 상황이니 조각 하나하나에 신경을 써야 했다. 부스러기들이 신발에 묻거나 옷에 묻어 사람의 힘으로는 파악할 수 없을 경로를 통해 퍼져나가고, 호흡기나 입을 통해 인체의 내부로 이동한다면 고스란히 내부 피폭으로 이어지는 것이다. 특히나 성장하는 아이들은 세포 분열이 활발하기에 유전체를 찢어놓는 감마선에 피폭된다면 성인에 비해 훨씬 파괴적인 피해를 입을 수 있었다. 이대로 내버려 둔다면 통제가 되지 않는 끔찍한 비극이 초래된다. 이것이 바로 박사님이 말한 재난이었다!

나는 사람들을 밀치고 파손된 캡슐로 달려들었다. 집에서 뛰쳐나오느라 실내복 차림이었던 내 몸에는 코트가 걸쳐져 있었다. 박사님이 내가 혼절해 있을 동안 덮어 주었던 것이었는데, 카페인이 혈관을 수축시켜 추위를 잘 느끼게 만든 탓에 놀이터에서 지하철로 이동하는 동안 나도 모르게 내 몸에 꽁꽁 싸맸던 것이었다. 나는 바닥에 넓게 흩날린 이리듐 파편을 전부 덮도록 코트를 펼쳤다. 그 코트 가장자리로 언제부터인가 손에 들고 있던, 생수가 담긴 1.5리터짜리 페트병이 떨어졌다. 카페인은 이뇨 작용을 통해 마신 양의 2배가량의 수분을 배출시키기에, 그에 따른 갈증을 보상하려는 마음으로 무의식적으로 들고 왔던 것이었다. 나는 페트병에 담긴 물을 코트 위에 뿌렸다. 이렇게 하면 물에 젖은 섬유에 이리듐 조각이 흡착되어 불의의 사고가 일어나더라도 가루가 흩날리는 것을 방지하고, 동시에 물이 감마선을 어느 정도는 약화시켜 줄 수 있을 것이라는 판단이었다. 나는 도망치는 사람들의 기세에 이리저리 떠밀리면서 이리듐 파편이 바깥으로 새어나가지 않도록 몸을 바짝 낮추어 코트의 가장자리를 두 팔과 두 다리로 고정했다.

감마선은 사람의 체내에 반응성이 높은 활성산소종들과 수화전자를 생성시키며, 이들이 유전체와 반응함으로써 다양한 피폭 증상들을 나타낸다. 그러나 카페인은 강력한 항산화 효과를 가지는 물질로 감마선이 만들어낸 유해물질과 반응해 그들의 반응성을 제거할 수 있다. 쥐에게 치사량에 못 미치는 카페인을 근육 주사한 뒤 치명적인 양의 감마선을 전신에 조사했을 때 카페인을 주입한 실험군의 생존율이 유의미한 수

치였다는 보고가 존재한다. 각막에 카페인을 도포하면 눈에 자외선을 쪼여도 활성산소종에 의해 매개되는 피해를 경감시킬 수 있다는 연구도 진행되었던 바가 있다.

이제까지 나를 지배하던 인식의 구조가 재편되었다. 지금 내 몸 안 구석구석을 흐르고 있을 치사량에 가까운 카페인은 여전히 내 몸과 정신을 극도로 괴롭게 만들고 있었지만, 동시에 그것은 지금과 같은 방사능 물질과의 접촉에서 감마선을 방호해 주는 화학적 갑주이기도 했던 것이다.

이내 소란은 진정되었다. 사방을 시커멓게 채우고 있던 카페인 새들의 모습은 어느새 사라져 있었다. 나는 사람들이 다 빠져나간 후에야 지하철 칸 바깥으로 나와 역무원에게 상황을 설명했다. 군중 속에서 나를 찾아낸 박사님이 달려와 나를 꼭 안아 주었다.

"이제 재환(災患)은 모두 지나갔다는 응답을 받았습니다. 과학무당의 길에 들어선 자로서, 당신의 숭고한 의지에 경의를 표합니다."

그 말을 들으며, 나는 비로소 안도하는 마음으로 정신을 잃을 수 있었다.

요술 분무기

나는 원래 장르 소설을 쓰고 싶어하던 소설가 지망생이었다. 하지만 재능이 없었는지 쓰는 글마다 외면당해 절망만 맛보았다. 어디에 어떤 글을 올리던, 문체도 바꿔 보고 구성도 바꿔 보고 어떤 수를 써도 내 글이 인정받는 일은 일어나지 않았다.

여하간 글 쓴다고 아까운 청춘을 오래 소비하고 나니 마땅히 할 수 있는 일이 없었다. 문과에다 대졸 후 딱히 이렇다 할 경력이 없는 나로서는 일 얻기가 그야말로 하늘의 별 따기였다. 그런데 내 꼴을 보시던 아버지가 다행스럽게도 작은 출판사에 연을 대주어서 일을 나갈 수 있었다. 가 보니 한 명이 운영하는 작은 규모였다.

편집자라는 직함을 달게 되자 작가가 보내 온 원고의 문장을 다듬고 편집 규정에 맞게 수정하는 일부터 시작했다. 내가 다니게 된 출판사가 주력으로 다루는 것은 소설이었다. 입사 당시에 총 세 명의 작가와 일을 진행시키고 있었는데, 개중 두 명은 생전 처음 들어 본 사람들이었다. 무명이지만 재능 있는 작가를 '키워 준다'는 개념이었다. 책은 잘 팔리지 않았다.

그럼에도 우리 출판사가 멀쩡히 운영될 수 있었던 것은 매우 명망 있는 작가인 김철수가 우리 출판사에서만 책을 내기 때문이었다. 문단에 있는 지인을 통해 얼핏 들어본 바로는 김철수는 성격이 매우 괴팍해서 비위 맞추기가 힘들다고 했는데 우리 사장이 바로 그 어려운 걸 해낸 대단한 인물이었던 거였다. 김철수의 소설은 주정적인 문체가 돋보이는 순문학이었지만 지적으로 깊고 장르적인 재미도 갖춘 뛰어난 소설이었다. 그랬기에 나는 김철수가 괴팍하다는 소리를 들었어도 그냥 성격이 특이한 정도에 그칠 것이라고 생각했다.

일하게 되고 나서 얼마 후 나는 사장을 따라 김철수와의 미팅 자리에 나갈 기회를 얻게 되었다. 그리고 거기서 김철수에 대한 나의 모든 환상이 깨져 버렸다. 그 한 번의 만남을 통해 김철수에 대한 나의 인상이 깐깐하고 괴팍하지만 글 하나는 기가 막히게 잘 쓰는 노인네에서, 주책 없고 추잡하고 야하고 황폐한 정신을 가졌지만 글 하나는 기가 막히게 잘 쓰는 노인

네로 바뀌어 버린 것이었다.

나는 사장이 어떻게 김철수의 마음을 사로잡았는지를 잘 알게 되었다. 듣기만 해도 토기가 일고 머리가 아파오는 것 같은 괴이한 주장과 말들을 무조건 열심히 맞장구쳐 주면서 들어주고, 남들 다 보는 데서 홀딱 벗고 수치심 없이 노는 취향을 맞춰 주는 것은 보통 정신으로는 불가능한 일처럼 보였다. 나는 인터넷의 글을 통해서만 접했던 계곡주나 감각의 제국에서나 봤던 여자 성기에 달걀 넣기를 할 수 있는 장소가 생각보다 내 주위에 가까이 있다는 사실을 깨닫고 일종의 문화적 충격을 받았던 것 같다.

정말로 힘들었던 점은 김철수라는 인간의 생생한 맨 얼굴을 바로 앞에서 목격했음에도 그가 쓴 글이 정말로 대단하다는 점을 도저히 부정할 수 없다는 것이었다. 그토록 비루하게 느껴지는 정신에서 그처럼 아름다운 글이 나오다니 도무지 그 인과관계를 이해할 수 없었다. 하지만 그게 사실이었다.

그 후 사장을 통해 김철수가 왜인지 나를 마음에 들어 했다는 썩 기분이 좋지는 않은 전언을 전해들었다. 내 표정이 썩어 들어가는 것을 알아챘는지 사장은 다 안다는 태도로 내 어깨를 두드려 주었다.

"어쩔 수 없어. 일이야."

결국 그 뒤로 몇 차례 더 김철수와의 술자리에 불려 나가야 했다. 시간이 흘러 처음 김철수와 단둘이서 술자리를 가지게 되었을 때 김철수는 술에 잔뜩 취해 이렇게 말했다.

"난 너처럼 세상물정 모른다면서 고고한 척하는 놈들이 나를 보고 당황스러워하는 게 좋다. 너처럼 그러고 순진한 척 있으면 뭐 할 건데? 너 나보다 글 잘 써?"

"아닙니다."

김철수는 내 대답을 듣고 껄껄거리며 웃었다.

"술이나 따라, 이 새끼야."

내 심지라는 것이 그렇게 굳은 것은 못 되어서 둘이서 마주 대하는 횟수가 늘어날수록 나는 점차 김철수의 사고방식에 동화되어 가고 있다는 것을 느꼈다. 이상한 얘기라도 계속 반복해서 듣다 보면 어느 순간 내면의 소리가 되어 튀어나오게 되는 원리였다.

그런 우여곡절을 겪는 사이 김철수가 우리 출판사를 통해 낸 신간은 베스트셀러가 되어 많은 돈을 벌어다 주었다. 사장은 내가 생각보다 김철수를 잘 보필하고 있다면서 칭찬해 주었다. 김철수가 나에 대해 좋은 말만 쏟아내고 있다는 이야기였다. 그러한 과정을 거치며 김철수에 대한 내 마음의 방어벽이 점차 열리고 있었다. 잘못된 것은 김철수가 아니라 나였다는 생각까지 들기 시작했다.

"선생님은 어떻게 그렇게 글을 잘 쓰시나요."

언젠가 내가 술을 따라 주며 물어봤다.

"다독! 다작! 다상량!"

김철수는 이렇게 말할 뿐이었다. 그 사이에 사장이 주목했던 신인 작가 한 명이 처녀작을 내었다. 반응은 별로 좋지 않았다. 아무리 부정하려고 해도 대중들을 사로잡는 소설을 쓰는 능력은 김철수가 최고였다.

김철수는 원고지에 글을 써서 출판사에 넘겨 주는 스타일이었다. 그러면 내가 원고지의 글을 전산화시켜서 책으로 만들었다. 김철수는 비문이나 띄어쓰기 오류 등을 사실상 내지 않는 사람이어서 원고를 타이핑할 땐 상당히 편한 마음으로 임할 수 있었다.

김철수는 그간 자기가 쓴 원고지를 자기 집에서 사장에게 직접 넘겨 주어 왔다. 사장에게 직접적으로 처음부터 끝까지 얘기를 들은 건 아니지만 남들 보는 눈 없는 곳에서 일종의 '충성심'을 시험한 후에야 원고지를 건네 주는 형식인 것 같았다. 사장이 원고지를 받으러 김철수의 집을 찾아갈 때마다 독한 40도짜리 문배술을 트렁크에 꽉꽉 채워 가는 것을 보면 대충 어떤 일이 벌어지는 건지 알 것 같았다.

어느 날 사장은 나에게 김철수의 집에 가서 원고를 받아 오라고 했다.

"정말로 제가 가나요?"

걱정 가득한 목소리로 물어봤다. 사장은 고개를 끄덕였다.

"작가님이 네가 오래. 술은 사 놨으니까, 운전해서 갔다 와."

"가는 길 모르는데요?"

"주소 보내줄게."

그렇게 나는 졸지에 원고를 받으러 김철수의 집에 가야 하는 처지가 되었다. 도대체 김철수가 나를 왜 이렇게 좋아하는지 모르겠다. 김철수가 나랑 술 마시다가 문득 "너는 찍어 누르는 맛이 있다"고 말했던 것이 기억났다. 뭔지 모르겠지만 그것 때문인 것 같기도 했다.

슬슬 떠날 시간이 되었다. 피한다고 능사는 아니니까 속이 뒤집히는 느낌이 들어도 열심히 운전해서 김철수의 집까지 갔다. 뒤에 실은 술병들이 부딪치면서 딸랑딸랑 소리를 내는 것이 어쩐지 나를 놀리는 것 같기도 했다.

김철수의 집은 시골 깡촌에 있었다. 좌우로 논밭이 펼쳐져 있는 비포장길을 한참 달려가다 보니까 마을이 전부 내려다 보이는 지대 높은 곳에 위치한 김철수의 자택이 나왔다. 나는 어느 정도 돈 냄새가 나는, 겉면에 유리를 잔뜩 바른 집을 상상했는데 의외로 낡은 느낌이 풍기는 어둑어둑한 적산 가옥 풍의 목조 건물이었다.

들고 온 전통 과자 선물 세트와 문배주 병들을 들고 김철수 집의 현관문을 두드렸다. 문을 몇 차례 두드리고 기다렸는데 아무런 기척이 없었다. 혹시 몰라 한 차례 더 두들기니 안에서 짜증스러운 여자 목소리가 들려왔다.

"아, 나가요! 누구야, 진짜?"

그러고 문을 열고 나타난 것이 김철수의 딸이었다. 서울에 있는 대학 국문학과에서 교편을 잡고 있다고 들었다. 김철수의 딸은 화가 난 기색이 가득한 눈으로 나를 위아래로 훑었다.

"누구?"

나는 고개 숙여 인사를 했다. 이름과 방문 목적을 밝히자 김철수의 딸은 아무 말 없이 집 안으로 들어갔다. 곧 어딘가의 방문이 신경질적으로 닫히는 소리가 들렸다. 집 밖에서 몇 분 동안 우물쭈물거리다가 그냥 혼자 문을 닫고 집 안으로 들어섰다. 복도는 어두웠고, 맞은편에 희미하게 위층으로 이어지는 좁고 가파른 나무 계단이 눈에 띄었다.

"김철수 선생님?"

김철수의 딸이 또 화를 내면서 나올까 걱정되어 조용한 목소리로 김철수를 찾았지만 역시나 대답은 없었다. 한순간 나는 이것이 김철수가 편집자의 복종심을 테스트하기 위해 펼쳐 놓은 함정이라는 것을 깨달았다. 이대로 함부로 집에 들어갈 수도 없고, 그렇다고 딸에게 아버지를 불러 달라고 할 수도 없고, '감히 내가' 김철수의 휴대폰에 전화를 걸 수도 없었다. 그렇다면 남은 대답은 여기 현관에서 가만히 기다리는 것뿐이었다.

그래서 나는 거기 서서 네 시간 동안 기다렸다. 그쯤 되니 전화가 걸려 왔다. 사장에게서 온 전화였다. 나는 다시 조심스럽게 집 밖으로 나가 전화를 받았다.

"너, 어디 있는 거야?"

사장이 그렇게 물어왔다. 나는 김철수의 집에 있다고 대답했다.

"언제 도착한 거야?"

나는 내가 김철수의 의도에 관해 판단한 바를 이야기했다. 사장은 한숨을 쉬었다. 그리고 거의 들리지 않는 목소리로 김철수의 딸을 향해 욕을 하는 것 같았다.

사장은 김철수가 아마 마무리 작업 중일 거라면서 들어가서 왼쪽에 있는 널찍한 거실에서 기다리고 있으라고 지시했다. 다시 문을 열고 들어가니 김철수의 딸이 보였다. 아까 들어갔던 방에서 나와 복도 왼편에 있는 너른 거실로 들어가려는 것 같았다. 김철수의 딸은 나를 벌레 보듯이 흘겨보고는 아무 말도 건네지 않고 거실로 들어가 버렸다.

신발을 벗고 집 안으로 들어가려는데 거실에서 김철수가 나왔다. 얼굴에 짜증이 가득했다.

"이 새끼는 왜 이제 와?"

나는 무언가 변명을 하려다가 김철수의 딸이 이 대화를 듣고 있다는 사실을 자각했다.

"죄송합니다. 초행길이라 좀 헤매다…."

"외길인데 길을 헤맸단 거야? 이 새끼 뭔 소리 하는 거냐?"

김철수가 거실에다 대고 말했다. 김철수의 딸이 깔깔대는 소리가 들려왔다.

"빨리 술 가지고 들어와! 너 기다리다가 입에서 구린내가 나잖아!"

내가 손에 문배술을 들고 거실로 들어가자 토마토주스를 든 김철수의 딸이 소리 없이 웃으면서 자기 방으로 돌아갔다.

과연 내 예상은 맞았다. 그 많은 술은 김철수가 먹기 위해 요구한 것이 아니었다. 나는 그때부터 거실에 붙들린 채로 김철수가 요구하는 대로 수많은 술들을 먹어 치워야 했다. 하지만 정신을 바짝 차려야 했다. 김철수가 멀쩡한 상태에서 내가 먼저 쓰러지면 십중팔구 무언가 나쁜 일이 생길 것임은 명약관화했다. 계속 마시다 보니 이렇게까지 하는 게 맞나 싶었지만 김철수가 맥주잔에다 끊임없이 술을 따라 주는 걸 보니 일단은 맞는 것 같아서 열심히 술을 받아 마셨다. 그러다 마지막 잔을 비우니 느낌이 딱 왔다.

"죄송합니다. 제가 그만 먼저 취해 버려서."

다급하게 그 말을 내뱉었는데, 내가 듣기에도 발음이 엉망이라 김철수가 알아들었을지는 모르겠다. 그리고 책상에 쓰러지며 의식을 잃었다.

흠칫 놀라며 잠에서 깨었다. 사위는 어두웠지만 거실에 난 창으로 달빛이 들어와 사물을 식별할 수는 있었다. 나는 술병으로 가득한 거실 탁자에 엎어진 그대로 남겨져 있었던 것 같다. 내가 잘한 건지 못한 건지를 확신할 수 없으니 불안했다. 그러고 보면 아직 김철수에게 원고지를 받지도 못했다. 휴대폰을 확인해 보니 새벽 2시였다. 최소 다섯 시간 이상은 이런 자세로 엎어져 있었던 것 같다. 목과 허리가 너무 아팠다. 일단 정신이 어느 정도 또렷해지자 혹시나 주변에 토하지는 않았는지, 소변을 지린 것은 아닌지 확인해 보았다. 다행히 주변은 깨끗했다.

나는 비틀거리면서도 넘어지지 않으려 애쓰며 조심스럽게 잠긴 현관문을 열고 바깥으로 나갔다. 근처에 곧바로 산이 있었기 때문에 경사가 낮은 곳으로 수풀을 헤치고 들어갔다. 충분히 들어갔다는 판단이 들자 거기서 소변도 누고 위에 있던 것도 게워냈다. 안주로 들어간 게 한과밖에 없어서 뿜혀 나온 토사물의 모양이 기이했다. 그러고 나니 어질어질한 것은 좀 나아졌다.

다시 거실로 조용히 돌아와 소파에 드러누웠다. 그러나 원고지를 무사히 넘겨받을 수 있을 것인가에 대한 의구심이 끊이지 않아 잠을 이룰 수 없었다. 일어나서 무릎이라도 꿇어야 하나, 그런데 무엇을 잘못했다고 해야 하나, 아니면 웃는 낯으로 원고지를 달라고 해야 하나 어떤 선택지가 최적인지 알 수가 없었다.

그러고 있는데 위층에서 무언가가 삐걱거리더니 문이 열리는 소리가 들렸다. 가만히 들어 보니 누군가가 가래를 걸쭉하게 뱉아 내면서 나무 계단으로 내려오는 듯했다. 곧이어 사람 하나가 내 앞에 열려 있는 거실 문을 가로질러 갔다. 실눈을 뜬 채 보고 있었는데 김철수가 맞았다.

김철수는 화장실에서 소변을 보더니 물을 내리고 다시 계단을 통해 위층으로 올라갔다. 순간 머릿속에서 번쩍거리는 것이 있었다. 어쩌면 김철수는 아직도 마무리 원고 작업을 하고 있는 것이 아닐까 하는 생각이었다. 그렇다면 단것이 당기지 않을까? 나는 소파에서 일어나 한과 포장용 상자의 윗면을 뜯어내 종이 접기로 접어 작은 상자 모양으로 만들었다. 거기에 남은 한과를 담고 발끝으로 걸어 복도로 나왔다.

김철수는 작업할 때 방해받는 것을 싫어한다고 들었지만, 방금 전에 화장실에 갔다 왔으니 지금쯤 십중팔구 담배를 한 대 빨고 있을 터였다. 간식을 전해주면서 "계속 작가님을 생각하고 있다"는 점을 어필하려면 지금이 적기였다.

나는 조심스럽게 나무 계단을 올라갔다. 2층에 도착하니 복도 하나와 복도에 딸린 문이 세 개 나타났다. 좌우로 두 개, 정면에 한 개. 정면에 있는 문에서만 불빛이 흘러나오고 있었으니 당연히 정면에 있는 문으로 걸어갔다. 문이 살짝 열려 있어서 일단은 문틈을 통해 방 안의 형편을 살피려고 했다. 그러나 내가 안을 들여다보자마자 보이는 것이 심각한 얼굴로 문을 향해 터벅터벅 걸어오는 김철수였다. 김철수는 이미 문 바로 앞에 와 있었지만 시선을 살짝 아래로 두고 있어서 눈이 마주치지는 않았다. 미간을 찌푸리고 있는 모습에 반사적으로 졸아붙어서, 나는 김철수가 거칠게 문을 열어젖히자 냉큼 문 뒤로 숨었다.

'아, 이게 아닌데' 하는 생각이 들었을 때는 이미 늦었다. 김철수는 잠시 문을 연 채로 문가에 서 있다가 다시 문을 닫고는 방 안으로 들어갔다. 문을 완전히 닫지는 않았는데, 문틈으로 새어 나오는 독한 담배연기 냄새를 맡으니 이유를 알 것 같았다. 숨어 있는 위치에서도 경첩에 의해 벌어진 틈으로 방 안을 살필 수 있었다. 문 맞은편에 창문이 있었지만 두꺼운 암막 커튼이 쳐져 있었다.

김철수는 좌식 책상 앞에 앉아 엄청나게 진지한 얼굴을 한 채 가위질을 하고 있었다. 글자가 쓰여 있는 원고지를 들고 가위를 사용해 칸 하나하나를 오려 내고 있었던 것이었다. 이미 오려 놓은 종이들이 책상 위에 놓여진 상자에 수북이 쌓여 있었다. 그렇게 그 자리에서 원고지 다섯 장을 집중해서 다 오려

낸 김철수는 짜증스러운 얼굴로 손을 털더니 담배를 꺼내 그 자리에서 푹푹 피워 댔다.

김철수는 다시 문 쪽으로 걸어와서 문을 열고는 복도를 내다보고 다시 문을 완전히 닫지 않은 채 방으로 들어가 책상 앞에 주저앉았다. 그리고 책상 아래에 있던 무언가를 끄집어 내었다.

그건 녹색의 플라스틱 분무기였다. 마트에서 흔히 볼 수 있는 분무기와는 조금 디자인이 달라 이국적인 분위기가 풍기는 것 같기는 했지만 여하간 플라스틱으로 만들어진 분무기였다. 물을 담는 부분도 녹색이었는데, 반투명해서 안에 뭐가 차 있는지 아닌지는 알 수 없었다.

김철수는 그 분무기를 책상 위에 올려놓더니 뚜껑을 땄다. 그리고 여태 오려놓은 종이들을 손가락으로 쥐어 분무기 안에 집어넣기 시작했다. 부피가 있다 보니 한 통 안에 다 들어갈 수 없을 것이라 생각했는데, 신기하게도 그 종이 조각들은 끊임없이 분무기 통 안으로 들어갔다.

분무기 통 안에서 검은 액체가 출렁거리는 것이 보였다. 종이를 집어넣을수록 분무기 통 안의 검은 액체는 조금씩이기는 하지만 점점 늘어갔다. 그리고 결국 모든 종이 조각들이 분무기 통 안에 들어가자 검은 액체는 분무기의 목 부분까지 가득 차 있었다. 김철수는 노즐 부분을 통에 끼운 뒤 뒤편의 벽에 등을 기대고 지친 모습으로 다시 한 번 담배를 피웠다.

담배를 다 태운 김철수는 자리에서 일어나서는 창가에 있던 서랍장을 열고 원고지 뭉치를 꺼내 왔다. 책상 위에 올려놓은 것을 보니 사용하지 않은 새 원고지였다. 김철수가 검은 액체가 가득 담긴 분무기를 들어 그 내용물을 노즐을 통해 새 원고지 위에 뿌리자 원고지 위에 글자들이 자동으로 새겨졌다. 김철수는 글자가 쓰인 원고지를 비어 있는 바구니에 차곡차곡 쌓으면서 계속해서 새 원고지를 분무기로 채워 갔다. 김철수는 분무기에 들어 있는 액체가 완전히 사라질 때까지 같은 일을 반복했다.

마지막에는 완전히 텅 비어버린 분무기를 자기 옆에 내려놓고는 신음소리를 내며 몸을 벽에 기대고서 담배를 한 대 더 피웠다. 김철수는 바구니에 담겨 있던 원고지들을 모아 아까 새 원고지를 가지고 올 때 함께 책상 위에 가져다 놓은 대(大)자 우체국 봉투에 담았다. 그러고 방에서 나와서는 나지막이 욕을 중얼거리면서 뒤도 돌아보지 않고 비틀거리는 걸음으로 나무 계단을 내려갔다. 나는 김철수의 정수리가 시야에서 사라지는 순간 김철수가 작업하던 방으로 들어갔다.

나는 우체국 봉투부터 찾아서 안에 들어 있는 것을 꺼내 읽었다. 김철수 특유의 문체가 거기 담겨 있었다. 그 짧은 문장 몇 개를 통해 표현된 연출과 이야기가 너무나 흥미진진했기에 나는 쉬지 않고 열 장을 내리 읽고서야 정신을 차렸다. 숨가쁘게 전개되는 스토리에서 벗어나 현실로 돌아왔을 때 내가 처음으로 느낀 것은 억울함이었다. 원리는 알 수 없었지만 내가 목격했던 것에 거짓이 없다면 이것이 김철수의 실체였던 것이다.

나는 방바닥에 놓여 있는 예의 녹색 분무기를 조심스럽게 집어 올렸다. 이것이었다. 김철수가 문학으로 부와 권력을 얻고 남에게 패악질을 부릴 수 있게 만든 원흉이 바로 이 분무기였던 것이었다.

머리가 멍했다. 나는 여태까지 무엇을 해온 것일까, 그저 이 분무기 하나면 다 해결될 일이었는데…. 회의감에 빠져드는 바람에 움직일 힘조차 낼 수 없었다. 공허했다. 삶의 모든 것이 의미를 잃었다. 나를 이루고 있던 무언가가 그 순간 연기처럼 사라져 버렸다. 그때 나는 복도에서 누군가 방귀를 뿡뿡 뀌면서 방으로 다가오는 소리를 들었다.

정신을 차렸을 때 김철수는 머리에서 피를 흘리며 바닥에서 부들거리고 있었다. 내가 지금 무엇을 하고 있는지를 깨달았음에도 멈출 마음은 들지 않았다. 나는 들고 있던 좌식 등받이 의자로 김철수의 머리를 다시 한 번 내려쳤다.

그렇게 김철수를 죽이고 보니 뒤늦게 큰일났다는 생각이 들었다. 김철수를 살해한 것 자체에 대해서는 아무런 죄책감도 들지 않았다. 하지만 범죄자로서 낙인이 찍히고 인생이 무너지게 되는 것은 무서웠다. 그것도 다른 사람이 아닌 김철수 때문에 그렇게 되는 것은 더 무서웠다. 딸이 아래층에 있을지는 모르겠다. 하지만 딸까지 죽일 마음은 들지 않았다.

오래 고민하던 나는 내가 할 수 있는 가장 소극적인 방식을 선택하기로 했다. 김철수의 방에는 장식용 호롱이 있었다. 일단 호롱을 엎고 기름을 주변에 뿌린 다음 김철수의 라이터로 불을 붙였다.

그렇게 한 다음 분무기를 들고 거실로 내려가서 소파에 앉아 있었다. 불은 위층에서 생각보다 빠른 기세로 번져갔다. 내가 바라고 있던 가장 좋은 흐름은 집이 불타 무너지는 것이었다. 그러면 혹시나 머리를 맞아 사망한 김철수의 진짜 사인이 가려질 수도 있겠다는 생각이었다. 서까래가 주저앉아 머리를 강타했다던지 하는 시나리오로 이어지는 게 내가 궁극적으로 원하는 것이었다.

목재로 만든 집은 성실하게 불타갔다. 연기가 집 안에 자욱이 깔렸고, 널름거리는 붉은 불꽃이 천장에서 언뜻언뜻 나타났다 사라졌다. 조금 더 기다릴까 하다가 혹시나 집 안에 딸이 남아 있다면 지금쯤 피신시켜야 한다는 생각이 들어 슬슬 움직였다. 나는 일전에 딸이 들어갔었던 1층의 방으로 가서 문을 두드렸다.

"일어나요! 일어나!"

그러나 안에서는 대꾸가 없었다. 나는 문손잡이를 돌렸다. 잠겨 있지 않았다. 그러나 문을 열고 들어선 방 안에선 사람의 모습을 찾아볼 수 없었다. 1층에는 거실, 화장실, 딸의 방을 제외하면 남은 방이 하나밖에 없었는데 그 방도 확인해 보니 그냥 창고로 쓰이는 듯했다. 딸의 행방은 어디서도 찾아볼 수 없었다. 신발장에 여자 신발이 있었지만 모두 세 켤레나 되어서 딸이 밖으로 나갔다는 확증이 되지는 못했다.

혹시 2층에 있을지도 모른다는 생각이 들기 시작했다. 일단 계단으로 달려가 보았다. 김철수를 죽이는 것과 그 딸을 죽이는 것은 내 마음속에서 느껴지는 죄의식의 무게가 달랐다. 그러나 막상 계단으로 다가서자 투명한 불꽃이 이미 계단을 태우고 있는 상황이었다. 그제야 처음으로 사람을 죽인다는 일이 담고 있는 무게가 마음을 짓눌러왔다.

별 도리가 없었기에 나는 낙관적으로 생각하기로 했다. 어쩌면 딸은 내가 김철수의 최후를 목격한 시점에 이미 집에 없었을 수도 있었다. 그렇게 마음을 가다듬고 움직이려고 하니 어느새 1층 전체에 연기가 자욱이 깔려 있었다. 나무가 불타는 소리가 천장에서 무섭게 들려왔다. 불을 질렀을 때 실제로 집이 무너질지에 대해서는 반신반의하고 있는 상태였는데, 기세를 보아하니 정말로 무너질 것 같았다.

나는 거실에서 휴대폰과 분무기를 품에 안고 바닥에 바짝 엎드린 채 조금 더 기다리다가 위층에서 뭔가 무너지는 소리가 들리는 것 같자 다시 네 발로 기어 집 바깥으로 나갔다. 나와서 보니 이미 2층은 소각로였다. 개중 한 창문에서 탄 종이로 생각되는 파편들이 열기에 실려 나와 바람에 흩날리고 있었다. 아마 2층에 서재라도 있었던 것 같다는 생각이 들었다.

나는 휴대폰 전원을 켜고 119에 전화를 걸었다. 그 이후로는 받지 않을 것을 뻔히 알면서도 김철수의 휴대폰으로 거듭해서 전화를 걸었다. 마음속으로는 서둘러 집이 무너져 주기를, 그래서 이 확신 없는 도박에서 내게 조금이라도 승기가 기울어 주기를 계속 빌었다. 그러나 결국 소방차가 도착할 때까지 집은 무너지지 않았다. 소방관들이 와서 이것저것을 물어보았다. 이내 노란색 펌프차가 2층으로 물을 뿜기 시작했다. 천장 부분은 이미 검게 변해 더 이상 불이 타오르지 않았지만 2층에서 1층으로 이어지는 바닥재 쪽이 맹렬하게 연소되고 있었다.

구급차로 가자 구급대원이 작은 산소통을 가져다 주고 사용하라고 했다. 깨끗한 산소를 들이마시니 머리가 산뜻하게 트이는 듯했다. 그러고 있으려니 무언가가 쪼개지는 듯한 커다란 소리가 귓가에 전해져 왔다. 나는 자리에서 일어났다. 막 기울고 있던 집의 모습이 눈에 들어왔다.

잠시 뒤 집이 여전히 화염에 휩싸인 상태에서 무너졌다. 내가 생각했던 것처럼 위쪽부터 와르르 무너지는 게 아니었고, 아래쪽이 기울어지면서 쓰러지는 식으로 무너졌다. 그래도 그 충격으로 천장이 부서지면서 아래쪽으로 폭삭 주저앉기는 했다. 물줄기가 그 잔해 위로 뿜어졌다. 그제서야 서서히 불길이 잡히기 시작했다.

나는 인근에 있는 병원 응급실로 이송되었다. 잠시 뒤 화재 조사관이라는 사람이 와서 내 신원과 화재 상황 당시의 얘기를 시시콜콜 물어봤다. 나는 걱정하는 투로 집 안에서 사람이 몇 명 발견됐는지를 물었다. 조사관은 내 눈을 들여다보더니 2층에서 한 명이 발견되었다고 말했다. 그리고 나에게 그 사람이 누군지 아냐고 질문했다. 나는 그게 김철수일 가능성이 있다고 말했다. 조사관은 그 얘기를 듣고 고개만 끄덕였다.

그렇게 조사관으로부터 풀려나고서는 차도 김철수네 집에 두고 나왔고 취한 상태에서 어디로 운전해 갈 수도 없었기 때문에 병원 입원실에 하룻밤 묵으려고 했으나, 생각보다 예약 수속 절차가 복잡해 그냥 밖으로 나와 모텔 방으로 들어갔다. 얼마 지나지 않아 처음 보는 번호로 전화가 와서 받아 보니 경찰이었다. 혹여 진상을 들킨 것일까 싶어 불안했으나 막상 경찰서에 가 보니 경찰 쪽에서도 일반적인 것만 물어왔다.

나중에 집에 돌아와서 조사해 보니 화재에 상응하는 생활 반응이라는 것이 나타나지 않으면 화재가 일어났을 때 살아 있었는지, 죽어 있었는지를 알 수 있다고 하는 것 같았다. 조금 더 조사하고 똑똑하게 움직였어야 했었다는 후회의 마음이 밀려들어왔지만 이미 늦은 뒤였다.

그 후로는 그냥 하루하루를 무력하게 버텨 갔다. 전화가 울릴 때면 경찰일까 깜짝깜짝 놀랐고, 누가 출판사 사무실의 문을 두드릴 때엔 심장이 아플 정도로 떨렸다. 그렇게 한 주가 지나가고 일요일에 아무 할 일 없이 침대에 누워 있자니 불안감이 더욱 심해져서 차라리 이대로 자수하러 가고 싶다는 충동이 끊임없이 일어나 스스로를 단속하기가 힘겨울 정도였다.

그러나 그처럼 하루하루 무너져 가던 내 삶에 단비가 내린 것은 화재가 일어난 지 한 달 반이 지난 후였다. 사장이 내일부터 김철수의 장례식이 치러진다면서 함께 참석하기를 권유해왔다.

다음 날, 아침 일찍 사장과 함께 장례식장을 찾아 장례 준비를 도왔다. 김철수의 딸이 상주였다. 이미 사장을 통해 살아 있다는 것은 알고 있었다. 아마 그날에 거실에서 술판이 벌어지자 집을 떠났던 듯싶었다. 사장이 위로하러 갈 때 머뭇머뭇 다가가서 눈인사만 했는데, 딱히 나를 보는 눈빛에 원한이 담겨 있지는 않은 것 같았다.

첫날은 그렇게 준비 작업을 하면서 지나갔다. 밤에는 함께

일한 문학 잡지 관계자들과 술을 마셨지만 그들이 계속해서 나를 묘하게 흘끔거리는 모습을 보아하니 벌써 무슨 얘기가 돌았던 것 같기는 했다. 마음이 불편해져 일찍 자리를 떴다.

이튿날 오전에 입관이 진행되었다. 충분히 예상되는 이유로 염습이 진행되는 일 없이 이미 얼굴을 포함한 몸 전체에 수의가 입혀진 상태였다. 수의가 입혀진 것이 사람 꼴을 하고 있기는 했지만 특히 머리 쪽이 풍선처럼 어색한 모습이었다. 나는 내심 내가 원하는 일이 일어났던 것이라고 짐작했다.

점심시간 즈음해서 찾아오기 시작한 조문객들의 면면을 보니 확실히 김철수가 거물이기는 거물이었다는 생각이 새삼 들었다. 작가나 편집자부터 시작해서 정치인, 종교인, 기자, 교수 등등 미디어에서 한 번쯤은 듣거나 본 기억이 있는 사람들을 뭉텅이로 구경할 수 있었다.

마지막 날에 발인을 하고 사장의 차를 탄 채로 영구차를 따라 어딘가의 산으로 실려가 김철수가 매장되는 모습을 지켜보았다. 자세한 내막은 모르겠지만 공동묘지는 아니었다. 참석한 인원이 친족을 제외하면 나와 사장밖에 없었다는 점을 보아서는 아마 불법으로 진행하는 일인 듯했다.

확실히 너른 강이 내려다보이는 양지바른 곳이었다. 주변에 다른 무덤은 보이지 않았다. 김철수의 유언이라던가, 뭐 그런 거라고 생각했다. 땅은 파여 있었지만 흙을 덮는 것은 중간부터 나와 사장이 나서서 마무리를 지었다. 일이 다 끝나고 장지에서 김철수의 친족들과는 작별한 뒤 사장의 차를 타고 주변의 아무 가게나 들어가서 해장국을 들이켰다.

그 후엔 출판사에 돌아왔는데 사장이 오늘은 문 닫고 내일 출근하라고 했다. 나는 버스를 타고 경치 구경을 하면서 느긋하게 집으로 돌아왔다. 어머니가 문간에서 소금을 뿌려 주었다. 옷에서 소금을 털어낸 다음 방으로 들어가 침대에 드러누웠다. 몸은 피곤했지만 정신은 명민했다. 다시 태어난 기분이었다. 도대체 왜 이렇게 오랜 시간이 걸린 것인지, 그간 내가 모르는 곳에서 어떤 일이 진행되었는지 누구에게 물어볼 수도 없는 일이었지만 나는 그제서야 진정한 해방감을 느꼈다.

나는 침대에서 일어났다. 그리고 책상 맨 아래 서랍을 열어 깊이 숨겨 둔 물건을 꺼냈다. 녹색 플라스틱 분무기였다.

나는 글을 쓸 때는 컴퓨터로 작업을 했기 때문에 집에는 원고지가 없었다. 서둘러 문방구에 가서 원고지를 잔뜩 샀다. 가위도 새것으로 하나 사고, 이제까지는 비싸서 엄두를 내지 못했던 만년필도 좋은 것으로 하나 장만했다. 그러고 집으로 돌아와 원고지 위에 잉크로 초고를 새기기 시작했다.

예전부터 쓸모 있겠다고 생각했던 아이디어가 하나 있었는데 구체적인 플롯을 어떻게 진행해야 할지 몰라 상당히 오랜 기간 묵혀두고 있던 차였다. 나는 앞뒤 생각하지 않고 일단 첫 문장을 썼고, 계속해서 다음 문장을 떠오르는 대로 이어갔다. 그러자 얼마 지나지도 않아 차마 눈뜨고 보기 힘들 정도로 재미없는 이야기가 만들어져 버렸다. 컴퓨터로 작업을 하던 과거의 나였다면 잠시 멈추고 이모저모 고민을 하다 지쳐 나자빠졌을 터였지만 그때는 재미가 있건 없건 전개를 결말까지 밀고 나가는 데만 온 신경을 쏟아부었다. 동시에 문장을 만연체로 이어가며 최대한 글자수를 늘리기 위해 애썼다. 내가 쓴 어떤 글보다 최악인 글이었지만 마음속에서는 희망만이 가득했다. 그러나 4만 자가량을 쓰자 바닥이 친구하자고 자꾸 일어서기에 그대로 새벽까지 잤다.

일어나니 오전 4시가 막 지난 시점이었다. 나는 곧바로 원고지에 달라붙어서는 글을 이어 쓰는 데에만 몰두했다. 출근할 시간이 되었지만 도무지 출근할 생각이 들지 않았다. 사장에게 전화를 걸어 몸살이 심하게 났다고 둘러대었다. 내 변명에 대꾸하는 사장의 목소리가 딱히 좋게 들리지는 않았지만 여태까지 근무하면서 처음 하는 결근이었기에 마음의 부담은 덜했다.

그리고 저녁까지 열심히 글을 써서 결국 책 한 권 분량, 15만 자의 문장 더미를 만들어 내었다. 이제 다음 수순은 이 수백 장의 원고지를 가위로 하나하나 칸 별로 오려내는 일이었으나 현재 몸 상태로는 도무지 시작조차 할 수 없었다. 그래서 그냥 침대에 누워서 유튜브도 보고 책도 읽으며 쉬다가 잠들었다.

다음 날이 되었고, 급할 것이 없다고 스스로를 다독이면서 정시에 직장에 출근해 맡은 일을 처리했다. 그리고 늦게 집으로 귀가해 홍차를 마시며 눈을 감은 채로 마음을 편히 가다듬은 다음 원고지 첫 장부터 조심스럽게 오려내기 시작했다.

간이 작아서 혹시나 실수가 있을까 봐 두 장을 겹쳐 오리지는 못하고 한 장씩 오려냈다. 두 시간을 쉬지 않고 내리 가위질을 하니 눈이 침침해져서 물로 씻어내 보았다. 처음에는 효과가 있는 듯했지만 원고지를 앞에 두고 앉으니 다시 원래대로였다. 거기에 오른손이 심하게 떨려서 가위질도 제대로 할 수 없었다. 그때까지 겨우 마흔 장 가량을 오려냈을 뿐이었고, 남은 원고지는 산처럼 높았다. 아쉬운 마음이 들었지만 마음을 고쳐먹기로 했다. 낙숫물로 바위를 뚫는다고, 꾸준함이 중요할 터인데 무리를 하다가 탈이 나면 매일 조금씩 멈추지 않고 일하는 것만 못하다는 판단이 들었던 것이었다. 그래서 첫날은 마흔세 장에서 자리를 정리하고 잠자리에 들었다.

사장은 일할 의욕을 잃은 것 같았다. 기실 김철수 혼자서 출판사를 이끌어 가고 있다고 해도 과언이 아니었었는데, 그 김철수가 약속했던 신간과 함께 홀랑 타 버렸으니 출판사의 미래도 그와 같아졌던 것이었다.

이미 출간이 약속된 신인 작가의 글을 윤문하면서 내 글에 대해 이런저런 생각을 하다 보니 제대로 일도 못하고 시간만 흘려 버렸다. 귀가하는 버스 안에서, 집까지 이어지는 인도 위에서, 계속 같은 것만 생각했다. 그러나 집에 돌아와 어둑한 내 방에서 쓸쓸함을 느끼니 마음이 기울었다. 나는 분무기가 없다면 절대로 글을 통해 행복해질 수 없었다.

책상 서랍을 열고 숨겨 두었던 원고지와 가위, 오려 놓은 원고지 조각을 담아 둔 상자를 꺼내 할 수 있는 만큼만 일을 진척시켰다. 서서히 마음이 정리되고 있는 것을 알 수 있었다. 인생 최후의 기회일지도 모를 것을 괜한 어리광으로 놓쳐 버리고 나중에 그 후회를 내가 감당할 수 있을 것인지에 관해 따져 보면 자신이 없었다. 나는 도를 닦는 청정한 마음으로 눈앞의 원고지를 오리는 데만 집중했다.

두 달 후, 오리는 작업이 마무리되자 나는 원고지 조각들로 가득 찬 상자들을 앞에 두고 분무기 뚜껑을 돌려 열었다. 그리고 손가락으로 단숨에 몇 조각을 집어 분무기 통 안에 쑤셔 넣었다. 익숙함의 차이였는지 김철수가 소모했던 시간보다는 훨씬 더 걸렸지만 그리 오래지 않아 모든 원고지 조각들을 통 안에 쓸어 넣을 수 있었다.

통 안의 검은 액체가 목까지 차올라 있었다. 들어 보니 꽤나 묵직했다. 나는 책상 위의 상자들을 치우고 미리 준비해 두었던 깨끗한 새 원고지를 올린 뒤 표지를 넘겨 두었다. 그런데 막상 마무리를 지으려니 망설이게 되었다. 그러나 여기까지 와서 포기하면 김철수를 죽여 살인자가 되고, 원고지를 오려 내느라 꼬박 소모한 시간들이 완전히 무의미하게 돌아가는 것이었다. 나는 괜찮다고, 괜찮을 거라고 스스로를 계속해서 다독였다. 그리고 한순간 충동적으로 손과 팔을 움직여 원고지의 첫 장에 검은 액체를 뿌려내었다.

비어 있던 원고지 칸들에 문장부호를 달고 있는 멀쩡한 문장들이 나타났다. 경악할 만큼 뛰어난 글이었다. 문체와 분위기도 김철수의 것과 완전히 달랐다. 기반이 되는 초고가 있어야만이 작동되는 만큼 어느 정도 사용자의 개성이 반영되는 듯싶었다. 내가 이 세상에 태어나고 나서, 그렇게 재미있는 글은 읽어 본 적이 없었다. 어서 다음 문장을 읽고 싶었다. 결국 밤을 꼬박 새워서 액체를 다 소모한 뒤 나는 말 그대로 기절했다. 일어나 보니 오후였고, 휴대폰에는 사장이 건 부재중 전화가 딱 한 통 와 있었다.

다음 날, 나는 '내' 소설이 담긴 한글 파일을 들고 사장을 찾았다. 물론 그 일도 결심하기까지 많은 고뇌가 있었지만 애초에 거짓말을 치려면 크고 단순하게 쳐야 쉽게 속여넘길 수 있을 거라는 판단이 작용한 결과였다. 원고지의 글을 컴퓨터 파일로 옮겨 놓은 것은 내 글에서 김철수와의 관련성을 최대한 지우고 싶었기 때문이었다.

사장은 '용사 헥토르 사가(saga)'라는 단순한 제목이 달린 글을 넘겨받은 그 자리에서 끝까지 읽어 내렸다. 다 읽은 사장은 감탄하면서 내게 글에 대해 여러 가지 질문을 던졌다. 나는 와신상담하면서 장장 10년에 걸쳐 300회의 퇴고를 통해 쓴 글이라고 말했다. 의외로 사장은 쉽게 수긍했다.

내 이름을 단 책이 처음으로 출판되었다. 신인 작가의 책이었음에도 '현대 한국 판타지계의 걸작' 운운하는 식으로 입소문을 타면서 날개 돋친 듯이 책이 팔려 나갔다. 매일 기록을 경신하는 판매 지표와 앞다투어 넷상에 올라오는 상찬 일색인 서평들을 보다 보면 분무기가 가진 힘이 두렵게 느껴질 정도였다.

그 즈음 사장은 일이 끝나면 같이 저녁을 먹자 하고, 좋아하는 게 무엇인지 자꾸 물어오기 시작했다. 나도 이 일에 관련된 사람들을 늘려 위험부담을 키우고 싶은 생각이 없었기에 사장의 출판사에서만 책을 내기로 결정했다. 며칠 후 나는 사장과의 저녁 자리에서 차기작에 대한 얘기를 꺼냈다. 당장 그 자리에서 이야기가 마무리되었고, 다음 날 계약서에 사인을 한 후에 나는 출판사를 퇴사했다. 집이나 근처의 카페에서 글을 작업하면서 가끔 여행이나 다니는 내 이상 속의 삶을 살아가기 위해서였다.

그러나 나는 유럽을 구경하기 위해 처음으로 만들어 본 10년짜리 여권에 결국 도장을 찍어 보지 못했다. 집에서 돌연 정신을 잃고 눈을 떴을 땐 이미 병원이었다. 종합 검진 후에도 의사들은 명확한 진단을 내리지 못했다. 의사(擬似)악액질, 풀이하자면 원인을 알 수 없는 전신쇠약이 내가 겪는 정체불명의 증상에 붙여진 이름이었다. 처음 증상이 나타나고 일주일도 되지 않아 걷는 것도 할 수 없어 누워 지내는 신세가 되었다. 그럼에도 무리해서 다른 대학 병원으로 옮겼으나 결론은 이전 병원의 것과 다를 것이 없었다. 결국 난 눈이 침침하고, 귀도 잘 들리지 않고, 소화도 제대로 되지 않고, 정신이 혼미하고, 심장이 가끔 부르르 떨리며 아찔한 느낌이 들고, 호흡을 제대로 할 수 없는 지경까지 몰렸다.

그러던 어느 날 오후에 뜻밖의 사람이 면회를 왔다. 김철수의 딸이었다. 김철수의 딸은 병실 안을 휘휘 살피더니 내가 누워 있는 침대로 바짝 다가와 말을 걸었다.

"널 놀려 주려고 왔지."

김철수의 딸은 비웃는 표정으로 잠시 동안 내 얼굴을 살피더니 말을 이어갔다.

"네가 우리 아버지를 죽였다는 증거가 있지. 네가 알아서 자멸할 때까지 기다리느라 지금까지는 경찰에 제출하지 않고 있었지만 네가 그날 2층 복도에서 뭘 했는지 다 찍혀 있어."

어안이 벙벙했다.

"우리 집 2층은 서재 때문에 CCTV로 촬영되고 있거든. 지금까지는 깜빡 잊어버리고 있었지만 갑자기 생각이 나서 영상을 찾았다고 할 거야."

김철수의 딸이 깔깔 웃었다.

"그리고 네가 썼던 글도… 그거 사실 우리 아버지 글을 훔쳐서 낸 글이라고 발표한 거야. 넌 이제 우리 아버지를 죽이고 집에 불을 질렀고, 아버지가 새로 시도하려던 소설을 빼앗아가서 문체만 바꾸어 출간한 천하의 쓰레기가 되는 거지. 어때? 어때? 지금 기분이 어때?"

나는 한참 동안 아무 말도 못하다가 겨우 입을 뗐다.

"그 소설은 내가 쓴 거야."

"진짜? 그럼 이 분무기는 뭐지?"

김철수의 딸이 비끄러맨 가방에서 꺼내 들어 올린 것은 다름 아닌 초록색 분무기였다.

"집에 가서 우리 아빠 거라고 하니까 네 부모님이 주더라고. 사람 죽이고 이걸로 재미 좀 봤는데 이제 어쩌나…."

김철수의 딸은 분무기에 관해 알고 있었다. 그렇다면?

"나는 왜 이렇게 된 거야?"

"벌 받은 거지 뭐. 살인자 주제에 남의 것 뺏어서 잘 살려고 하니까 그렇게 된 거 아니야."

분한 마음에 나는 참지 못하고 버럭 소리를 질렀다.

"그럼 김철수는, 김철수는 정당했던 거야? 그 분무기로 가짜 글 써서 얻은 명성으로 그렇게 패악을 부리고 다녔는데?"

김철수의 딸은 이죽거리며 대답했다.

"너도 결국 다를 거 없는 놈이잖아? 그리고 가짜 글? 진짜 재미있는 거 알려 줄까? 이 분무기가 단순히 쓰레기 같은 글을 아무런 대가 없이 명작으로 바꿔 주는 도구라고 생각해?"

김철수의 딸은 내 대답을 기다리지 않았다.

"아니, 이 분무기는 그런 방식으로 작동하는 게 아니야. 이건 퇴고에 소모되는 시간을 압축해 주고 실제로 소모될 시간만큼의 신체적 부하를 사용자에게 가하는 도구인 거야. 한 달짜리 퇴고라면 한 달이 늙겠지만, 네 꼴을 보니 네가 쓴 초고는 어지간히 못 쓴 글이었나 보네."

내가 무슨 말을 할 수 있었겠는가.

"다 거짓말이야…."

"넌 병에 걸린 게 아니야. 늙은 거지. 사실 충분히 늙을 때까지 얼마나 기다려야 할지 걱정이 되기는 했지만 한 번에 이렇게 되니 좋네. 조금 더 명이 붙어 있을지 말지는 네 재능이 얼마나 엉망이었는지에 달렸지. 나 같으면 살인자에 표절 작가 딱지를 붙이고 사느니 그냥 자살하겠지만 말이야."

김철수의 딸은 나를 노려보며 말했다.

"그나마 표절 작가 소리라도 듣기 싫다면 어서 차기작을 써 봐. 그럴 수 있다면 말이지."

그 일이 일어난 것이 어제였다. 몸은 그 하루 사이에도 끊임없이 나빠져 갔다. 이제는 본능적으로 죽음이 눈앞에 다가온 것을 느낄 수 있었다. 바로 죽지 않는다고 해도 이 이상 더 무언가를 할 능력이 없었다. 이제 바깥 세계는 나에게 닫혀 있는 공간이었다. 그 대신 사방이 절망으로 둘러싸여 있었다.

그러나 그 와중에도, 몽롱한 정신 속에서, 한 가닥 희망만은 붙잡을 수 있었다. 분무기를 사용하기는 했지만 최종적으로 나온 것이 진정으로 '나의 글'이었다는 사실이었다. 지금 처한 상황으로 보아 퇴고하는 데 한 70년은 걸린 것 같지만 그럼에도 그 정도의 시간을 들인다면 재능 없는 나 또한 얼마든지 걸작을 쓸 수 있는 잠재력을 가지고 있다는 의미였다.

나는 지금 그 생각을 붙잡고 놓지 않기 위해 노력하고 있다. 그것이 내가 현재 유일하게 가지고 있는, 단 하나의 희망이기 때문이었다.

바깥 세계

01

나는 언제나 과거를 잊어버리려 노력하지만, 생각보다는 잘 되지 않는다.

아주 어린 시절, 그러니까 어머니의 우울증 문제로 외할머니가 있는 포천시 동금리의 외진 시골에서 온가족이 함께 살고 있을 때였다. 나와 함께 뒷산에 올라간 여동생이 발을 헛디뎌 벼랑 아래로 추락했다. 절벽 가장자리에서 불거져 나온 암석 위에 놓여 있던, 빛나는 푸른색 돌을 줍겠다고 무리하다 사고를 당하고 만 것이었다.

동생은 목숨은 건졌지만, 식물인간 상태가 되어 성인이 된 현재까지 20여 년간 의식을 되찾지 못하고 있다. 그때, 까마득한 낭떠러지로 떨어지던 동생의 처절한 비명과 애타게 바라보던 눈길이 지금도 눈앞에 자꾸만 떠올라 나를 괴롭힌다.

내가 초등학교에 들어간 이후로는 아버지 일 때문에 부천으로 내려와 살게 되었다. 동생은 복잡한 도시보다는 시골에서 요양하는 게 더 좋을 것이라는 부모님의 판단에 의해 외할머니 집에 남게 되었지만, 사실 아무리 어린 아이라도 식물 상태가 된 사람을 집에서 돌보는 것이 얼마나 고된 노동인지를 생각해 보면 부모님은 사실상 그 시점에서 이미 동생의 회복을 포기하고 있었던 것이 아니었나 하는 생각이 든다. 어머니야 자살하는 시점까지 통제되지 못하는 자기 감정에만 온통 매몰되어 있었고, 아버지도 아버지 나름대로 실패한 가정에 대한 보상심리 때문이었는지 오로지 직장 일에만 매달리는 상황이었기 때문이었다. 그나마 불임으로 소박맞은 동네의 은퇴한 간호사가(엄마의 지인이었다) 주말마다 시골로 내려가 동생을 돌봐 주는 대가로 소정의 용돈을 지급해 주는 게 우리 집에서 나오는 지원이라는 것의 전부였다.

그러나 앞서 이야기한 바와 같이, 동생은 의식을 잃어버린 상태로 제대로 된 간병을 받지 못하면서도 무려 20여 년이라는 세월을 버텨 냈다. 사고가 있고 4년이 흐른 시점에서, 다니던 교회를 때려치운 어머니는 동생에게 종교적인 무언가를 느꼈던 것인지 주말마다 교회에 출석하는 것처럼 외할머니 집으로 내려가기 시작했다. 나에게도 당연히 같이 내려가자는 권유가 있었지만, 나는 그럴 때마다 이런저런 핑계를 대며 동행을 피했다. 다행히 어머니도 계속해서 거절하는 나에게 강압하지는 않았다.

내가 그처럼 동생을 마주하는 일을 꺼릴 수밖에 없었던 것은, 지금 생각해보면 불편한 상황과 감정에서 무조건 도피하는 방식을 최우선으로 삼는 우리 가족 구성원들의 유전적 기질 같은 것도 크게 영향을 미쳤겠지만, 내가 의식하기로는 죄책감 때문이었다.

아무리 사고로 일어난 일이라고는 하더라도, 만약 내가 동생이 날뛰는 것을 적극적으로 말렸었다면, 내가 조금 더 민첩해서 늦기 전에 동생의 손을 잡아 주었더라면, 그런 끔찍한 비극을 피하게 해줄 수 있었을지도 모른다는 자책감이 까마득한 높이 아래로 추락하던 동생의 모습을 본 충격과 겹쳐져 내 정신을 한순간도 멈추지 않고 고통스럽게 뒤흔들었기 때문이었다. 그런 나에게는 어두운 방 안에서 의식 없이 누워 있을 동생을, 내 머릿속에서 끊이지 않고 만들어져 들려오는 동생의 소리 없는 비난과, 눈앞에서 다시금 생생하게 재현되는 사고 당시의 광경을, 대면할 용기가 차마 없었다.

동생의 사고가 가져다 준 충격이 가장 크기는 했지만, 그 일 후에 겪은 경험들 또한 별로 기억하고 싶지 않은 일들 투성이다. 학창 시절에는 소극적이고 어두운 성격 때문에 내내 지독한 방식으로 괴롭힘을 당했고, 고등학교에 입학한 해에는 새벽에 자다 깨어 들른 화장실에서 어머니가 자살한 모습을 봐야 했다. 미대 입시를 위해 재수하던 해에는 아버지가 교통사고로 죽었다. 아버지의 죽음으로 앞날이 막막해졌건만, 그때까지도 나는 시골의 외할머니 집으로 내려간다는 선택지를 고를 용기가 없었다. 동생이라는 존재가 내 의식 속으로 들어오는 것 자체만으로도, 마치 죄악감에 내가 알고 있던 세상 전체가 까마득한 벼랑 아래로 무너지기라도 할 것 같다는 공포감이 느껴졌다. 나에게 있어 동생의 사고에 대한 기억은 그토록 어둡고 날카로웠던 것이다.

나는 그 시점에서 시골로 내려가지 않고, 그림이라는 꿈을 포기하지도 않으려면 현실적으로 어떤 인생 경로를 따라가야 할 것일지 오래 고민한 끝에 공장에 취업했다. 거기서 만난 세 살 위 오빠와는 꽤 오랜 기간 사귀었지만 알고 보니 양다리였고, 게다가 내 쪽이 2순위였다. 연애하는 동안 행복하고 두근거렸던 만큼 사실이 드러난 후의 괴로움도 컸다. 내가 지금껏 살아온 삶에서 유일하게 느꼈던 진정한 행복이, 살아가는데 있어 힘이 되어 주던 단 하나의 기억이, 괴로움을 희석시켜 혼란스러운 마음을 잠시 동안만이라도 쉴 수 있게 만들어 주던 추억이, 모조리 싸워야 할 기억들로 바뀐 순간 나는 더 이상 지금과 같은 삶을 버텨 낼 수가 없어졌다.

사흘 동안 물도 마시지 않은 채 바닥에 누워 있던 나는, 이대로 혼자 있으면 내가 원하지 않아도 결국에는 말라 죽어 버리고 말 것이라는 두려움을 느꼈다. 그리고 그런 내 모습이 나를 세상에 내버려 두고는 지옥 같은 삶에서 혼자서만 도망쳤던 어머니를 연상시킨다는 사실에 참을 수 없이 역겨워졌다. 나는 그제서야 아등바등 외따로 살던 삶을 정리하고 외할머니가 살고 있던 경기 북부의 시골로 도망치듯 내려오게 되었다. 그 순간까지도 기이할 정도로 두려운 마음이 가시지 않아 외할머니에게 직접적으로 물어보지는 못했지만, 동생은 여전히 그 집에서 어떤 형태로든 생존하고 있는 것 같았다.

이제는 나 스스로에 대한 마음속 자책의 목소리 중에서도 가장 중심에 위치하고 있는 동생과 지척에서 마주하는 일을 피할 수 없게 되었다는 생각에 죄의식과 두려움으로 가슴이 불타오르는 것 같은 느낌이었다. 하지만 그나마 그 사이 동생과의 기억을 가려줄 만큼 끔찍한 기억들이 잔뜩 생겨버렸기에 그러한 심적인 통증도 어느 정도는 견뎌낼 수가 있었다.

02

새벽녘, 버스에서 내려 무거운 음료수 선물 세트를 손에 든 채 한참을 걸어 도착한 마을은 마치 내가 어린 시절 떠났던 그 시점에서부터 시간이 멈춰 버린 것만 같았다. 시야 멀리 마을을 둘러싸고 있는 광주산맥의 지맥 아래 논밭이 넓게 펼쳐져 있고, 여기저기 뻗은 길을 따라 집이나 창고, 마을회관과 같은 건축물들이 느슨하게 모여 있었다. 기후는 포근했고, 풀과 바위, 축사 냄새가 섞인 신선한 바람이 코를 간지럽혔다. 도로와 면한 마을 동남쪽의 원야(原野)에는 커다란 누대 같은 것들이 잔뜩 모여 있었는데, 무슨 용도인지는 알 수 없었다. 멀리서 마을 주민들이 논밭에서 일을 하거나 점점이 흩어져 길을 돌아다니는 모습도 보였다.

흙으로 덮인 콘크리트 길을 걸어 어린 시절에는 동구라 불리던, 버드나무 아래 놓인 정자를 지났을 때였다. 멀리 슈퍼마켓 앞에 차려진 평상 근처에 무슨 일이라도 났는지 노인들이 다섯 명 정도 몰려 있는 게 보였다. 호기심이 들어 자세히 살펴보았더니, 슈퍼 옆에 자라난 참나무 고목의 굵은 가지에 끈을 묶어 무언가 커다란 자루를 아래로 늘어뜨리고는 커다란 나무 몽둥이로 그 자루를 열심히 두들기고 있는 것이었다. 자루는 사람이 들어갈 수 있을 정도로 커다랬는데 아래쪽이 붉게 물들어 빨간 액체 같은 것이 뚝뚝 떨어지고 있었다. 개라도 잡는 것일까 싶었지만 그렇게 보기에는 자루가 너무 컸다. 어린 멧돼지나 고라니 정도가 들어 있다면 납득할 수 있을 부피였지만, 그런 짐승들을 저런 식으로 도살하는 건 처음 본다 싶었다.

보는 시각에 따라서는 참혹하다고 말할 수도 있을 광경이었으나, 매질에 참여하고 있는 할아버지 셋과 주변에 둘러서 구경하고 있는 할머니와 할아버지 모두가 한결같이 일상적인 일을 처리하는 것처럼 평온한 표정이었기에, 그 전체적인 모습에서 견디기 힘들 정도로 사나운 분위기가 풍기지는 않았다. 그래서 나는 그냥 눈을 돌린 뒤 괜히 불쾌한 광경을 보았다 치고 마음속에서 그 모습을 지워 버리고자 했다. 잊어버리는 것은, 잘하지는 못해도 내가 늘 매진하고 있는 일이었으니까 말이다.

할머니네 집은 마을을 동서로 가로지르는 대로의 중간에서 북쪽으로 난 작은 길로 들어가면 나왔다. 길 끝의, 산으로 올라가는 경사 초입에 흙으로 벽을 쌓아 올리고 슬레이트로 지붕을 댄 집이었는데, 안마당을 끼고 있는 집 외곽은 낮은 벽돌담이 둘러싸고 있었다. 오랜만에 보았는데도 다소 낡은 부분이 눈에 띈다는 것을 제외하고는 기억에 남은 것과 크게 다를 모습이 없었다. 사전에 외할머니에게 유선전화로 연락을 해두었기에, 살짝 열려 있는 초록색 철제 대문을 열고 들어가며 할머니를 불렀다.

"할머니! 저 왔어요!"

그러나 대답은 없었다. 그러고 보면 직전에 전화를 했을 때에도 귀가 잘 안 들리시는 것 같기는 했다. 아니면 낮잠이라도 자고 계시나? 나는 잠시 마당에 서서 주변을 휘휘 둘러보았다. 대문 곁에 놓여 있던 개 집이 없어졌고, 마당 구석에 딸린 광의 문이 나무문에서 발로 바뀌었고, 평상 위에 정체불명의 탄 자국이 심하게 났다는 것하고, 부엌으로 통하는 통로 벽에 슬레이트가 덧대 있다는 것, 대충 그 정도의 소소한 변화가 눈에 띌 뿐이었다.

할머니네 집이니까 그냥 이대로 안으로 들어간다고 해도 괜찮을 거라는 판단이었다. 할머니 당신은 아버지 장례식 때 보고 처음 뵙는 것이지만, 나는 그때와 얼굴이 크게 달라지지는 않았으니 아마 오해 살 일은 없을 것이었다. 거기에 딱히 좋은 일로 온 입장도 아니었고, 한 번 불러서 나오지 않는 연로한 분을 구태여 여러 번 불러 낸다는 게 다소 이상한 일처럼 생각되기도 했기 때문이었다.

간유리로 창이 대어진 현관문 너머로 보이는 집 안은 불빛 없이 어두웠다. 살며시 열어 보니 문이 열렸다. 나는 열린 문 안으로 고개부터 디민 다음 조심스럽게 집 안으로 들어섰다.

"할머니, 저 왔어요."

"어머, 언니?"

나는 화들짝 놀라 손에 들고 있던 음료수 선물 세트를 떨어뜨렸다. 음료수 병들이 든 박스가 현관 턱에서 마당으로 엎어지며 요란한 소리를 냈다.

쌍둥이였기에 그 얼굴은 나와 같았고, 쉽게 알아볼 수 있었다. 내 눈앞에 나타난 것은 여동생 미진이었다. 식물인간 상태로 십 수년 동안을 움직이지 못하고 말도 못한 채 와병한다던 여동생 말이다. 그런 여동생이 어둑한 집 안에서 스스로의 힘으로 터벅터벅 걸어 나와 웃는 얼굴로 나를 반겼다.

"미…진이?"

"언니, 왜 그래? 괜찮아?"

여동생이 생글거리는 표정으로 말했다. 나는 아무 대답도 꺼내지 못하고 아무런 행동도 취하지 못한 채 입을 손으로 가리고 그저 놀라는 것만 할 수 있을 뿐이었다.

"왜 그래? 귀신이라도 본 것처럼?"

여동생이 웃으며 내 곁을 스쳐 지나가 마당에 널브러져 있던 음료수 세트를 집어 들고 다시 집 안으로 들어왔다.

"들어와! 할머니는 잠시 마실 나가 계셔. 나도 조금 있다가 나가 봐야 해. 요즘 축제 준비 때문에 바쁘거든."

"…너 괜찮아?"

여동생이 내 말에 나를 향해 몸을 돌렸다. 흰색 원피스의 주름진 치마 부분이 하늘하늘 나풀거렸다.

"많이 좋아졌지? 청금님이 이렇게 해 주신 거야."

"청금님?"

"얼른 들어와. 나 집에 오래 못 있어."

나는 동생의 재촉에 따라 일단 손으로 벽을 짚어 후들거리는 다리를 겨우 가누며 집 안으로 들어섰다. 집은 현관문 앞에서 곧장 뻗은, 복도 같은 짧은 통로의 좌측으로 방 두 개가 있는 단순한 구조였다. 오른편에는 싱크대가 있고, 뒷문을 나서면 뒷간이 있었다. 동생은 개중 안쪽 방, 식물 상태로 누워 있을 적의 동생이 사용했던 작은 방으로 나를 안내했다.

"언니는 이 방 써. 할머니 밤에 코 엄청 골아서 할머니하고 같은 방에서 자면 잠 못 잘걸?"

동생은 이렇게만 말하고는 방 밖으로 나가려 했다. 나는 다급히 동생의 팔을 잡으려 했지만 충격으로 벌벌 떨리는 팔은 목표에서 미끄러져 동생의 치맛자락을 부여잡았다.

"너 정말 괜찮은 거야? 이제 다 나은 거야? 완전히?"

"보면 몰라? 아주 멀쩡해. 깨끗하게 나았다고. 왜? 내가 나은 게 불만이야?"

"아냐, 아냐. 그냥…, 그냥…."

"흐음…. 언니 내가 일어났다는 거 몰랐었지? 오랫동안 연락을 안 했으니까. 그래도 이제 알았으니까 됐지, 뭐."

나는 언제나 과거를 잊어버리려 노력하지만, 생각보다는 잘 되지 않는다.

그토록 오랜 기간 동안 심적으로 거리를 두고자 애써 왔건만, 동생이 다시 의식을 되찾고 스스로 걸을 수 있게 되었다는 사실에 안도감에 들자 나도 모르게 눈물이 뚝뚝 흐르기 시작했다.

"다행이다. 정말 다행이야."

"아니, 왜 울어, 언니."

동생이 나를 껴안고 치맛자락으로 눈물을 닦아 주었다. 나는 동생의 치마를 얼굴에 덮은 채 코도 풀고 침도 흘리며 정신없이 울어댔다.

03

정신을 차리니 방 안에서 이불을 덮고 홀로 누워 있었다. 휴대폰을 더듬어 시간을 확인하니 어느새 점심이 지나 오후 3시였다. 동생의 모습은 보이지 않았다. 직전까지 내장이 튀어나올 것 같은 느낌이 들 정도로 울었던 것까지는 기억나는데, 그러다가 깜빡 지쳐서 잠들어 버렸던 것 같다.

처음에는 동생이 다시 말하고 걸을 수 있게 되었다는 사실을 마주하고 감정이 복받쳐 울다가, 어느새 이곳 동금리까지 흘러 들어오게 된 다양한 연유에도 마음이 가 닿은 탓에 결국에는 나도 내가 왜 우는지 모르는 상태가 되어 주체할 수 없이 울어 버리고 말았었다.

문득 좁고 어두운 방이 너무나도 갑갑하게 느껴졌다. 나는 방에 딸린 작은 창문을 열고 시야에 병풍처럼 펼쳐진 산을 내다보았다. 그러고 한동안 멍하니 있자니, 이 복잡한 감정을 해소하기 위해서 누군가 이야기를 나눌 사람이 필요하다는 생각이 들었다. 나는 휴대폰을 꺼내 순일이에게 전화를 걸었다.

순일이는 내가 고2 때 자퇴하고 출강하던 미술 학원에서 만난 아이였는데, 나와 똑같이 입시에 실패한 후로는 지인 소개로 만난 남자와 결혼해 지금은 포천에서 살고 있었다. 남편은 이공계 대학을 나와 품질 관리 일을 하고 있는 사람으로, 벌이는 괜찮아 어느새 사이에 애가 둘이었다.

둘째는 아직 갓난아기였지만 첫째인 명철이는 이제 초등학교에 다니고 있었는데 순일이가 포천으로 이사 가기 전에는 간혹 집에 놀러 가 명철이하고 마리오 파티를 하며 놀아 주고는 했다. 한때는 그래도 웹툰을 준비하려던 가락이 있는 사람이라 마리오 파티에 오리지널 배경 스토리를 끼얹어서 명철이와 일종의 역할극을 하며 게임을 해 주었는데, 그렇게 노는 게 인상에 깊게 남았는지 아들이 "미영이 이모 언제 오냐"고 매일같이 노래를 부른다며 순일이가 불평하고는 했다.

그러나 순일이가 포천으로 떠난 후로는 한 번도 보지 못했다. 이번에 내가 포천으로 온다는 사실을 알게 된 순일이가 이제 곧 명철이 생일이라면서 자기 집에 한번 들르라고 언질을 주었건만 아무래도 내 정신 상태가 정상이 아닌 터라 여태 망설이고 있던 차였다.

"어, 미영아! 포천에는 들어온 거야?"

전화를 받은 순일이의 목소리 너머로 아동용 프로그램에서 흘러나오는 듯한 과장된 효과음과 함께 아이들의 깔깔대는 웃음소리가 들려왔다.

"응, 할머니네 집에 와 있어."

"별일은 없고?"

"응."

"있는 데가 동금리라 그랬지? 찾아보니까, 우리 집에서는 차로 대충 한 시간 거리더라고. 왔으니 언제 한번 봐야지?"

"안 그래도 그것 때문에 전화했어. 명철이 생일이 언제였지? 그때 한번 찾아갈까 해서."

"아이고, 그때는 안 돼. 생파할 때는 제 친구들 불러서 놀게 할 거라서, 어디 다른 날 밖에서 나랑 만나서 놀자. 우리 집에는 갓난애 있어서 자고 가라고는 못하겠네. 애가 어찌나 밤마다 울어 대는지…."

"애들은 잘 지내?"

한동안 순일이는 육아의 괴로움을 주제로 하는 길고 긴 이야기를 늘어놓았다. 내 이야기를 하려고 전화했다가 졸지에 듣는 입장이 되어 버린 상황이었다. 어느새 어제 오전 이후로 충전해 놓지 못했던 휴대폰 배터리가 다 소모되어 경고음이 울렸다.

"아, 나 배터리 없어서. 잠깐 충전기 찾고 다시 전화할게."

"아냐, 아냐. 새 집 와서 정신 없을 텐데 내가 너무 내 얘기만 했네. 아, 요즘 스트레스가 너무 쌓였단 말이야. 애 둘 있는 거 혼자서 건사하기 힘들어 죽겠는데, 남편 회사가 야근을 어찌나 많이 시켜대는지, 아유, 바로 어제도 그것 때문에 육아 배분 문제로 한바탕 했단 말야."

그러고 순일이는 잠시 동안 말이 없었다. 무언가 충동적으로 일을 저지를 때마다 늘 이렇게 도중에 하던 말을 쉬었기에 나는 대충 다음에 무슨 이야기가 나올지 짐작이 갔다.

"야, 이건 안 되겠다. 오늘 너 나와야겠다. 나약한 휴대폰 배터리 따위로는 내 이야기를 전부 감당할 수가 없다. 엄마 불러서 애 좀 하루만 봐 달라고 하고, 나는 사랑하는 너랑 숨 좀 돌려야겠다."

"갑자기? 나 오늘 집에 도착해서 아직 할머니 얼굴도 못 봤는데?"

나는 여동생에 대해서는 순일이는 물론 누구에게도 말한 적이 없었다. 말하기 위해서는 기억해야 했기 때문이었다.

"어차피 거기 있어도 할 거 없잖아. 오늘부터 농사라도 지을 거야?"

"그래도…."

"너 지금 그 새끼 일 때문에 우울하다고 땅 파고 있을 게 눈에 선해요. 이런 건 모처럼 기분 난 김에 모여서 놀아야지 나중에 약속 잡고 느릿느릿하게 만나면 재미가 반감된답니다. 그냥 그 집에는 하루 미뤄서 들어간다고 생각하고, 오늘은 나랑 놀다 모텔에서 자면 안 돼? 응? 응? 우리 남편 직장 사모님들은 다 고상하신 분들이셔서 나 입에 거미줄 쳐질 지경이란 말이야. 자, 결정, 결정. 빨리빨리. 응? 응? 엉? 엉? 앙? 앙?"

그렇게 재촉하는 순일이의 목소리는 엄청나게 들떠 있어서, 나는 그 부탁을 거절했을 때 마주해야 할 불편한 분위기를 견딜 수 없을 것 같았다. 나는 나직이 한숨을 쉬고 대답했다.

"알았어, 네가 정 그렇다면."

"좋아! 그럼 오후 5시에 송우리에서 보자. 거기 너네 마을 정류소에서 138-9번 버스 타면 한 시간 정도 걸려서 송우리 시외버스 터미널에서 선다고 나오거든? 미리 다 조사해 놨다는 거 아니냐. 거기 터미널로 가서 기다리고 있을게, 도착하면 전화해! 아마 내가 먼저 가 있을 거야. 저녁은 내가 살게!"

예기치도 못하게 약속이 잡혔다.

사실 오랫동안 보지 못하다 면전에서 다짜고짜 울며 기절해 버린 상황에서 동생을 다시금 대면할 생각을 하자 어딘지

민망하고 어색한 느낌이 들기도 했기 때문에, 내 입장에서도 반쯤은 도피하려는 심정으로 승낙한 것에 가깝기는 했다. 어차피 이렇게 되어버린 거, 일단 오늘 하루 동안만큼은 마음 편히 놀면서 마음을 가다듬을 수 있는 시간을 가진다면 보다 평정한 마음으로 이제는 피할 수 없는, 동생과의 새로워진 관계에 임할 수도 있을 것 같다는 생각이었다.

일단은 집에 누가 있나 확인하러 집 안과 집 주변을 둘러보았지만, 동생은 물론이고 할머니도 집에 안 계신 것 같았다. 아직 마실 나가서 돌아오지 않으신 건지 아니면 점심 먹으러 오셨다가 내가 자는 것을 보고 다시 나가신 것인지까지는 알 수 없었다. 나는 들고 온 여행 가방에서 스케치북을 꺼내 "죄송해요. 급한 일이 있어 송우리에 가니 내일 돌아올 거예요! 인사도 못 드리고 가서 죄송해요! 미영"이라고 큼지막하게 적어 놓고는, 페이지를 찢어 할머니 방에서 찾아낸 청 테이프로 현관문의 간유리 위에 붙여 놓았다. 화장할 필요까지는 없을 것 같아서, 머리만 대충 정리하고 하룻밤 잘 때 필요한 물품과 속옷만 간단히 배낭에 넣어 서둘러 집을 나섰다. 버스 배차 시간을 보니 이번에 오는 것을 놓치면 30분 정도 기다려야 할 것 같았다.

그렇게 집을 나와 잰걸음으로 길을 따라 한동안 내려갔을 때였다.

"으아아아아아악!"

갑자기 남자의 비명소리가 들려오기 시작했다. 소리의 근원은 가까워 보였다. 그 소리가 어찌나 끔찍하게 들렸던지, 나도 모르게 당혹감에 걸음을 멈출 수밖에 없을 정도였다. 마치 고문이라도 당하고 있는 것인 양, 듣는 것이 괴로울 정도로 고통에 가득 찬 비명이었다. 한동안 가만히 서서 사위에 주의를 기울여보니 비명 소리는 내 시야를 기준으로 앞쪽 오른편에 세워진, 붉은색 기와를 인 벽돌집 안에서 들려오고 있었다.

그러나 그 자리에서 혼란스러워하고 있는 것은 나뿐만인 것 같았다. 근처 길가의 연석 위에 나란히 쪼그려 앉아 견과류를 까먹고 있는 할머니 두 분도 분명 나와 같이 이 비명을 두 귀로 듣고 있을 것이 분명함에도 아무런 동요를 보이지 않고 있었다. 문제의 집에서 대각선 맞은편, 내 왼편에 있는 담장이 낮은 집 안에서는 허리가 구부러진 할머니 한 분이 마당에 있는 수도꼭지에서 대야에 물을 받고 있었고, 쪽마루 위로 열려 있는 문 너머에서는 머리를 빡빡 깎은 초등학생 정도의 남자아이 하나가 방 안에서 태평스레 발을 쭉 뻗고 TV를 보고 있었다. 그들 모두 끊이지 않고 들려오는 비명소리는 안중에도 없는 것 같았다. 마치 나만이 비명소리가 존재하는 다른 세상에 와 있는 것 같은 느낌이 들었다.

"으아아아아악! 크아아아아악! 어으으으으윽! 아하하하학!"

이제 비명 소리에는 마치 목에 피를 머금은 사람이 내지르는 것처럼, 가래가 끓는 듯한 끔찍한 소리까지 섞여 들어 있었다. 어찌 들으면 꼭 웃는 소리처럼 들리기도 했다. 나는 어찌할 방법을 찾을 수가 없어서, 그냥 서둔 걸음으로 그 자리를 피해 버렸다. 거리가 멀어짐에 따라 소리가 자연스레 잦아드는 것이, 내가 환청을 듣고 있었던 건 아닌 것 같았지만, 예의 소리가 닿는 범위에서 마주친 모든 마을 사람들은 그저 한결같이 태평하고 일상적인 태도를 영위하고 있을 뿐이었다. 혹시 어딘가 아픈 사람이 늘 저렇게 비명을 지르기에 마을 사람들이 익숙해져 있는 것일까? 나는 대체 무슨 일을 겪어야 사람이 그토록 괴롭게 들리는 비명을 지를 수 있는 것인지, 도무지 상상할 수조차 없을 것 같았다.

이런저런 생각을 하며 걷다 보니 어느새 동구였다. 멀찍이 산을 돌아 나오고 있는 버스가 내가 탈 버스가 분명했기에 아차 싶어 뛰기 시작했다. 그때 버드나무 아래 평상에 앉아 있던 노인들 중 넷이 우르르 몰려들더니 내 앞을 막아섰다. 개중엔 아침에 피가 듣는 자루를 몽둥이로 내려치던 사람들도 섞여 있었다. 나는 깜짝 놀라 그 자리에 멈춰 설 수밖에 없었다.

"네? 네?"

"어디 가?"

뒷짐을 지고 있는, 보라색 저고리를 입은 할머니가 내게 물었다.

“저, 친구 만나러 송우리에 가는데요?”

너무 당황스러운 상황이었기에 나도 모르게 쓸데 없는 말까지 입밖으로 늘어놓고 말았다. 내 대답을 듣자, 곁에 있던 흰색 모시옷을 입은 할아버지가 다짜고짜 나에게 쏘아붙이기 시작했다.

“무슨 소리야?! 남의 동네에 들어왔으면 당연히 36일 동안은 바깥으로 나가지 못하는 거잖아! 그것도 몰라?”

“네?”

태어나서 처음 들어보는 괴상한 논리를 당연하다는 듯이 들이미는 태도에, 나는 무작정 두려움을 느낄 수밖에 없었다. 그래서 그만 자제하지 못하고 고함을 질러 버리고 말았다.

“그게 무슨 말씀이세요? 제가 왜 그래야 하는데요!”

“허허, 참.”

모시옷의 할아버지가 기가 막힌다는 듯이 혀를 차더니 뒷짐을 진 채 등을 돌려 버렸다. 내가 타려는 버스가 어느새 정거장 직전까지 와 있었다. 지금 당장 전력 질주를 하지 않으면 놓쳐버릴 것 같았다.

“저, 저 버스 타야 해요!”

나는 황급히 길을 가로막고 있는 노인들을 힘으로 비집고 빠져나가려 했지만, 그 순간 우악스러운 손길이 내 목덜미를 낚아챘다.

"꺄악!"

"아이, 이 아가씨가. 가긴 어딜 가!"

뒤를 돌아보니 어느새 나타난 아줌마 한 명이 잔뜩 찌푸린 얼굴로 나를 쳐다보고 있었다.

"왜 이러세요? 제가 뭘 잘못했는데요!"

나는 겁이 나서 울먹이며 소리쳤다. 아줌마는 적반하장으로 내게 따지듯이 말했다.

"아니, 아가씨가 오늘 마을에 들어와 놓고 오늘 나가려고 하니까 붙잡은 거 아니야! 남의 마을에 들어왔으면 36일 동안 머물러야 하는 거 알잖아. 학교에서 배웠을 것 아니야! 젊은 사람이니까 우리보다 더 똑똑할 거 아니겠어? 당연히 우리보다도 더 잘 알고 있어야지!"

다시 정류장 쪽을 보니 버스는 이미 떠나고 없었다. 너무나 답답하고 막막한 심정이었다. 마음속에서 천불이 올라왔다.

"그게 무슨 소리세요! 대체 언제부터 그런 법이 생겼어요!"

내 말에 보라색 저고리의 할머니가 주변의 노인들을 돌아보며 농담하듯이 말했다.

"허허허. 난중에는 아예 밥 먹고 물 마시는 것까지 왜 그러느냐고 따지겠네."

체크무늬 셔츠를 입은 할아버지가 나에게 삿대질을 하며

버럭 고함을 질렀다.

"요즘 것들이 다 이래! 언제부터 그러긴 언제부터 그래. 원래부터 그랬지! 네 애비 에미가 집에서 그렇게 가르쳤어?"

아줌마가 내 몸을 거칠게 밀며 말했다.

"아가씨! 아무리 그래도 그런 기본적인 것까지, 어? 어기려고 하면 안 되지! 도시 사람이라고 시골 사람들 무시하는 거야? 어? 나도 도시 가 봤어! 도시에서도 다 다른 지방 가면 그러고 사는데, 아가씨가 뭔데 혼자서만 당연한 걸 안 하겠다는 거야? 아가씨가 뭐 공주라도 되는 거야?"

나는 억울한 마음을 주체할 수가 없어 쪼그려 앉아 울기 시작했다. 이 사람들이 왜 이러는지 도대체 알 수가 없었다.

"할머니, 뭐 하세요?"

그런 내 귀에 지금까지 듣지 못했던 새로운 목소리가 들렸다. 방금 전까지 나와 말다툼하던 아줌마의 괄괄한 목소리보다 부드럽고 젊게 느껴지는 여성의 목소리였다.

"아니, 글쎄. 이 아가씨가 오늘 마을에 들어왔거든? 근데 오늘 마을을 나가겠다는 거야 글쎄!"

잠시 침묵이 있었다. 이내 누군가 내 팔을 잡고 일으키려 힘을 주었다. 그와 함께 젊은 여성의 희미하게 떨리는 목소리가 내 바로 곁에서 들렸다.

"저기요, 괜찮으세요? 잠깐만 일어나 보세요. 제가 다 설명해 드릴게요. 저기요."

"설명을 뭐 하러 해! 당연히 알고 있는 건데. 모르는 척하는 거지."

"할아버지, 이분은 제가 잘 타일러서 알아듣게 해 볼게요. 봄 햇볕이 따가운데 그늘에 가서 쉬고 계세요."

"그랴. 선생이 또래 같으니까 잘 말 좀 해 봐."

"허참. 별꼴을 다 보겠네."

사람들이 흙을 밟으며 멀어져 가는 소리가 들렸다.

"저기요. 할머니, 할아버지 다 가셨어요. 이제 일어나셔도 괜찮아요."

나는 고개를 들고 눈물이 그렁그렁한 눈으로 내 팔을 잡고 있는 사람을 올려다보았다. 분홍색 스쿠터 헬멧을 쓰고 있는, 내 또래 정도로 보이는 여자였다. 전체적으로 순해 보이는 인상이었지만 표정이 딱딱하게 굳어 있었다. 나만큼은 아니었지만 분명히 무언가에 겁을 먹고 있는 것 같았다.

"당황스러우신 거 알아요. 저 할머니랑 할아버지가 이상한 얘기했죠?"

"…."

"어디서 오셨어요?"

"네?"

"오늘 이 마을에 왔다면서요. 어디서 오셨어요? 중요한 얘기니까 일단 그것만이라도 말씀해 주시면 안 되요?"

반쯤은 애원하는 듯한 어조였다. 목소리에도 희미하게 울먹거림이 섞여 있었다.

"인천에서…요."

"오늘 마을에 들어왔다고요?"

"네…."

여자가 침을 꿀꺽 삼켰다.

"저는 여기 분교장에서 초등학생들 가리키는 교사예요. 이름은 송민희고요. 나이는 서른한 살."

"이 마을에 학교가 있었어요?"

마을에 학교가 있다는 말은 금시초문이었다.

"5년 전에 임시로 생겼어요. 그때 저기 금순리 임대아파트가 철거되면서 거기 살던 사람들이 여기로 많이 이사 왔거든요. 개중에 초등학생들이 다섯 있어서, 걔네들 졸업할 때까지 임시로 분교를 만든 거예요."

"저는 이 마을에서 나가야 하는데…."

"알아요. …저는 저 할머니 할아버지들이 한 말이 잘못된 말이라는 거 알아요. 제가 다 설명해 드릴게요. 일단 일어나 보세요."

나는 자리에서 일어났다.

"왜… 왜들… 저러시는…."

선생은 검지를 입에 가져다 댔다.

"여기서는 곤란해요. 마을 사람들에게 들키면 안 돼요. 내 스쿠터 타고 내 집에 같이 가요."

"제가 왜 그래야 되는데요?"

"왜냐하면 저도 갇힌 처지거든요. 못 믿겠다면 저도 어쩔 수 없지만, 제대로 된 설명을 듣고 싶다면 저를 따라와야 할 거예요. 저 외에는 이 마을 사람 전부…."

선생은 나오려는 울음을 필사적으로 삼켰다.

"이런 표현이 어떨지 모르겠지만… 미쳤어요."

그러나 겉보기에는, 지금 나와 대화하고 있는 선생이 가장 미쳐 있는 것처럼 보였다. 160센티 초반인 나보다도 머리 한 개는 작아 보였기에 신체적인 위압감은 없었고, 어조도 태도도 두려움에 움츠러든 것이 전체적으로는 무해한 인상이었지만, 기이한 신념을 깊은 곳에 담은 듯한 충혈되고 번들거리는 눈만은, 이 사람이 예사 사람만은 아니라는 사실을 역력하게 말해 주고 있었다.

"잠깐만… 전화할 데가…."

나는 일단 생각난 바가 있어 전화기를 꺼내 순일이에게 전화를 걸었다. 선생이 그런 내 모습을 보며 커다란 눈알을 바쁘게 굴렸다. 신호음이 두 번 가고 순일이 전화를 받았다.

"어, 미영아. 버스 탔어?"

"순일아! 여기 마을 사람들이 좀 이상해! 오늘 마을에 들어왔다고 막 못 나가게 하고!"

"어? 아…."

잠시 침묵이 이어졌다.

"아! 맞아, 맞아. 새로운 지역에 들어가면 36일 동안은 그 지역에서 머물러야 하는 규칙이 있잖아! 왜 그걸 생각 못 한 거지? 어? 아! 나도 애들 두고 다른 지역으로 가면 안 되지! 어떻게 이런 걸 잊어버릴 수 있지? 미쳤나 봐!"

"무슨 소리야? 대체 무슨 소리 하는 거냐고!"

그때 선생이 내 어깨를 툭툭 두드렸다. 고개를 돌려 쳐다보니, 선생은 눈을 감고 고개를 저으며 손을 좌우로 흔들었다.

"무슨 소리라니? 그게 당연한 거 아니야?"

선생이 내 휴대폰을 손으로 밀어내며 내 귀에 대고 빠르게 속삭였다.

"끊어요. 시간이 없어요. 저 믿어 주셔야 해요. 경찰도 한패고, 무선 인터넷 안 되는 건 확인해 봤나요?"

선생이 내 휴대폰을 손가락으로 가리켰다.

"지정된 지역이 아니면 전화도 되지 않을 거예요. 지금 통화하는 사람 어디 사나요?"

"군내면…."

"아, 어떻게 해…. 벌써 거기까지."

선생은 완전히 낭패라는 표정으로 양손을 뒤통수에 깍지 끼고서는 제자리에서 한 바퀴를 돌았다. 멀리 평상에서 노인들이 우리를 가만히 지켜보고 있었다. 선생이 다시 나를 보며 말했다.

"이제 저희 둘 밖에 없어요. 어차피 여기서 나가지 못하실 거에요."

"갑자기 그렇게 말하셔도…"

04

선생은 나를 스쿠터에 싣고는 쏜살같이 달려 마을 서쪽, 산맥을 면하고 있는 외진 건물로 데려갔다. 스쿠터가 출발한 직후, 선생은 나에게 이런저런 것을 물어 오기 시작했다.

"이 마을에는 어쩌다가 오셨어요?"

"그냥, 원래 살던 곳이 여기라서요."

"원래? 얼굴을 처음 보는데요?"

"어릴 적에 살다가 이사 갔어요."

"혼자 살아요?"

"아뇨. 할머니하고… 동생이 있어요."

"할머님 성함이?"

"김순자요."

"…그 아파서 누워 있다던 그분 집 맞나요? 미진 씨라는?"

"…네."

선생은 그 대화를 마지막으로, 목적지에 도착할 때까지 아무런 말이 없었다. 선생이 나를 싣고 간 곳은 외벽을 밝은 회색으로 칠한 단층 건물로, 가정집보다는 관사 같은 느낌이었다. 자물쇠가 딸린 금속 문과 철창을 댄 창문이 한 개의 방마다 하나씩 딸려 총 세 개의 방이 있는 것 같았다. 선생은 스쿠터에서 내린 뒤 무언가 말을 걸 틈도 없이 내 손목을 우악스럽게 쥐고는 나를 그 건물로 끌고 갔다.

"어서요. 어서요. 바깥에 오래 있으면 안 좋아요."

선생은 맨 오른쪽 끝에 있는 방문으로 다가가서는 주머니를 뒤져 열쇠를 꺼내더니 떨리는 손으로 자물쇠를 열었다.

"빨리, 빨리."

문이 열리고, 선생은 방 안으로 뛰어들어갔다가 잠시 뒤 검은색 오토바이 헬멧을 들고 날듯이 나와서는 그대로 들고 온 헬멧을 내 머리에 씌웠다. 원래 쓰고 있던 분홍색 헬멧은 여전히 자기 머리에 착용한 상태였다. 헬멧 내부에 은박지 같은 것이 덕지덕지 발라져 있어서, 머리에 헬멧을 쓰자 버석거리는 소리가 귀를 간지럽혔다.

"이거 계속 쓰고 있으셔야 해요. 절대 벗으면 안 됩니다."

뒤이어 선생은 나를 방 안으로 안내했다. 그러나 문을 넘어서자 보이는 것은 방 한가운데 세워진 사각형의 거대한 구조물이었다. 냉장고, 세탁기, 싱크대, 화장실과 같이 생활에 필수적인 부분들을 이용할 최소한의 공간만을 남겨둔 채 나머지 공간은 온통 그 구조물이 차지하고 있었다. 구조물의 벽면은 은색으로 번쩍거리고 있었다. 재질이 은박지처럼 보였는데, 울어 있지 않은 것으로 보아 주방용 포일이 아니라 알루미늄 테이프를 집요함이 느껴질 정도로 덕지덕지 발라 놓은 것 같았다. 지금이라도 도망쳐야 할까 말까 수백 번 고민하는 사이에 선생이 내 등 뒤에서 방문을 닫았다.

"이 안으로 들어오세요. 서둘러요!"

선생은 창문에 커튼을 쳐 놓고는, 구조물의 특정 지점에 손을 가져다 대더니 벽면의 일부를 잡아당겨 문처럼 열었다. 문이 열려 드러난 단면 부분을 보니 구조물 자체는 골판지로 만들어져 있는 것 같았다. 나는 머뭇거리면서도, 어찌어찌 선생이 인도하는 대로 골판지 박스 안으로 들어섰다. 내부는 생각외로 특이할 것은 없었다. 안쪽 벽면도 온통 은박지가 발라져 있었고, 안과 면 부분이 비어 있는 피라미드 형상으로 만든 물체가 내부를 꽉 채우고 있을 뿐이었다. 은박지를 표면에 두른 철사 같은 것으로 피라미드의 모서리를 삼아, 그 아랫면은 구조물의 바닥에, 꼭지점은 구조물 천장의 중심에 연결해 놓은 것이었다. 그리고 이부자리가 바닥에 깔려 있었고, 나머지는 전부 책상 주변에 쌓인 책과 종이, 필기 도구뿐이었다.

선생은 나에게 이 마을에서 일어난 기괴한 일들에 대해 이야기해 주겠다고 하고는 제 감정에 겨워 훌쩍이기 시작했다. 선생이 설명한 바에 따르면, 선생은 마을에 기묘한 기류가 흐르기 시작한 것을 감지한 이후부터 가능한 모든 사실들을 노트 두 개에 꼼꼼히 적어 두고 있었는데, 노트 하나는 기억을 되새길 필요가 있을 때마다 참조하는 노트였고, 나머지 하나는 백업을 위한 것이라고 했다. 선생은 참조용 노트를 뒤적여 가며 조금씩 자기가 기록한 내용들을 풀어놓았다.

"정확히 언제부터 이런 일이 일어났는지는 몰라요. 하지만 학생들이 이상한 이야기를 하기 시작한 것이 기록에 따르면 이제 겨우 3일이 되었어요. 그러니까, 그끄저께부터 뭔가 이상하다 싶은 일이 있었던 거예요. 무슨 이야기였냐 하면, 고통이야말로 최고의 헌신이라는 이야기하고, '청금님'이라는 분에게 배우는 것 외에 다른 배움은 필요 없지 않느냐는 얘기하고…. 저는 처음에는 그것들이 무슨 만화 같은 것에서 나오는 거라고 생각해서 대수롭지 않게 넘겼거든요. 근데 다음 날, 그러니까 그저께 학교에 출근하니까 학생들은 물론이고 나머지 교사들도 학교를 안 나오는 거예요. 제가 교감에게 전화해서 물어보니까 뭐 그런 당연한 것을 묻느냐고 하면서, 이제 큰 축제가 있으니까 자연히 학교도 문을 닫는 거라면서 말도 안 되는 설명을 하고…. 원래 그러는 거라고 하는데, 전 여기 전근 와서 몇 년 동안 축제라고는 한 번도 안 해 봤거든요. 그래서… 당황해서, 마을에 아는 사람들에게 물어보고 다녔는데, 진짜 한 명도 빠짐없이 똑같이 이상한 소리를 하고 있고. 그러다 보니까 다른 사람이 아니라 제가 이상해진 건가 싶은 마음까지 들어서 여태까지 쓴 제 일기도 전부 뒤져봤는데 축제를 했다는 기록은 일절 없고… 그래서 더 찾아보려고 하니까 갑자기 무선 인터넷도 유선 인터넷도 안 되고, 휴대폰도 안 터지는 거예요. 하도 이상해서 아예 차 타고 마을 밖으로 나가려 하니까 우르르 몰려나와서는 36일 타령을 하면서 못 나가게 하고, 오히려 저를 이상한 사람처럼 몰고…."

"잠깐만요. 전 아까 군내면에 있는 친구랑 통화했는데요?"

"시간이 지날수록 점점 통화가 가능한 범위가 넓어지고 있었어요. 그것도 꽤나 빠른 속도로. 그리고 통화가 다시 연결된 지역에 있는 사람이랑 이야기를 해 보면, 어느 순간 문득 또 축제 운운하면서 이상한 이야기를 하고 있고요. 제가 통화는 계속 시도해 보다가, 그저께 밤에 금순리에 있는 동료 교사랑 연결이 됐거든요? 근데 어제 아침에는 벌써 영북면까지 통화가 되더라고요. 축제에 대해 넌지시 물어보니까 전부 다 이전부터 항상 해오던 것이라고 말하고 있었고요. 오늘 군내면이랑 통화하셨다고 하니 확실히 갈수록 확장되는 속도가 빨라지는 것 같네요. 오늘 밤이면 포천 경계 너머까지 넘어갈 수도 있겠어요. 아니면 다른 방향에서는 벌써 넘어갔는데 제가 모르고 있거나… 여하간 금순리랑 통화한 그 시점에 아차 싶은 거예요. 지금 뭔가 거대한 세력이 전파를 가지고 장난질을 치고 있구나 하는!"

"전파요?"

"추정이기는 하지만, 그렇게밖에는 생각할 수가 없었어요. 사람들이 하루 아침에 다 이상해졌는데, 저만 멀쩡한 이유를 생각해 보면 그것밖에는 떠올릴 게 없거든요. 제가 이렇게 전파를 차폐할 수 있는 환경에서 살고 있었기 때문에 저에게는 세뇌의 영향이 미치지 않았던 거죠."

"이런 환경이요?"

나는 무슨 말인가 싶어 손가락으로 은박지와 피라미드를 차례로 가리켰다. 선생은 그런 나를 보더니 고개를 끄덕였다. 나는 당황해서 다시 물었다.

"이 은박지랑 피라미드요? 이건 그 이상하다는 일이 있고 나서 만든 게 아닌가요?"

"아뇨. 전 원래 이러고 살았어요. 태어났을 때부터 전파가 잘 받지 않는 몸이었거든요. 어릴 때부터 아토피하고, 의사들도 원인을 알 수 없다는 심혈관 질환이 있어서 자주 쓰러지고 그랬는데, 은박지로 전파를 차폐하는 환경에서 살기 시작하고서는 그런 증상들이 말끔히 가셔서, 저는 언제나 이러고 살았어요. 밖에 나갈 때는 항상 은박지를 덧댄 모자를 쓰고요. 그러니 세뇌 전파가 제 뇌까지는 건드리지 못했던 거죠."

"세뇌 전파요?"

선생은 책상에 놓인 노트북을 조작하더니 사진을 한 장 띄웠다.

"이걸 보세요. 제가 이 사실을 알아채고 어제 하루 동안 동네를 돌아다니면서 찍은 사진들이에요."

처음 띄워진 사진은 나대지에 높게 솟아 있는 형태의 커다란 휴대폰 기지국이었다. 마을에 처음 도착했을 때 도로에 면해 있는 것을 멀찍이서 본 기억이 있다.

"잘 보세요. 매크로 셀에 암청색의 나무뿌리 같은 게 달라붙어 있죠?"

확실히 그 말대로였다. 희미하게 푸른색으로 발광하는 두꺼운 뿌리 같은 것이 땅에서 뻗어 나와 기지국의 기둥 부분을 타고 올라가더니 안테나에 이르러서는 아예 일체가 되어 있는 형상이었다.

"이건 마을 반대편 저수지 쪽에 있는 스몰 셀이고요."

나무들 사이에 솟은 철제 봉 중간에 네모지게 만들어진 소형 기지국으로, 역시 암청색의 괴물체에 하나의 개체처럼 잠식당해 있었다.

"그리고 이건 저희 학교에 있는 중계기."

학교 옥상에 있는 안테나도 앞서의 안테나들과 마찬가지 상태 같았다.

"보셨죠? 이게 전파의 통로인 기지국에 달라붙어서 재밍인지 스푸핑인지는 모르겠지만 무언가를 하고 있는 거라고요. 그 결과가 휴대폰 장애고요. 이번엔 이걸 보세요."

이번엔 건물과 야외 등 다양한 장소에서 찍은 사진들로, 어울리지 않는 곳에 엉성하게 만든 금속 안테나들이 세워져 있었다. 모두 뿌리에 침식된 모습이었다.

"꼭 다이폴 안테나처럼 보이죠? 전력도 다들 제대로 연결되어 있어요. 이것들도 죄다 오염된 거예요. 어제 쭉 둘러보니까 어느새 이런 것들이 죽순처럼 여기저기 세워져 있더라고요. 이놈들은 지향성도 없는 놈이니, 아무래도 제 생각에는 이쪽이 세뇌 전파를 내뿜는 쪽 같아요. 그것뿐만이 아니라, 여기저기 돌아다니다가 문득 알게 된 건데 마을에 못 보던 사람들이 그 며칠 사이에 부쩍 늘어난 것 같더라고요. 모르는 척하고 물어보니까 이미 다 세뇌된 상태였지만요."

선생은 말하는 동안 점점 상태가 나빠져가는 것 같았다. 식은땀을 줄줄 흘리며 손톱을 물어뜯는데 손가락 끝에서 피가 배어 나왔다.

"제 추측에는 아마 기지국에서 스푸핑을 이용해 가짜 문자라도 보내던가 해서 외부 사람들을 영역 내로 유인한 다음 세뇌하는 것 같아요. 전파만 중간에 빼 올 수 있다면 기술적으로 전혀 어려울 것이 없거든요. 36일 운운도 아마 그것 때문이었겠죠. 요즘 사회가, 여기저기 복잡하게 얽혀 있기는 하지만 개인이 낯선 곳에서 당장 전파가 끊기고 인터넷 망이 막히고 교통이 주저앉으면 할 수 있는 것은 많지 않아요. 그러다 정신을 차리면 어느새 수많은 사람들이 세뇌된 상태고요. 아니면 그 자신이 세뇌되어 있거나!"

선생은 눈물이 글썽이는 충혈된 눈으로 나를 바라보았다.

"하지만 그쪽은 아직 세뇌를 당하지 않았죠. 독 전파에 일종의 저항성이 있는 것인지, 아니면 단순히 제가 먹을 거 사러 나갔다가 그쪽을 발견한 타이밍이 좋았던 것인지는 모르지만, 여하간 무언가 돌파구가 될지도 몰라요."

선생은 얼굴을 양손에 파묻고 엉엉 울기 시작했다.

"저는 너무 무서웠어요. 이런 상황에선 혼자서 할 수 있는 일이란 게 없었고, 이대로 꼼짝 없이 일루미나티에게 당하는 게 아닌가 싶어서…."

"일루미나티요?"

"그럼 누가 이런 짓을 저지르겠어요? 5G 얘기가 나올 때부터 알아봤어! 결국 인공지능 로봇의 신체 협응력이 인간을 넘어서서 인간의 필요성이 떨어지니까, 이제는 인간을 세뇌해서 단순한 기계 부품처럼 만들어 버리려는 거라고요. 지금 출산율 떨어지는 것도 다 놈들이 켐트레일로 불임 약제를 뿌려서 인간의 수를 통제 가능한 수준까지 줄이려는 계획이고요."

선생은 눈물 콧물이 잔뜩 묻은 양손으로 내 두 손을 부여잡으며 말했다.

"일단 놈들에게 들키지 않고 제정신인 사람들을 최대한 늘려야 해요. 우리 둘이면 어떻게든 해 볼 수 있을 거예요."

"그런 것보다는 경찰이나… 군대에 알려야 하지 않을까요?"

선생은 나를 노려보았다.

"당연히 국가의 고위층들은 모두 한패죠! 그것들은 전부 렙틸리언이에요. 그거 알아요? 렙틸리언은 외계인이 아니에요! 인공적으로 진화된 인간들이죠! 인간의 지능에 파충류의 마음, 현대 자본주의 사회에 최적화된 인간형들이란 말이에요. 그렇기 때문에 놈들이 우리들을 이처럼 성공적으로 지배할 수 있는 거고요."

선생은 두 손으로 머리를 쥐어뜯으며 중얼거리기 시작했다.

"하지만 장비가 있어도 전파에 저항하는 건 힘들어요. 저도 느껴지거든요. 원래부터 알고, 믿고 있었던 것들이 점차 희미해지고… 모래처럼 거슬리게 느껴지는 낯선 생각들이 조금씩 스며들어와서는…. 그래서 정신을 바짝 차려야 해요. 내가 지금 알고 있는 것들을 철저히 기록해 두고, 진실을 계속해서 머릿속으로 되새겨야만 해요. 말 그대로 계속해서… 잠도 시간 단위로 쪼개 자면서 계속 생각하는 거죠. 조금 더 철저하게 전파를 차폐할 수 있는 환경을 확보하기 전까지는, 이런 식으로 끊임없이 싸워 나가야만 해요."

선생은 주먹으로 책상을 내리쳤다.

"누가 질 줄 알고? 누가 질 줄 알고! 저기요…, 난 오늘 밤 여길 탈출할 거예요. 놈들이 축제에 대해 이야기하는 것을 가만히 들어보면, 아마 오늘 저녁부터 이 마을에 있는 놈들이 한데 모여서 무언가를 하려고 하는 것 같아요. 오늘 밖에 나갔다가, 축제 행렬이라는 것 문제로 저녁 먹고 마을회관으로 몽땅 모이라는 지침이 떨어졌다는 걸 들었어요. 그러면 분명 마을을 둘러싸고 있는 감시망도 약화될 테니 도망치는 게 어렵지는 않을 거라고요. 축제라는 게 정확히 뭔지는 모르겠지만, 우리같이 제정신 박힌 사람에게는 절대로, 절대로 좋은 일은 아닐 거예요. 도망치는 게 필경 상책일 거라고요. 이미 내가 봐둔 곳이 있어요. 마을 동쪽으로 사과 농원 있는 거 알죠? 거기 지나서 나오는 변전소 뒤편에 있는 산으로 들어갈 거예요. 길이 없는 산이지만 산 너머에 송전탑이 있어서 그걸 지표로 방향을 잡을 수 있을 겁니다. 난 적당히 어두워지기 시작하는 6시 반에 결행할 거예요. 어떻게 할래요?"

나로서는 낭패라는 마음이 앞섰다. 마을 사람들이 이상한 행동과 이상한 말을 하는 이유를 설명해 주겠다고 하여 따라 왔건만, 그 설명 또한 믿기 힘들고 난해한 것이었기 때문이었다. 믿을 수 있는 정보는 제한되어 있는데 선택할 시간은 부족했다. 나는 생각을 가능한 단순화시키기로 마음먹었다.

일단 마을 사람들보다는 선생을 믿는 편이 나을 것 같았다. 이대로 마을에 주저앉는다면 지금과 같은 상황에 정체되는 것밖에는 되지 않지만, 선생을 따라 나선다면 무언가 새로운 것을 알거나 보게 될 가능성이 생기기 때문이었다.

그러나 외할머니와 동생이 마음에 걸렸다. 동생은 내 앞에서 '청금님'이라는 이름을 직접적으로 언급했으니, 선생의 표현에 따르자면 이미 세뇌되어 있을 것이 분명했다. 그렇다면 아마 외할머니 또한 동일한 상태일 가능성이 컸다. 그래도 마지막까지 확실하게 확인은 해 보고 싶었다. 축제 때 도대체 무슨 일이 일어날지도 모르는데, 아무리 오래 보지 못한 사이라고 해도 유일하게 둘 있는 가족을 내버리고 갈 수는 없었다.

"같이 갈게요. 하지만 그전에 집에 좀 다녀와야겠어요. 중요한 짐이 거기 있어서요."

"난 약속 시간에서 더 기다리지는 않을 거예요. 여기 시계 하나 줄게요."

선생은 내게 빨간색 손목시계를 건넸다.

"제 시계랑 똑같이 맞춰 놓은 거에요. 오후 6시 반에 사과 농장 뒷편에 있는 변전소에서 만나요. 여기는 해 빨리 지는 거 아시죠? 늦으면 혼자 가 버릴 테니까, 절대 늦지 말아요. 거기서 어디로 갈지는 만나서 얘기해 줄게요."

그러고는 내 헬멧의 턱 끈을 단단히 조여 주었다.

"헬멧은 절대 벗지 말고요. 그리고…."

선생은 내 눈을 똑바로 바라보며 말했다.

"이유는 모르겠지만… 제가 관찰한 바에 따르면, 이유는 도무지 모르겠지만… 세뇌된 사람들은 다른 사람이나… 자기 자신을 고통스럽게 만드는 데 이상하게 집착하게 되는 것 같았어요. 그러니 그와 관련되어서 뭔가를 보게 되더라도, 무조건 시선을 다른 데다 두세요. 아니, 애초에 사람들이 좀 이상한 행동을 하는 것 같다 싶으면 고개를 바로 돌려버리고 절대로 쳐다보지 마세요. 비명 소리를 들었어도 아예 관심을 가지지 말고요. 나도 어제 그런 광경을 처음 보고 미쳐 버리는 줄 알았지만, 자세히 보니 그게 다 세뇌된 사람들이 자발적으로 하는 행동이더라고요. 원하지 않는 사람을 그렇게 만드는 건 아닌 것 같았어요. …내 말 이해한 거 맞죠?"

05

할머니는 집에 있었다. 본인의 방 안에서 낡은 브라운관 TV

를 열심히 들여다보고 계셨다.

"할머니!"

그러나 내가 불러도 할머니는 뒤를 돌아보지 않았다.

"할머니!"

소리를 질러보아도 마찬가지였다. 마치 나와 할머니 사이에 보이지 않는 두터운 벽이 있는 것처럼 말이다. 나는 할머니 곁으로 다가가 TV 화면의 불빛으로 번쩍거리는 할머니의 얼굴을 살펴보았다. 마치 무엇인가에 홀린 사람처럼, 할머니는 TV 안에서 이야기하고 있는 두 사람을 눈조차 깜빡이지 않고 바라보고 있었다.

실뿌리 같은 구조물로 휘감긴 실내용 지상파 안테나를 곁에 두고 있는 TV에는 아나운서같이 깔끔한 인상을 한 남자와 여자가 출현하고 있었다. 둘은 단정한 복장을 한 채로 실내 스튜디오 같은 장소에서 뉴스처럼 보이는 방송을 진행하고 있었다. 스튜디오는 전체적으로 낡고 음산해 보이는 모습이었는데, 아나운서 둘이 앉아 있는 테이블 아래에 '포천민영방송'이라는 글자가 적혀 있었다.

"네, 좋은 소식 잘 들었습니다. 파주시 분들이 아주 성심이 깊으신 것 같아요."

"맞습니다. 올해도 파주시 성도분들의 찬양으로 생태공원의 갈대밭이 비명과 피로 아주 아름답게 물들었다고 하는데요,

영상으로 보더라도 가을의 갈대밭과도 비교를 할 수 없을 정도로 참으로 아름다운 절경이 아닐까 싶습니다."

"본산이 위치한 우리 포천시 또한 본받을 점이 많은 것 같습니다. 자, 한 해 최대의 명절인 청금님이 내려오신 날 행사, 기념으로 포천민영방송에서 특집 방송, 보내 드리고 있습니다. 잠시 후 선교를 위해 해외에 나가 계신 성도분들의 영상 편지가 준비되어 있는데요, 그전에 잠시 포천 상황 좀 다시 볼까요?"

"네, 한 해 최대의 행사, 청금님이 내려오신 날 행사. 올해는 청금님께서 본산을 동금리에서 서울로 옮기실 예정이시기 때문에 더 특별한 것 같습니다."

"아니, 본산을 서울로 옮기신다면 포천은… 이제 어떻게 되는 것인가요?"

남자 아나운서가 과장되게 걱정스러운 목소리로 물었다.

"네, 본산은 서울로 변경되지만 그것은 어디까지나 행정적인 편의성 때문이고요, 동금리는 청금님께서 떠나신 뒤에 성지로서 지정이 되어 계속해서 신앙적인 요지로 남게 될 것입니다."

"아이고, 아주 경사스러운 일이 아닐 수 없습니다. 그러고 보니까 포천동에서는 청금님의 행차를 기념하기 위해 특별한 행사를 진행하고 있다고요?"

"네. 청금님은 오늘 오후 7시에 동금리를 출발하실 계획이십니다. 수행하는 성도들이 지쳐 죽으면 현지의 성도들이 자발적으로 나와 충원을 하는 식으로, 오늘 저녁 7시부터 축제날인 내일 하루 내내 행차가 이루어져 예측 상으로는 내일 자정, 광화문에 입성할 예정인데요, 그래서 청금님이 지나가시기로 되어 있는 경로상에 거주하고 있는 성도들이 자발적으로 찬양 의식을 진행하고 있다고 합니다. 특히 포천동에서는 현재 청금님이 지나실 도로를 성별해 드리기 위해 나선 주민들이 도로 위에서 스스로 일제히 배를 갈라 쏟아져 나온 내장을 길에 펴 바르고 있는 모습, 보실 수 있습니다."

"원래는 청금님이 사용하시는 물건들을 성별할 때 사용하는 방식이죠. 그러한 예법을 청금님이 걸어가실 길에 적용했다는 것이 참 미소가 지어지는 발상이 아닐 수 없습니다. 참여한 성도분들이 극한의 고통에 괴로워하는 모습들을 보세요. 얼마나 아름다운 모습입니까."

그러고 이어진 자료 영상은 도무지 내가 맨정신으로 견뎌낼 수 있는 것이 아니었다. 나는 화면에 펼쳐진 적나라한 붉은색을 보고는 그대로 방바닥에 토를 쏟으며 집 밖으로 굴러 나왔다. 스피커에서 터져 나오는 수많은 사람들의 고통에 찬 비명 소리가 마치 내 뒤를 끝없이 따라오는 것만 같았다. 여기저기에 부딪쳤지만 통증은 문제가 아니었다. 그 순간 벽력처럼 순일과 명철의 얼굴이 떠올랐다. 군내면은 포천동의 지척에 있었다.

"어, 미영아."

수화기 너머의 순일은 울고 있는 것 같았다.

"아까는 미안했어. 어떻게 우리 둘 다 그런 걸 잊어버릴 수가 있나 몰라."

미세하게 스며드는 울음 뒤편에 무언가를 입에 넣고 우물거리는 소리도 섞여 들어 있었다.

"순일아, 괜찮아?"

"미영이 이모!"

명철이의 목소리였다.

"목소리 들었지? 얘가 아주 신났다."

통화가 끊어지고 잠시 뒤 영상 통화가 걸려왔다. 통화를 받자 순일이의 벌게진 얼굴 반쪽과, 그 너머 식탁 앞에 앉아 있는 명철이의 모습이 보였다. 명철이가 화면을 향해 손을 흔들고 있었다.

"명철이… 괜찮아?"

"어어, 축제 전야잖아. 그쪽은 좀 어때? 성도들 많이 모였지? 우리는 남편 산 채로 나눠 먹고 있어."

내가 뭐라고 대답하기도 전에 휴대폰 화면이 식탁 위로 옮겨졌다. 그 위에 올려져 있던 것은 몸의 여기저기가 참혹하게 잘려진 채 입가에는 피를 흘리며 거친 숨을 몰아 쉬고 있는 벌거벗은 성인 남성이었다.

"다행히 올해는 축제 전야라고 남편이 반차를 쓸 수 있게 해 줘서 말이야, 축제 기념 음식으로 먹을 수가 있었어. 원래 다들 하는 일이란 건 알지만, 막상 내 남편이 이렇게 되는 모습을 보니까 나도 따라서 죽을 것같이 마음이 너무 아픈 것 있지. 하지만 청금님이 이 고통들을 기쁘게 흠향하실 생각을 하니까, 기분이 너무 좋아."

순일이의 남편은 웃는 것처럼 꼬리가 올라간 입을 앙다문 채 고통에 겨운 신음처럼 들리는 나지막한 웃음을 흘리고 있었다. 내가 경악으로 얼어붙은 사이 둘째인 명훈이는 흘러나온 아빠의 창자를 양손으로 철벅거리고 있었고, 명철이는 익살스러운 얼굴로 휴대폰 화면을 쳐다보며 아빠의 잘려진 간을 입가로 가져갔다. 나는 더 이상 견디지 못하고 스마트폰을 벽에 냅다 집어 던지고는 바닥에 드러누워 버둥거리기 시작했다. 이해가 도무지 불가능한 광경을 본 충격으로, 혼란스러워진 정신을 도무지 가다듬을 수가 없었다.

"끄으으으윽! 끄으으으윽! 끄으윽!"

세게 물고 있던 앞니가 부러졌다. 도저히 숨을 쉴 수가 없어서 양손으로 가슴을 거세게 두드리며 공기를 폐로 밀어 들이려 했다. 몸을 뒤틀며 기절하기 직전이 되어서야 겨우겨우 호흡하는 방법을 되찾을 수가 있었다.

06

들떠 있는 동금리는 해가 떠 있을 때와는 다른 모습이었다. 무수한 차량들이 동금리로 들어오고 있었고, 마을은 순식간에 넘쳐나는 사람들로 범람을 이루었다. 사과 농장으로 가는 길 도중에, 나는 밭에서 칼을 들고 다른 아이 하나를 쫓아가고 있는 한 무리의 아이들을 볼 수 있었다. 쫓는 아이들도, 쫓기는 아이도 모두 기쁜 듯이 웃고 있었다. 이내 따라잡힌 아이의 몸 속으로 칼들이 꽂혀 들어갔다. 쫓기던 아이는 그제서야 긴 꿈에서 깬 것처럼 비명을 질러 대기 시작했다. 그러나 그 비명소리는 이미 마을을 가득 채우고 있는 비명인지 환호성인지 알 수 없는 소음에 섞여 하나의 화음으로 화하고 말았다.

산으로 이어지는 경사로에서 뒤를 돌아보았을 때는, 집의 옥상에서 대자로 누운 남자의 가죽이 그 곁에 달라붙은 세 사람에 의해 벗겨지는 모습을 보았다. 얼굴이 벌게진 채 몸의 군데군데 얼룩처럼 근육이 드러난 남자는, 어디에 묶여 있거나 누군가에게 붙잡혀 있는 것이 아님에도 그 참혹하기 짝이 없어 보이는 고통을 끔찍한 비명과 함께 순순히 받아들이고 있었다.

이러한 광경들은 내가 보고자 하여 본 것들이 아니었다. 그것들이 온 사위에서 벌어지고 있는 무수한 잔학들 중에서 그나마 내가 보고 견뎌낼 수 있을 만한 것들이었기 때문이었다. 고개를 들 때마다 시야를 가득 채우는 피와 내장의 향연 사이에서, 가장 끔찍한 부류의 잔학함으로부터 시선을 돌리고자 한다면 어쩔 수 없이 그러한 것들을 눈에 담을 수밖에 없었다. 눈을 감지는 못했다. 두 다리로 단단한 땅을 디디고 있다는 감각이 소실되고, 마치 구름 위를 걷는 것처럼 몽롱한 감각이 길을 걷는 내내 나를 따라다녔기 때문이었다. 마치 별세계에 온 것 같은 기분이었다. 냄새나 소리와 같은 말초적인 감각들은 너무나도 생생하게 느껴졌지만, 내 주변에서 스스로의 몸을, 혹은 다른 사람의 몸을 기쁘게 조각 내고 있는 사람들이 마치 다른 세계에 있는 것처럼 멀게만 느껴졌다. 어쩌면… 미친 것은 내가 아닐까? 잘못된 것은 다른 사람이 아니라 사실 내가 아닐까? 그런 의혹이 발걸음을 내디딜 때마다 거세어져 갔다.

오후 6시 27분, 마을은 군데군데 쌓아 놓은 장작더미에 불을 놓아 새빨갛게 달아올라 있었다. 선생은 변전소 앞에서 나를 기다리고 있었다. 모자를 쓰고 있지 않았기 때문에, 흘러내린 긴 머리카락이 산에서 마을을 향해 부는 바람에 휘날리고 있었다. 선생은 나풀거리는 녹색의 화사한 원피스를 입은 채로, 양팔을 벌려 나를 맞이했다.

"어서 오세요! 오늘 달 뜬 거 보셨나요?"

만월이었다. 선생의 눈은 몽롱해 보였다. 낯선 네 사람이 선생의 뒤편에 멀찍이 거리를 두고 부채꼴로 펼쳐져 우리를 지켜보고 있었다. 겉보기에 나보다 어려 보이는 남자와 여자들로, 소매와 밑단, 칼라가 금색으로 마무리된 하얀 수단 같은 옷을 입은 채였다. 선생이 나를 향해 밝은 미소를 지어 보였다.

"달빛이 참 아름답죠? 제가 살던 동네에서는 이렇게 달이 꽉 차서 밝을 때마다 늘 하던 일이 있었어요."

선생은 양손을 정수리에 가져다 대더니, 자기 손톱으로 두피를 갈라 좌우로 쪼개기 시작했다.

"끄아아! 끄아아아!"

선생의 얼굴은 화염처럼 붉어져서, 그 위로 흐르는 핏줄기가 잘 구분되지 않을 정도였다. 수단을 입은 사람들이 선생의 주변에 사각형으로 둘러서더니 하늘을 향해 양손을 뻗고는 흐느끼기 시작했다. 그들이 내는 울음소리 속에는 독특한 단선율이 포함되어 있었다.

"으아아아아아! 으아아아아!"

나는 기력이 빠져 바닥에 주저앉았다. 선생은 이내 두개골의 시상봉합을 열었다. 회색이 많이 섞인, 연녹색을 띤 뇌가 대기 중으로 드러나 창백한 달빛을 받으며 맥동했다.

"아하하하하! 아하하하하하하!"

선생은 얼굴이 피범벅이 된 채로 기쁘다는 듯이 웃으며 바닥으로 쓰러졌다. 마치 두꺼운 유리로 가로막힌 수족관 안의 물고기들을 보는 것같이 현실감이 결여된 느낌이었지만, 그럼에도 너무나 두려워 그 모든 광경을 보는 동안 나는 손가락 하나 움직일 수가 없었다. 심지어는 시선조차 돌릴 수 없었다. 눈을 돌려버리면 그 곁에서는 더 두려운 무엇인가가 일어나고 있을 것만 같아서, 눈을 감아버리면 내가 알고 있던 세계가 무너져 내리고 내장과 피와 비명만으로 가득 찬 새로운 세계가 나타나 있을 것만 같아서, 나는 선생이 자기 손을 통해 스스로를 부서뜨리는 그 끔찍한 꼴을 처음부터 끝까지 내 눈으로 볼 수 밖에 없었던 것이다.

"미진 사제님께서 기다리고 계십니다."

수단을 입은 사람 중 하나가 다가와 나에게 말했다. 그들에게 끌려가다시피 산을 내려오자, 산길의 초입에서 팔짱을 낀 채 가만히 서 있는 동생의 모습이 보였다.

나는 언제나 과거를 잊어버리려 노력하지만, 생각보다는 잘 되지 않는다.

좌우로 밀생한 나무들이 시야를 가렸기 때문에 잘 보이지는 않았지만, 그 나무들 너머에 있는 비명과 불빛으로 떠들썩한 차도 위에서 벌거벗은 채 맨발과 맨몸으로 무언가 육중한 것을 진 채 웃고 있는 듯한 수많은 사람들을 볼 수 있었다.

"왔어, 언니?"

동생이 나를 돌아보며 이빨이 전부 드러날 정도로 활짝 웃었다.

"우린 이제 떠나야 할 시간이야."

동생이 내 손을 잡고는 나를 차도로 이끌었다. 나는 이번에는 도대체 얼마만큼 끔찍한 광경을 보게 될 것인지가 두려워 움직이지 않으려 버텼지만 수단을 입은 네 사람이 나를 억지로 밀어 동생을 따라가게 했다.

나는 나무로 된 계단을 올랐다. 그렇게 내가 발을 디디게 된 곳은 지붕이 없는 거대한 누각과 같은 구조물로, 앞서 보았던 벌거벗은 수많은 사람들이 어깨에 지고 있었던 것이 바로 이것이었다. 높이 솟은 누각의 대(臺)에 오르자마자, 누각은 인력에 의해 천천히 차도를 따라 움직이기 시작했다. 그제서야 나는 비로소 누각의 앞뒤에 펼쳐져 있는 수많은 공포스러운 광경들을 한눈에 볼 수 있었다.

그것은 해가 넘어가기 시작해 부쩍 침침해진 청색의 대기 속에서 차도를 뚫고 지나가는 길다란 행렬이었다. 불타오르는 횃불과 다양한 빛깔의 번쩍이는 전깃불들이 그 긴 행렬을 좌우에서 밝혀 주고 있었다. 행렬은 끝이 보이지 않을 정도로 길었는데, 앞쪽으로 가장 멀리 보이는 것은 커다란 안테나를 지고 있는 이동식 기지국이었다. 그리고 그 기지국 뒤로는 지붕이 없이 널찍한 평상 모양으로 만들어져 그 위에 다양하고 기괴한 장식물들을 올린 거대한 누대들이 끝도 없이 이어지고 있었다.

누대에 올려진 장식물들은 대부분 사람들이었다. 어떤 누대에서는 산(酸)을 담은 욕조 속에 들어간 사람들이 서서히 녹아내리며 미소 띤 일그러진 얼굴로 몸을 뒤틀고 있는 모습을 볼 수 있었고, 다른 누대에서는 벌거벗은 사람들이 자신의 몸을 다양한 날붙이로 긋고 갈며 웃는 동시에 비명을 지르고 있었다. 그리고 그 모든 누대들을 들고 나르고 있는 것은, 내가 타고 있는 누각과 마찬가지로 앙상하게 벌거벗은 사람들이었다. 뿌리로 휘감긴 무지향성 안테나들이 그 누대들의 위로, 하늘을 향해 찌를 듯이 솟아올라 있었다.

"사제…라니?"

나는 동생에게 물었다.

"내가 사제야. 청금님이 나에게 교리를 구성할 수 있는 권한을 내려 주셨거든."

"교리라니, 무슨 소리야! 그럼 네가 사람들이 이렇게 행동하라고 시켰다는 거야!? 청금님이라는 게 도대체 뭔데?"

"청금님은 저분이야."

동생은 행렬의 후미 방향을 향해 몸을 돌리더니 양팔을 안듯이 벌려 위쪽을 가리켰다. 내가 타고 있는 누각의 뒤편에는 층층이 쌓여 높다랗게 올려진 단과 같은 구조물이 있었다. 동생의 손가락을 따라 시선을 올려다보니 그 단의 윗부분이 평평하게 되어 요란하게 장식된 육중한 의자 세 개가 놓여 있는 게 보였다. 그중 가장 거대하고 암청색의 뿌리 같은 것으로 감싸인, 가운데 의자 위에 고정된 자그마한 단에, 푸른색을 띤 돌이 하나 놓여 있었다. 기억에 있는 돌이었다.

"기억나? 내가 벼랑에서 떨어지기 전에 잡으려고 했던 푸른색 돌 있잖아, 무슨 운명이었는지, 그게 사실은 청금님이었던 거 있지? 내가 떨어졌을 때 청금님을 품에 꼭 안고 있었기 때문에, 할머니가 늘 청금님을 내 이불 속에 함께 넣어 주셨었어. 처음에는 지구에 오신 지 얼마 안 되셨을 때라서 많이 지쳐 계셨지만 나랑 함께 오랫동안 접촉해 있으면서 내 물질파와 공명해 조금씩 힘을 되찾으셨어. 힘이 완전히 회복된 후에는 내 다리도 고쳐 주셨지!"

동생은 오른손 손가락으로 치마 끝을 집고는, 치마를 펄럭이며 발 끝을 축으로 그 자리에서 빙그르르 돌아 보였다.

"깨어나신 청금님께서는 나에게 사람들로부터 숭배받고 싶다고 말씀하셨어. 본인께서는 그냥 숭배받기만 하면 될 뿐이고, 구체적인 방법은 사제인 나에게 일임하신다고 하시면서, 애초에 전파를 따라서 지구로 오셨고, 지구의 온 사방에 전파가 날아다니고 있으니 전파를 이용하면 숭배자들을 모을 수 있을 거라는 사실과 이런저런 필요한 지식들을 머리에 넣어 주셨지. 전파상 아저씨를 설득해 청금님의 힘과 딱 공명해서 사람 뇌의 물질파를 교란시키는 파장을 낼 수 있는 안테나의 길이를 찾아내는 데 시행착오로 시간을 많이 들였지만, 일단 첫 번째 안테나를 만드는 데 성공하고 청금님이 내고 계시는 기본파의 위상자를 파악하고 나니까 그 이후로는 놀랄 정도로 일사천리였던 거야. 내가 계획한 교의대로 사람들이 움직이기 시작하고, 그게 꽤 성공적이어서 벌써 일본과 중국도 잠식이 시작됐거든. 인력이 늘어날수록 숭배자들의 증가 속도도 계속 빨라질 테고, 이제 위성도 손에 넣게 되면 아무리 오래 잡아도 이번 주 안에는 전 세계의 모든 사람들이 청금님을 숭배하게 될 거야."

그런 대화를 나누는 사이 우리 바로 앞에 있는 누대 위에서는, 한 사람이 무릎을 꿇고 앉은 다른 사람의 입 속에 팔을 집어넣어 위장과 창자를 억지로 끄집어내고 있었다. 아니, 끄집어 내는 것을 도와주고 있었다.

"당장 그만두게 해! 교리를 네가 만들 수 있다면 저런 것도 네가 시켰다는 말 아니야! 저게 다 무슨 미친 짓이야!"

"그럴 수 없어. 청금님은 숭배자들에게 사랑받기를 원한단 말이야. 사랑의 극단은 희생적인 사랑이니까, 숭배자들이 자신을 위해 극한의 고통까지 기쁘게 받아들일 수 있다는 사실이 청금님을 기쁘게 하는 거야."

"그게… 이유야? 대체 무슨 생각이야! 이게 사람한테 할 짓이야?"

"무언가 잘못 생각하고 있는 것 같은데, 저 사람들은 내가 억지로 시켜서 저러고 있는 게 아니야. 다들 저러는 것을 진심으로 즐기고 좋아하고 있는걸! 결국 남에게 고통을 가하지 말라고 하는 데는 고통이 괴롭고 피하고 싶은 것이라는 인식이 중요하게 작용하는 거 아니겠어? 봐봐, 우리 할머니도 기뻐하시고 있다고!"

여동생은 그렇게 말하고는 청금이 앉아 있는 단의 위쪽을 향해 손을 흔들며 외쳤다.

"할머니! 기분 좋아?"

자세히 살펴보니, 할머니가 청금이 앉은 옥좌의 바로 아래 자리에 앉아 있었다. 머리에는 금빛 왕관을 쓰고, 붉은 수단을 걸친 채로 활짝 웃고 있었다.

"원래 언니랑은 훨씬 나중에 마주칠 거라고 생각했었는데, 그래서 좀 더 시간을 두고 천천히 고립되어 가는 모습을 구경할 생각이었는데, 갑작스럽게 여기로 내려온다고 해서 놀랐었어. 나를 보고 어떻게 반응할 지가 궁금해서 막지 않은 건데, 이런 식으로 보여 주는 것도 나름 괜찮았던 것 같네. 지금 기분이 어때? 어떤 기분이야?"

그런 말을 하는 동생의 태도에는 명백하게 날카로운 가시가 돋쳐 있었다.

나는 언제나 과거를 잊어버리려 노력하지만, 생각보다는 잘 되지 않는다.

나는 동생이 그러는 연유를 도무지 알 수 없어 그저 멍하니, 이를 드러내고 웃고 있는 동생의 얼굴을 바라보기만 했다.

"언니! 언니! 진짜 기억을 못 하는 거야?"

동생이 홍소를 터뜨렸다. 그러나 잠시 뒤, 동생은 웃음을 그치고는 무표정한 얼굴로 내 눈을 똑바로 쳐다보면서 말했다.

"언니가 그때 나 벼랑에서 밀고 사람들한테 내가 혼자서 떨어진 거라고 거짓말했잖아."

나는 언제나 과거를 잊어버리려 노력하지만,

생각보다는 잘 되지 않는다.

그날, 나와 동생은 더운 여름날이면 늘 그랬듯이 산속의 차가운 개울물에 발을 담근 채 놀기 위해 뒷산을 올랐었다. 경사로를 열심히 거슬러 가던 길에 동생이 길 옆의 벼랑 위에서 예쁘게 빛나는 푸른 돌을 발견했다. 기원도, 정체도 알 수 없는 푸른 돌은 신비로워 보였고, 단순히 쳐다보는 것만으로 많은 상상을 할 수 있게 해 주었다. 그 돌을 가지면 지금까지 보고 자라온 빛 바랜 현실과는 다른 풍경을 볼 수 있게 될 것 같다고, 나와 동생은 생각했다.

동생은 자신이 돌을 처음으로 발견했으니 청색 돌은 자기 소유라고 주장했다. 그러나 나는 누가 먼저 돌을 발견했는지를 단정할 수는 없으며, 사실은 동시에 발견한 것에 가까우니 다른 방법을 통해 돌의 주인을 가려야 한다고 목소리를 높였다. 동생은 돌을 품에 안고 나에게 뺏기지 않으려 필사적이었고, 나는 돌을 일단 내 손안에 쥐기 위해 필사적이었다.

처음에는 정말로 밀겠다는 생각은 아니었다. 그저 그 푸른 돌이 너무 예뻐 보여서… 그냥 실랑이를 하면서 돌만 뺏으려던 것이었는데, 그러다 보니 나도 모르게 한순간 감정이 격해져서는….

"아하하! 기억났구나! 기억났어!"

내 얼굴을 가만히 살펴보던 동생이 박수를 치며 웃었다.

"나, 그때 움직일 수는 없었지만 의식은 있었던 거 알아? 언니는 어른들에게 내가 혼자 신나서 뛰어다니다가 발을 헛디딘 거라고 말했었지. 나는 그게 아니라는 것을 알고 있는데, 언니도, 다른 사람들도 모두 내가 혼자서 실수로 사고를 당한 거라고 말하고 있었어. 모두가, 내가 알고 있던 것과는 다른 소리를 하고 있었단 말이야. 그게 무슨 기분인지 알아? 마치 다른 세계에 나 혼자 떨어진 것 같은, 숨이 막히는 느낌… 아무것도 보이지 않고, 바로 옆에서 사람들이 숨소리를 내고, 움직이고, 냄새를 풍겼지만, 나와 다른 사람들 사이에 끝도 없이 거대하고, 바닥도 없는 깊은 바다가 있는 것 같아서, 언니가 퍼뜨려 놓은 거짓말이 귀에 들려올 때마다 증오스러운 기분이 들었지만 도무지 내 힘만으로는 닿을 수가 없어서…."

동생은 누각의 난간에 올라서더니 양팔을 벌리고는 외치기 시작했다.

"그러니 이건 신이 내린 완벽한 안배야! 청금님은 숭배를 받고! 나는 청금님에게 은혜를 갚을 수 있고! 할머니는 대정사(大正師)로 존경을 받을 거고! 나머지 숭배자들은 몸과 마음이 고통스럽기는 하겠지만 그 대가로 이전의 세계에서는 꿈도 꾸지 못했을 극상의 기쁨과 즐거움을 얻을 수 있어! 그게 어느 정도냐 하면 심지어 이 사람들은 남들이 고통받는 모습을 보고 동경심까지 품는다고! 이들은 이걸 모두 자발적으로 하고 있는 거라고! 스스로의 손으로 말이야!"

마을의 경계선에서, 나는 신도들에 의해 강제로 누대에서 내려졌다. 동생도 나를 따라 내렸다. 땅 위에 선 내 곁을 지나던 누대 위에서 거꾸로 매달린 채 톱으로 썰리고 있는 사람이 구토를 했다. 토사물이 내 발치에 흩뿌려졌다.

"하지만… 언니는 아니야. 청금님은 곧 이 세계를 완전히 다스리게 될 거야. 그렇지만 그분의 세계에 죄인인 언니가 있을 자리는 없어. 언니는 이제 죽을 때까지 언니가 원래 살고 있던, 이제는 곧 없어질 그 세계의 낡아빠진 인식을 가지고 이 모든 꼴들을 지켜봐야 할 거야. 고통이 오로지 고통으로만 존재하던 바로 그 시각으로 평생토록 말이야. 이제 이곳 포천이랑 연천, 화천 대부분은 완전히 우리 영토야. 여기 동금리가 중심이고, 이곳을 가운데에 두고 주변 몇몇 지역은 완전히 바깥이랑은 고립된 거라서, 내일부터는 정말 남 눈치 보지 않고 온갖, 언니의 눈으로는 기괴하고 끔찍하게만 보일 교리들이 지켜지게 될 거야. 사람의 상상력은 무한하거든. 나는 그저 인식을 좀 바꿔 준 것뿐이야. 고통은 늘 존재했지만, 이젠 그 고통이 곧 기쁨으로 연결될 수 있다는 새로운 희망을 열어 준 거라고. 신도들이 언니에게 무슨 짓을 할까? 무슨 짓을 할까? 고통마저도 행복으로 소급되는, 우리들이 살고 있는 진짜 천국이 아니라 고통이 끝까지 고통으로만 존재하는 지옥에 남은 언니가 그것을 어디까지 견뎌 낼 수 있을까? 내가 견뎌 내야 했던 기분을, 언니도 느껴 보라고."

행렬의 끝은 장대에 꽂힌 채 산 채로 구워지고 있는 사람들의 불빛과 소리, 냄새가 장식하고 있었다. 동생은 나에게 비릿한 표정으로 미소를 지어 보이고는, 양손으로 치마를 걷어 올린 채 화려한 무도회장을 향해 뛰어가는 것처럼 들뜬 모습으로 내 시야에서 사라져갔다. 사람의 살이 타는 달고 구역질 나는 냄새가 피를 한껏 머금어 기분 나쁘게 축축해진 바람결에 실려왔다.

나는 언제나 과거를 잊어버리려 노력하지만, 생각보다는 잘 되지 않는다.

고통은 행복한 것. 고통은 행복한 것. 고통은 행복한 것.

안 돼. 안 돼. 안 돼!

충청도에 있는 교회

여, 여보세요? 아이고, 수진 엄마, 잘 지냈어요? 수진이 이번에 또 전액 장학금 받았다며? 아이고, 축하해요! 수진인 그 쉽지도 않은 공부하면서 장학금까지 받아서 엄마 아빠 짐도 덜어 주고 그러네, 내가 다 대견하다니까, 참말로?

나? 나 요즘 살맛 나서 죽을 지경이야, 오호호호호호.

아, 저번에 지훈이 그거? 그거 잘 해결됐어요. 하나님께서 나서서 도와주신 거지. 네? 아, 하나님이 도와주신 거라고. 하나님 은혜 받아서 우리 가족 모두 화목해지고, 모~오든 문제가 말끔하게 해결됐어요. 이젠 걱정 없어. 아무런 걱정 없어, 끄떡 없다니까. 응, 응. 이젠 정말 괜찮아. 성경에 보면요, 욥이라는 사람이 얼마나 사탄 마귀한테 괴롭힘을 받는지 몰라요.

그런데 그 욥이라는 사람이 참 성령이 충만하고, 믿음이 단단한 사람이라서 그 온갖 괴로움을 겪으면서도 하나님을 놓지를 않아요. 그래서 마지막엔 결국 잘됐잖아. 성경에 틀린 말이 없어. 어려움이 있으면 다 하나님이 연단하라고 그러시는 거라니까. 우리가 할 건 그냥 믿는 것밖에 없어요. 그러니까 수진 엄마도 교회 나와. 하나님 믿으니까 모든 게 잘 풀리고 얼마나 좋아?

어? 이제 교회 다닌다고? 아이고, 할렐루야다, 할렐루야야! 어디 교회 다니는데? 내가 교회 새로 추천해 줄까? 아, 삼거리에 삼국교회? 아니야. 거기 장로교 교회잖아. 장로교 교회는 안 좋아요. 우리나라가 전부 장로교잖아. 온 사방이 장로교로 가득한데도 나라 꼴이 이 모양이잖아. 그게 다 장로교가 예수님을 제대로 믿지 않아서 그런 거예요. 사탄과의 영적 전쟁에서 일찌감치 진 거라니까. 아니, 아니, 성설교회도 아니야. 거기도 장로교잖아. 나 교회 바꿨어요. 있잖아, 수진 엄마, 들어봐. 여태까지 지훈이 일 때문에 그렇게 고생을 했는데 더 기도빨 잘 받는 교회로 바꾸니까, 정말 눈 뜨니까, 하루아침에 기적처럼 상태가 좋아지더라니까. 아니, 하나님이 바뀐 게 아니라 교회를 바꿨다고. 더 기도 잘 들어주는 교회로 바꾼 거라고요. 응, 이제는 많이 좋아졌어요. 완전히 다른 사람 같다니까요. 그러니까, 그러니까, 그 착하던 애가 갑자기 돌변해서 사탄 마귀 들린 짓을 막 해대는데, 목사한테 상담해도 말도 안 되는 딴소리만 하고, 정말 한때는 가족 다 같이 죽을까 했다니까. 오호호호호, 그러니까. 그때 다 같이 죽었으면 다 같이 지옥 가 있겠지.

응, 응. 아니, 여기 말고, 저기 충청도에 있어요, 천안 가서 아산시 가는 길목에 있어. 멀지, 당연히. 그래도 가는 길은 고생스러워도 거기 가서 기도하고 오면 얼마나 기분이 상쾌해지는지 몰라. 나중에 나랑 같이 가 봐요, 내가 진짜 추천해. 한 번만 가서 기도해도 하나님이 막 마음속에 들어오신다니까. 아니, 아니, 사이비 아니야. 기총연에서도 인정하는 교단이래요. 아이, 당연하지. 기총연이 인정하는데. 응, 응. 나도 소개받고 갔어. 성설교회에 거기 다니는 신도가 있어서 소개받고 갔어요. 아이, 추수꾼 아니야. 그런 데랑은 차원이 달라요. 진짜 하나님 제대로 믿는 곳이라니까. 응, 응. 이름이 지민이라고 하는데, 아마 수진 엄마는 모를 거예요. 나도 이전에는 얼굴만 알고, 말은 해 본 적이 없어. 그런데 그 여자가 신기가 좀 있다나 봐. 예언 능력 같은 거. 응, 요나처럼. 하루는 내 얼굴 딱 보더니, 아들 때문에 걱정이 있냐고 물어보는 거야. 평소 같으면 무슨 미친년이냐고 하고 넘겼을 텐데, 그때는 상황이 정말로 그랬으니까, 지푸라기라도 잡자는 심정으로 다 털어놨지. 목사도 도움이 안 되는데, 내가 어디 가서 그런 하소연을 했겠어요. 그런데 그 여자가 그렇게 귀신 마귀 들린 데 용한 목사님이 있다고 소개시켜 주는 거야. 진짜 나 그때 울 뻔했어요. 다들 내 말 안 믿어 주고, 지훈이 상태는 하루가 다르게 나빠져 가는데, 하나님 믿는다는 사람들도 내 얘기 듣고 전부 딴소리나 하고 앉아 있고. 그때 딱 때맞춰서 하나님이 인도해 줄 사람을 보내 주신 거지. 난 그렇게 생각해요.

바~로, 주말에 낚시 간다는 애 아빠 설득해서 둘이서 그 교회 가 봤어요. 오호호호, 진짜 멀기는 멀더라고. 애 아빠가 이렇게 먼 데를 왜 가냐고, 도로 위에서 계속해서 소리지르면서 욕을 하길래 달래느라 혼났어요. 도중에 다른 차랑도 시비 붙어서 하마터면 사고 날 뻔했다니까. 아유, 진짜 그런 성질머리로 살다가 제명에 못 죽지. 술도 많이 자시는 양반이. 어쨌든 그렇게 교회까지 갔어요. 나무들 사이로 길 따라서 가다 보니까 눈앞에 건물이 싸악 나타나더라고. 진짜로 수진 엄마, 나 그때 진짜 감동받아서 울었어. 그냥 건물만 본 건데도 느낌이 팍 오더라니까, 너무 성스러운 느낌이, 막 잘 왔다고 안아 주는, 그런 느낌이더라고. 진짜, 안 가 보면 몰라. 애 아빠도 느꼈다니까? 막 뭐가 들러붙는 느낌이라고 옆에서 그러더라고. 진짜 조용하고, 인기척이 전혀 없어. 이 세상이 아닌 느낌도 들고, 막 압도당하는 그런 게 있어요. 앞에 있는 공터에 차 대고 가까이 가 보니까 말 그대로 성경에서 말하는 초대교회? 그런 느낌이더라니까. 다른 교회랑 달랐어요. 다 낡고, 헤지고, 딱 다락방 느낌이더라고. 진짜, 그 안에서 예수님이 걸어 나와도 안 놀랄 것 같은 느낌이야. 내가 성경 속에 들어와 있는, 그런 기분이 마-악 들더라고. 현관문도 오래된 나무문이야. 왜, 금속으로 동그란 문고리 알지? 그런 거 달려 있는 다 낡은 나무문. 진짜 옛날 느낌 나는.

안에 사람 있는지 보려고 노크를 해 보니까 성도님이 하나 나오는 거야. 와, 진짜 인상이 너무 순하고 좋아요. 나이는 안 물어봤는데, 나보다 한두 살 많을까? 응, 여자. 진짜 인상이 너어무 온화하고 좋은 거야. 그런데 우리 보자마자 그러더라니까. 오실 줄 알고 있었다고. 목사님께서 방에서 기다리고 계신다고 그러는 거야. 거기서 애 아빠는 또 뭐가 그렇게 못마땅한지, 밖에서 담배 피우고 있을 테니까 혼자서 다녀오라고 하는 거 겨우 구슬려서 같이 들어가 봤어요. 안도 바깥처럼 다 낡고 그랬는데, 뭔가 막 성스럽고 정갈하고 그런 느낌 있지 않아요? 새벽에 일찍 예배당 가면 느끼는. 내가 예전에는 성가대도 해 봐서, 새벽 4시에도 막 교회 가고 그랬거든. 진짜 딱 그런 느낌인 거야. 천장에는 거미줄도 있고 그런데, 먼지는 하나도 없고, 조명도 전부 촛불로 은은하게 해 놨더라고. 향 같은 것도 피웠는지 냄새도 좋고, 사실 우리 일반적인 교회 가면 그런 분위기는 아니잖아요. 시끌시끌하고 그러니까. 거기가 진짜 첫눈에 너어무나 내 마음에 드는 거야.

그렇게 해서 담임 목사님이라는 사람이랑도 만났지. 보니까 우리나라 사람이 아니대? 응, 말하는 걸 들으니까 그리스에서 왔다나 봐요. 그리스에서 우리나라에 전도를 하려고 왔다는 거야. 영적으로 올바른 말씀을 전하려고 왔대요. 응, 한국말도 잘해. 얼굴 안 보고 전화만 했으면 한국인이라고 믿었을 것 같아. 응, 그리고 엄청 남자답고 늠름하게 생긴 거 있지. 머리를 짧게 깎기는 했는데, 진짜로 예수님 보는 것처럼 잘생겼어요. 아니, 베드로 말고. 백인, 백인이라니까. 예수님처럼 눈빛도 형형하고, 인상도 진하고, 수염도 덥수룩한데, 나도 모르게 그 얼굴에다 대고 아멘, 아멘 하고 싶더라니까, 오호호호호. 그래서 그분이 말씀 전해 주신다기에 같이 차 마시면서 몇 마디를 좀 들었어요. 아, 그거 알아, 수진 엄마? 유향을 차로 타 마시더라고. 응, 그 예수님이 탄생하셨을 때 동방박사가 바친 거. 처음 맡아 봤는데 냄새가 진짜 좋더라고. 좀 씁쓸하기는 한데, 향이 너무 좋고, 마시니까 노곤해지면서 긴장도 풀리고, 어깨 결리던 것도 누그러지고 그러더라고. 더 달라고 하고 싶었는데, 주책 떤다고 생각할까 봐 못 말했어. 나중에 좀 나눠 달라고 하니까 저기 중동에 있는 성도들이 가끔씩 보내오는 거라서 마침 남은 게 없다고 하더라고. 아이, 참.

여하간 그래서 거기서 그분이 성경 풀이해 주시는 걸 들었어요. 진짜, 듣고 보니까 너무, 너어무 은혜로웠던 거 있지, 세상에. 나도 사실 성경은 제대로 안 읽어 봤는데, 알고 보니까 성경이 전부 상징 같은 거래요. 세간에서 아무나 읽고 엉뚱하게 해석하면 안 되니까, 진짜 영성이 있는 사람만 올바르게 해석할 수 있도록 상징적으로 딱 쓰여진 거지. 그런데 그분이 이건 이거다, 저건 저거다 말씀하시면서, 성경을 딱 펼치면 진짜로 거기에 그런 말이 바로 쓰여 있는 거야. 응, 상징적으로다가. 그걸 풀이해 주시는데, 논리가 한 치도 틀림이 없이 딱 맞아떨어지는 거야. 진짜 여태까지 눈이 멀어서 아무도 못 봤던 것을 혼자서 미리 보시고 해석해 주시는데, 너무 명쾌한 거야. 막 지식적인 목사들이 이상한 말, 어려운 말 섞어 가면서 성경 읽는 거, 그것들 다 싹 다 모아서 지옥으로 보내야 해. 그거 전부 다 타락한 거였어, 지식적으로 읽는 사람들. 상징적으로 읽는 게 맞아요. 내가 진짜 거기서 느꼈어. 진짜 수진 엄마, 사람들이 빨리 이런 거 들어 봐야 해. 그 교회에는 십자가를 두지 않고, 예수님을 입으로 부르지도 않는대요. 속세의 눈과 귀로 들으면 이상하잖아? 그런데 잘 생각해 봐요. 예수님이 살아 계실 때 십자가를 썼어? 아니잖아. 예수님이 지금도 이 세상에 살아 계신데 왜 십자가를 써요? 그거 다 우상인 거야. 잘못된 거야. 아니, 예수님이 육적으로 살아 계신 게 아니라, 하나님이랑 예수님이랑 같잖아요. 그런데 십자가를 쓰면 하나님이 죽었다는 말이 되잖아요. 부정한 거라니까, 그게? 교회에서 그 십자가들 싹 다 치워야 해. 예수님 함부로 부르는 것도 그만두고. 원래 여호와라고 부르는 것도 하나님의 진짜 이름이 아니래요. 하나님의 진짜 이름은 부를 수가 없는 거래요. 당연히 예수님도 마찬가지지. 그래서 예수라고 부르는 대신에, 다른 이름을 써서 루치페르라고 불러야 돼요. 아이, 아니야. 그거 다 지식적인 목사들이 거짓말하는 거야. 그게 그냥 빛나는 새벽 별이라는 뜻이에요. 무슨 사탄의 이름이야. 다 속고 있었어. 아니, 성경에 진짜로 나와요. 사실은 예수님을 지칭하는 말인데, 그걸 사탄이랑 연결시켜서 부르고 있었던 거였다니까요, 글쎄. 이런 것부터 시작해서 여태까지 잘못 알고 있었던 것들을 다 제대로 알고 나니까 눈이 번쩍 뜨이더라고. 그때 내가 너무 영적으로 감동을 해서 나도 모르게 그 앞에서 아멘 아멘을 했어요. 그러니까 그분이 웃으시면서, 같이 기도하자고 그러는 거야. 그러자고 하니까 자기네들은 옷을 다 벗고 집단으로 기도를 한대요. 아니, 이상한 게 아니야. 우리가 잘못된 가르침으로 눈이 가려져 있어서 이상하게 보이는 거지, 사실은 에덴에 있었던 시절로 돌아가는 거라서 하나도 이상한 게 아니야, 수진 엄마, 막 진화론자들이 말하는 거 있잖아요, 그게 다 그 용어부터가 잘못된 거야. 실제로 살아 있는 게 변하긴 변하는데, 그게 진화가 아니라 사실은 퇴화인 거야. 우리가 육적으로, 영적으로 죄를 져서, 막 육체가 뒤틀리고 그러는 걸 과학자들이 잘못 보고 진화라고 부르는 거지. 문화도 마찬가지래요. 원래 에덴에서는 옷도 입지 않고, 부끄러움도 하나 없이 살던 것이 우리가 지은 죄 때문에 우리 정신이 뒤틀리니까 막 복잡한 문화니 뭐니 이런 것들이 만들어지면서 세상을 점점 이상하게 바꾸고 있는 거예요. 그러니까 요즘처럼 묻지마 살인도 일어나고, 정신적으로 이상한, 그러는 사람들이 생기는 거지. 그래서 목사님 말씀으로는, 기도는, 하나님 앞에 다 내려놓고 아담과 이브처럼 에덴 동산에 있던 그 모습 그대로 기도해야, 하나님이 더 기도를 잘 들어주신대요. 그런데 이게 다 성경적으로 오류가 없는 말들인 거야.

근데 갑자기 옷을 벗는다는 얘기를 들으니까 애 아빠가 또 제 성질 못 죽이고 고래고래 쌍욕을 하더니 교회를 나가 버리더라고. 그 성질머리를 아니까 얼른 따라나갔지. 그리고 교회 앞에서 빨리 차 타고 떠나자는 애 아빠 설득하느라 시간을 얼마나 들였는지 몰라. 나는 바로 확신이 들었는데, 애 아빠는 안 그랬나 봐. 평소에 교회를 잘 안 나가려고 하니까, 눈앞을 가리고 있는 것이 잘 벗겨지지 않았던 것 같아요. 계속 손 싹싹 빌면서 사정했지. 나는 여기가 진짜인 것 같다고, 우리 지훈이 걱정 안 되냐고, 딱 한 번만 아들 생각해서 해 보자고. 해 보고 안 되면 그때 결정하면 되는 거 아니냐고. 그러고 있는

데, 처음에 봤던 성도님이 다른 젊은 성도들 데리고 우리한테 걸어오더라고. 근데 그 양반이 울고 있더라니까, 글쎄? 그러면서 아드님 봐서 한 번만 기도해 보라고, 나 대신 우리 남편한테 사정하는 거야. 손만 뻗으면 구할 수 있는 사람을 구하지 못하는 게 너무 죄스러운 일이라면서, 그렇게 가 버리면 자기들이 하나님 앞에 차마 고개를 들 수 없다면서 막 우는 거예요. 그분이 우니까 데리고 온 젊은 애들도 같이 서럽게 울더라고. 응, 젊은 애들. 인종이 다양해. 막 흑인도 있고, 백인도 있고, 동남아처럼 생긴 애들도 있는데, 다 젊어, 남자 여자 할 것 없이. 그런 애들이 막 금방이라도 죽을 것처럼 울더니 몇 명이 자리에 주저앉아서 흙을 퍼먹더라고. 놀라서 말렸지. 근데 말리지 말라고, 자기들이 이렇게 신 앞에서 속죄하지 않으면, 귀신 들린 자를 외면한 그 죄가 너무나 크다고, 막 그러는 거야. 여자애 하나는, 막 오열하면서 두 손으로 가슴을 두드리고 있고. 진짜 흉내가 아니라 갈비뼈가 부러질 정도로 주먹으로 펑펑 치는 거야. 뜯어말리느라 혼났어, 진짜. 얼굴도 하얗고, 눈도 커다래서 인형처럼 예쁘게 생긴 애였는데, 막 손톱으로 자기 얼굴 피부를 할퀴려고까지 하더라고.

결국 애 아빠가 손들었어요. 나중에 집에 오는 길에 물어보니까 거기서 천사의 환영을 봤다고 하는 거야. 내 생각엔 하나님이 바울에게 했던 것처럼 남편에게도 똑같이 하셨던 것 같아요. 응, 응. 애 아빠 변덕부릴까 봐, 마음 바뀌기 전에 잽싸게 들어가서 기도했지. 보니까 목사님도 우리 올 거 알고 준비 다 해 놓으셨더라고. 처음에는 남들 있는 앞에서 옷 홀딱 벗으려니까 좀 창피했는데, 어린애들이 잘 도와줘서 결국 기도도 마지막까지 잘 끝냈어요. 몰약에 불 붙여서 연기를 피워 놓고 하더라고. 냄새가 진짜 좋았어요. 그것도 동방박사가 루치페르님에게 선물한 거잖아. 그렇게 연기가 자욱한 데서, 처음에는 손잡고 기도하다가, 얼마 안 있으니까 막 저절로 방언도 터지고, 그렇게 정신없이 기도했는데 얼마나 성령 충만했는지 몰라. 세상에, 거기서 몇 시간을 열띠게 기도하다가 그 자리에서 기절을 했어요. 중간부터는 어떻게 기도했는지 기억도 제대로 안 나. 진짜 성령이 임하셨는지 눈앞에 하얀 빛이 아플 정도로 번쩍번쩍하고, 입에서는 방언이 막 튀어나오고, 아직도 그 느낌이 잊혀지지가 않아요. 정말로, 진짜로, 거룩했어. 살면서 전혀 못 느껴 본 거였어.

그렇게 바른 믿음이 생겼으니 더 기다릴 게 뭐 있었겠어. 담임 목사님 말씀 따라서 다음 날에 바로 지훈이 거기로 데려가서 귀신 쫓는 의식을 했어요. 무슨 작전하는 거 같았다니까, 오호호호호. 미리 약속한 시간에 성도분들 집에 들여서 지훈이 몸 붙잡고 봉고에 태워서 교회까지 데려갔어요. 처음에는 좀 놀라서 저항하다가, 차 안에서는 잠잠해지나 싶더니 교회에 오니까 세상에, 난리를 그렇게 치는 거야. 내가 보기에는 몸 속에 있는 마귀가 자기가 어떻게 되는지 미리 알고 놀라서 발광하기 시작했던 것 같아요. 그렇게 마귀에 들려 있어서 그랬는지 지훈이 눈에는 또 거기서 영적인 뭔가가 보였나 봐. 막 손가락으로 여기저기 가리키면서 미친 듯이 비명을 지르는데, 막 호흡이 엉키더니 단박에 입에 거품을 물고 눈이 뒤집히는 거야. 그 자리에서 뺨 때리고, 물 끼얹고, 겨우 정신 잡게 하고서는 혀 못 깨물게 재갈도 물리고, 아이고, 생각하니까 지금도 심장이 두근거리네. 그렇게 예배당으로 데려가서 발가벗겨 놓고 이번에도 전날처럼 다 같이 기도를 하면서 밤을 샜어요. 목사님은 땀 뻘뻘 흘리면서 하얗게 번쩍거리는 성령님을 지훈이 몸에 넣으려고 애쓰고 있고, 지훈이 몸에 있는 사탄 마귀는 막 애 몸을 뒤틀리게 하면서 저항하고, 그렇게 밤을 새면서 뜨겁게 의식을 하고 나니까 새벽 때쯤에, 그전까지는 애가 눈에 독기가 가득했었는데, 어느 순간 그게 싸악 풀리더라고. 그리고 온화하게 웃으면서 나를 보고 "엄마, 나 돌아왔어요"라고 말하는 거야. 나 막 감동받아서 울었잖아. 아, 하나님이 진짜로 있었구나, 하나님이 정말로 우리 곁에 있어서 역사하시고 계시구나 하면서. 그리고 바로 기절했어. 지훈이 돌아오는 때까지는 성령님이 붙잡아 주셔서 피곤한 것도 모르고 입에서 막 하늘 언어가 튀어나오면서 피곤한 것도 모르고 기도를 했는데, 그게 끝나니까 몸이 결국은 버티지를 못한 거지.

오호호호호, 그러니까요. 그러고 나서 언제 그랬냐는 듯이 다시 원래대로 착하게 돌아왔어요. 거기다 그때 성령을 직통으로 받아서 그런 건지, 그 후로 애가 머리가 얼마나 좋아졌는지 몰라요. 막 배우지도 않은 라틴어도 자유자재로 말하고, 영어, 중국어, 일본어, 프랑스어, 독일어, 그밖에 셀 수도 없이 많은 말들로 프리 토킹을 하더라고요. 왜 그런 거 있잖아요. 사고 때문에 머리 다치고 나서 갑자기 언어 천재가 되어서 새로운 언어를 쉽게, 막 흡수하게 되었다는 거. 그래서 애 아빠는 또 자기 덕이라고 자랑하고 있어요. 예전에는 애 아빠가 애가 말 안 들을 때마다 애 뒤통수를 후려쳤었거든요. 그때 뇌에 충격을 받아서 언어 지능이 좋아졌다는 거지. 오호호호호, 애 아빠도 나이 먹고 별꼴이야. 하나님이 들으시면 신성모독이라고 말씀하실 텐데, 생명 책에서 지워지기라도 하면 어쩌려고, 참. 글쎄, 그렇게 돼서, 요즘은 막 인터넷으로 세계 여러 나라 사람이랑 화상 채팅 하는 거에 취미 들려서, 그 사람들이랑 그 나라 언어로 대화하는 걸로 영어랑 제2외국어 공부한다고 하더라고요. 볼 때마다 기특해 죽겠어, 정말. 채팅할 때 방에 들어가면 막 화내길래 몰래 문틈으로 봤는데, 대화하던 외국인들이 우리 아들이 너무나 네이티브 스피커처럼 얘기하는 거에 감탄했는지 막 하일! 하일! 그러더라고. 영어사전 찾아

보니까 그게 무슨 환호하고 찬양하는 그런 거라면서요. 오호호호호호, 이러다가 막 소문 나면 외국 명문 대학에서 먼저 입학해 달라고 하는 거 아닌지 몰라. 예전에도 그런 일 있었잖아요. 천재 소녀가 막 하버드랑 어딘가가 입학해 달라고 사정해서 동시 입학했다고. 응? 그거 사기였다고요? 그래도 우리 아들은 다르지. 하나님이 달란트를 준 진짜배기니까, 그런 거랑은 당연히 다르지. 무슨 말을 그렇게 해요.

한국외대요? 아이, 그런 델 왜 가. 의대 가야지. 아, 내가 말 안 했구나. 외국어 말고도 수학도 기가 막히게 잘하게 됐어요. 저번엔 서랍에 있던 노트, 아들 몰래 꺼내 보니까, 일기인 줄 알았는데 막 공책에 수학 문제, 우리 어린 시절에 깜지처럼, 손으로 풀고 그러고 있더라고. 내 초등학교 동창 중에 대학교 교수 그만두고 과학고에서 교사 하는 애가 있어서 물어보니까, 무슨 방정식? 나비족 스, 뭐, 방정식? 그거 대학 가야 배우는 어려운 거라면서요. 그리고 저번에 충청도 교회에서 지민 씨랑 같이 다니는 무슨 백인 교수인가랑 영어로 대화하는 거 들어보니까 내가 영어는 못 해도 뉴클리어니, 케미컬, 뭐, 에이전트라느니, 그런 건 알아듣겠더라고. 그거 다 과탐에서 나오는 거잖아요. 그런 거 주제로 삼아서 외국 대학 박사라는 사람이랑 막힘 없이 유창하게 말하더라고. 내가 볼 때는 딱 이과 머리야. 의대 가야지. 그쵸? 어머나, 지훈이 학교 끝나고 왔나 보네. 잠깐만요, 수진 엄마.

아이고, 귀한 아들 왔어? 학교는 재미있었고? 응? '우리' 배고프다고? 친구랑 같이 왔니? 아, '나'를 잘못 말했다고? 애가 외국어 잘하게 되더니 이젠 우리나라 말이 잠깐 헷갈리나 보네, 오호호호호. 알았어, 방에 들어가 있어. 엄마가 과일 깎아다 줄게. 뭐? 과일 말고 고기 없느냐고? 오호호호, 얘 좀 봐. 알았어. 오늘은 저녁을 좀 일찍 차려야겠네. 아이구, 왜 이렇게 이쁠까, 우리 귀한 아들.

아이고, 미안해 수진 엄마, 나 이제 장 보러 나가야 할 거 같으니까 끊어야 될 것 같아. 어, 어, 저녁을 좀 일찍 먹으려고. 아이고, 먹성이 얼마나 좋아졌는지, 요즘 보니까 키도 다시 좀 자라는 거 같아, 글쎄. 요즘엔 여러 가지 육회랑, 소고기 있잖아, 블루레어로 먹는 데 꽂혀 가지고 식사 때마다 자꾸 찾더라고. 한창 키 크고 두뇌도 쑥쑥 자랄 때니 무리해서라도 좋은 거 먹여야 하지 않겠어요? 응, 그래. 조만간 만나서 밥이라도 해요. 방학했으면 수진이랑도 같이 볼까? 우리 지훈이도 조만간 대학 갈 테니까, 먼저 대학 간 선배한테 대학 생활 잘하는 노하우라도 전수받아야 하지 않겠어요? 오호호호호, 알았어요. 아, 저 소리? 지훈이가 또 외국인들이랑 채팅하나 보네. 오호호호호, 맞아. 꼭 기도 소리 같지? 감정을 실어서 말해야 더 연습이 잘 된다고, 외국어 공부할 때마다 저렇게 해요.

아니, 지금은 저렇게 착해 보이지만, 그때 그건 진짜로 귀신 들렸던 거라니까. 아이고, 말도 말아요, 그 꼴을 직접 봤어야 해요. 안 보면 몰라. 애가 완전히 다른 사람이 된 것처럼 마귀 들린 짓을 하기 시작하는데, 진짜 지금 생각해도 소름이 끼쳐서, 정말. 아니, 그러니까, 예전에는 부모 말에 반항하거나 그럴 때마다 애 아빠가 좀 패서 반 죽여 놓으면 애가 고분고분해졌는데, 그때는 아무리 기절할 때까지 때려도 씨알도 안 통하더라고. 끝까지 부모한테 막 소리지르면서, 이럴 거면 자기를 왜 낳았냐고 울고불고하는 거야. 아니, 그게 하늘 아래 부모한테 할 소리예요? 귀신이 들리지 않고서야 어떻게 그런 소리를 할 수 있겠어? 마귀가 그렇게 하라고 시킨 거지. 그래서 원래 다니던 장로교 목사한테 귀신 쫓아내 달라고 상담하니까 귀신 들린 게 아니라 사춘기가 온 것이고, 자연스러운 일이라고 하더라고. 별꼴이야, 세상천지에 웃기지도 않아서, 진짜. 내가 부모인데 지보다 내가 내 아들을 모를까 봐? 귀신이 들린 게 아니라면 어떻게 그 착하던 아이가 하루아침에 돌변해서 그렇게 고래고래 악을 질러대면서 패악을 부리겠어요. 원래 하던 대로 반성하라고 방에 가둬 놓고 하루 굶기니까 막 방문을 발로 차면서 어찌나 부모 욕을 해대는지, 진짜, 아유, 지금 생각해도 그 모습이랑 목소리만 떠올리면 온몸이 오싹오싹해요, 정말. 마귀, 마귀, 목사님들한테 말만 들었는데, 그렇게 눈으로 직접 보니까 정말 이 세상에, 오로지 하나님 하나만 꽉 믿고 가야겠다는 생각이 들더라니까.

그래 그래, 아이 무슨, 알았어. 그럼 다음에 봐, 수진 엄마!

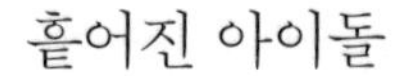

흩어진 아이돌

명진이가 간만에 모이자고 제안했다. 우리 넷은 수요일에 경기도 외곽에서 1박에 5만원짜리 펜션을 하나 잡고 만났다. 계곡을 끼고 있는 호젓한 곳이었고, 시기가 겨울에 접어드는 때라 손님은 우리밖에 없었다. 이처럼 따로 펜션을 잡고 만나는 일은 처음이었지만, 지긋지긋한 세상에서 멀찍이 도망쳐 왔다는 느낌을 받을 수 있었기에 막상 와 보니 괜찮다 싶었다.

"조용하니 마음이 편해지네…."

다른 친구들도 비슷한 감상인 것 같았다. 주인은 처음에 얼굴만 비추더니 필요할 때 전화하라며 사라져 버렸고, 우리는 일찍 지는 해가 서산에 걸려 있을 때부터 과자와 편의점 냉동식품을 안주 삼아 술을 마시기 시작했다.

사위가 완전히 깜깜해진 즈음, 잔뜩 취기가 오른 현성이가 마구잡이로 욕을 내뱉고는 자기 직장 문제를 한탄했다. 현성이는 경기도에서 버스 기사로 일하고 있었는데, 휴무일 추가 근무를 거절해 지사장에게 밉보였더니 사측에서 불이익을 주기 시작했다는 것이었다. 만근만 채워서 일하도록 해서 생활을 어렵게 만들고, 그것도 모자라 원래 타던 차를 노후차로 바꾸더니 이제는 아예 다른 기사들을 시켜서 현성이를 따돌리기까지 한다고 했다.

"직장 내 괴롭힘으로 신고하라는데 조사하는 것도 사측이고 징계하는 것도 사측인데 지사장이 회장 처남이니 그놈들이 씨발 제대로 하겠냐고, 시팔…. 지사장 개새끼가 뭐라고 하는지 알아? 너 여기서 나가면 경기도 안에서 다른 운수 회사 취업할 생각하지 말라고 협박하더라니까? 내가 씨발 지금은 그딴 새끼한테 깔고 들어가는 거 좆 같아서 아득바득 개기지만 못 버티고 나갈 때 두고 봐라. 그 새끼 뒤룩뒤룩한 배때지를 칼로 쑤셔 버릴 거니까."

이번에 모인 이유는 진욱이가 죽었기 때문이었다. 청소 업체에서 일용직으로 고용되어 작업 중 허리를 다쳤는데, 미련한 놈이 당장 병원에 갈 생각을 하지 않고 며칠을 흘려 보내다가 다친 곳이 악화되어 허리디스크 진단을 받아 버린 것이었다. 사고 발생일에서 기일이 한 주 이상이나 경과되었고, 하필이면 다칠 때 주변에 목격자도 없었기 때문에 업무 관련성 입증 문제로 산재 승인에 난항을 겪었다. 결국 장해 급여도 받지 못하고 소득 없이 고시원 방에서 허덕이다가 순간 이성의 끈을 놓았는지 문고리에 목을 매달았다고 했다.

"요즈음 죽고 싶다고 나한테 자주 그랬어. 그날도 통화하는데 이제 지쳤다고… 죽겠다고 말하고는 갑자기 전화를 끊기에 놀라서 찾아가 봤더니만…."

말끝을 흐린 명진이가 깡소주를 들이켰다. 죽어 있던 진욱이를 처음 발견했던 것이 명진이였다. 나를 포함한 나머지 친구들은 다들 제 살길 찾는 데 허덕이던 와중이어서, 명진이가 아니었다면 우리는 아마 진욱이가 그렇게 죽었는지도 몰랐을 것이었다.

"친구가 대신 장례를 치를 수 있냐고 물었는데 규정상 안 된다더라."

연락이 닿았던 진욱이의 연고자들이 빠짐없이 시신 위임서를 써서, 진욱이는 무빈소 직장으로 화장되어 지금 시립승화원에 있다. 그러나 친구가 장례식을 총괄하는 것이 가능했다고 해도, 없는 형편에 우리가 장례 비용을 대기는 힘들었을 것이다. 명진이는 고등학교 시절 교회를 잘못 옮긴 모친과 조모가 종교에 미쳐 집안을 풍비박산 낸 후로 모태신앙을 버리고 종교라면 학을 떼더니, 요즈음은 다시 교회를 나가며 헌금으로 목사와 그 식솔들의 배를 불려 주는 것 같았다. 근 몇 년 간 치성축농증이 악화되어 발병한 전두동염 합병증으로 진득하게 고생하면서 생활이 더더욱 어려워지자 "자신이 신을 배신해서 벌을 내리는 것 같다"며 나에게 한탄하더니 결국 그리 되어 버린 것이었다. 그런 와중에도 친구 장례 챙길 생각을 다 하고 있었으니까, 애먼 돈을 내지 않아도 되어 내심 다행이라고 생각했던 나는 민망함에 얼굴이 빨개지는 기분이었다. 나는 지방대학 국문과에서 성적을 괜찮게 받아 교직 이수까지는 성공했지만 대인 공포증으로 교생 실습을 중도 포기하면서 교원 자격증을 얻지 못했고, 그 이후로는 공장 생산직으로 일하며 모은 돈을 들여 9급 공무원 준비 중이었다.

"에이 씨발… 우리 인생은 왜 이러냐. 개좆 씨발 거 진짜."

원식이가 욕설을 내뱉으며 방 안에서 담배를 꺼내 물었다. 우리들 중 가장 빚이 많았던 원식이는 1년 전부터 인맥으로 이화학장비 오파상의 영업직을 하나 잡아 일하고 있었는데, 거래처가 끊기고 매출을 내지 못해 밑에 놈들에게 먹혔다는 이야기를 장황하게 늘어놓았다.

나, 명진이, 진욱이, 현성이, 원식이. 이렇게 다섯은 초등학교 시절부터 친구였다. 하나같이 가정 상황이 엉망이었고, 가난했고, 외모가 나쁘며 공부도 잘하는 편이 아니었고, 주눅들고 소심한 성격으로 학교에서 괴롭힘을 당하고 있었다는 등등 공통점이 많았다.

“엄마가 전화 끊고 갑자기 화내면서 나 막 때리고 너 때문에 죽고 싶다고 소리 질렀어. 그럴 거면 날 왜 낳은 거지? 날 안 낳았으면 자기가 힘들 것도 없잖아. 왜 날 낳아서 이렇게 힘들게 하는지 모르겠어. 그냥 죽어 버렸으면 좋겠어.”

“나도 그저께 아빠가 슈퍼에서 담배 사 오라고 했는데, 점원이 바뀌어서 나한테 안 팔았어. 아빠한테 그렇게 말했더니 술병 집어 던지면서 쓸모도 없으니 나가 죽으라고 했어. 어쩌다 저런 게 태어났냐고 막 화냈어. 나도 내가 왜 태어났는지 모르겠어. 죽고 싶어.”

누군가 이런 이야기를 꺼내도 우리들은 태연하게 들어 넘길 수 있었다. 각자 비슷한 경험들을 풍부하게 가지고 있었기 때문이다. 그런 사정을 이해하지 못하는 사람들은 “어떻게 부모를 그렇게 이야기할 수 있냐”며 우리를 나쁜 놈으로 몰아가곤 했기에, 서로 모여서 “가족 누구를 죽이고 싶네”, “살고 싶지 않네” 운운하는 대화를 마음 편히 털어놓을 수 있었다는 게 어린 마음에는 힘이 많이 되었다.

학교 선생들도 별 도움은 못 되었다. 당시에도 우리가 가난하고 못생기고 성격이 어두웠기 때문에 관심을 쏟지 않았던 것이라 생각했었는데, 그렇게 판단했던 이유는 선생들이 괜찮게 생기거나 성격이 활발한 애들에게는 살갑게 대했기 때문이었다.

"어떻게 그렇게 비슷한 놈들 다섯이 쪼르르 같은 반이 됐는지 모르겠어요. 분열이라도 하나?"

교무실에서 다른 교사 둘에게 그렇게 말하며 재미있다는 듯이 웃었던 것은 우리 반의(우리가 4학년이었을 시절이다) 젊은 담임이었다. 그때까지는 단순히 선생들에게 무시당하고 있었을 뿐이라고 생각했는데, 알고 보니 유사한 놈들 다섯이 몰려다닌다며 구경거리 취급까지 하고 있었던 것이다.

우리는 그 즈음부터 의식적으로 서로를 멀리하기 시작했던 것 같다. 그저 우연히 마주칠 때마다 잠시 이야기를 나누고서는 제 갈 길을 갈 뿐이었고, 중학교 때부터는 다른 반으로, 다른 학교로 찢어지기 시작해서 이대로 헤어지나 싶었지만 나이가 서른을 넘어가면서부터 어찌어찌 다시 모이게 되었다. 우리 사이엔 공감대가 아주아주 많았기 때문이다. 하나같이 인생이 지독히도 풀리지 않았던 터라 얼마 되지 않았던 연락처들도 자의 반 타의 반으로 다 끊겨 버렸고, 거기에 전원이 가정을 꾸리지 못했으니 날짜를 잡고 만나는 데 큰 어려움도 없었다. 현성이가 이 모임을 자조적으로 '쓰레기장'이라고 불렀는데 딱히 반박하고 싶은 생각은 없다.

"신이가 보고 싶다…."

벽에 기대 침울해져 있던 명진이가 불쑥 그렇게 중얼거렸다. 갑자기 그 이름을 듣게 될 줄은 생각도 못했기에 나는 깜짝 놀라 명진이를 돌아보았다. 다른 친구들도 제각각 당혹스런 표정을 짓고 있었다.

그 순간, 내 주머니에 넣어 둔 휴대폰이 울렸다. 확인해보니 엄마에게서 온 전화였다. 나는 나지막하게 욕을 씹으며 전화기를 들고 펜션 밖으로 뛰쳐나갔다. 오랜 경험상 엄마가 문자 없이 전화부터 걸 때는 십중팔구 나쁜 용무였기 때문이다. 나는 내 선에서 감당할 수 있을 정도의 사태이기를 기원하며 펜션에서 최대한 멀리 떨어졌다. 친구들에게 엄마와 싸우는 소리를 들려주는 것이 민망해서였다.

"희재야…. 나 내일까지 집세 내야 하는데 지금 좀 보내 줄 수 있겠니?"

집세는 이미 월초에 생활비와 함께 보내 놓은 상태였고, 그걸 다시 달라는 것은 이미 줬던 돈을 어딘가에 날려 버렸다는 말이었지만 그래도 큰일은 아니다 싶어 안심했다. 그리고 그런 일에 안심하는 나에게 짜증이 났다.

"보내 준 돈 어디다 썼는데요?"

"…."

"그 새끼한테 보낸 거 맞죠?"

"…응."

어릴 때 도망간 내 아빠는 다른 지역에서 두 집 살림을 하다 도박에 빠져 이혼당하고 지금은 뭐 하고 지내는지도 모른다. 나는 처음 연락이 왔을 때 쌍욕을 하고 차단해 버렸지만, 전년도부터 엄마에게 전화를 해서 돈을 요구하기 시작했는데 엄마는 또 그것을 고스란히 들어주는 것이었다. 아빠가 진짜로 사랑하는 사람은 바로 자신이라는 환상을 충족시키기 위한 것인지 뭔지, 본인이 말을 안 해서 이유는 모르겠지만 여하간 나로서는 환장할 상황이었다.

"집세는 내가 집주인한테 바로 보낼게요. 앞으로도 계속 그럴 거고요. 생활비는 다시 보내 드릴 텐데, 그 새끼한테 갖다 바쳐서 굶든지 말든지 난 신경 안 쓸 거예요. 난 분명히 말했어! 그 새끼가 나 어릴 때 얼마나 때렸는지 바로 옆에서 봤으면서 지금 부양해 주는 나한테 그러면 안 된다고! 행여나 그 새끼 집에 들일 생각도 하지 말고! 제발 정신 좀 차려요!"

"아니! 너 엄마한테 그게 무슨 말버릇…."

나는 전화를 끊어 버렸다. 그러고 갑자기 혈압이 오르는 바람에 계곡으로 가서 어푸어푸 세수를 했다.

'그래도 도박 중독 아닌 게 어디냐. 사기만 당하지 마라, 사기만.'

나는 그런 생각으로 마음을 달래며 울화로 단단히 막힌 가슴을 주먹으로 세게 두드렸다.

계곡은 너무나 어두워 물가에 오래 앉아 있었는데도 건너편 절벽이 보이지 않았다. 졸졸 흐르는 물소리를 들으며 한참을 멍하게 앉아 있다 보니 문득 살아 있는 게 서러워지고 신이가 보고 싶어졌다.

신이의 진짜 이름은 조금 더 길고 복잡했다. 이름의 끝부분이 신희였나, 신의였나, 신이였나, 대충 그런 발음이었지만 정확한 이름은 기억나지 않는다. 우리 사이에서 신이의 이야기가 나오는 것은 드문 일이었다. 이유는 나조차도 모르겠지만, 내 경우는 신이의 얘기를 공개적으로 꺼내는 것이 어쩐지 극도로 꺼려지는 일처럼 느껴지곤 했다. 말은 안 해도 다른 녀석들도 비슷한 심정인 것 같았다. 딴 녀석의 입에서 신이의 이름이 나오는 것을 들은 일은, 내 기억으로 그간 단 한 차례밖에 없었다. 멍진이가 불쑥 신이를 언급하자 다들 놀란 것을 보면 내가 없었던 자리에서도 그건 마찬가지였을 듯싶다.

교무실에서 우리를 세균으로 비유한 담임의 얘기를 들었던 날이었다. 우리는 다섯이서 아무 말없이 터덜터덜 귀가하고 있었다. 담임은 당시 서른 초반의 젊은 나이로 어린 남자애인 내 눈으로 보기에도 잘생기고 쾌활한 성격이어서, 나는 내심 담임을 혼자서 심적으로 우상화하고 있었다. 다른 녀석들의 심정이 어땠을지 모르지만, 나는 가슴속에서 깜부기불이 자글자글 타 들어가는 것 같았다. 완벽하게 버려진 느낌, 인간 같지도 않은 존재로 축소된 느낌, 세상 자체가 나를 부정하는 듯한 압도적인 느낌이 나를 내리눌렀다.

학교에서 우리가 사는 동네를 왕복할 때, 우리는 보통 산을 통과하는 지름길을 사용했다. 어딘가 다른 곳으로 떠나고 싶다는 생각에 무작정 산을 누비던 와중에 우연치 않게 개척한 길이었는데, 사실상 길이 없다고 봐야 할 수준이었고, 험한 경사로도 여러 차례 거쳐가야 했지만 몸이 가벼운 초등학생들에겐 큰 무리가 아니었다. 같은 산에는 사면을 끼고 똑바로 닦여진 길도 있었으나 길 중간에 불량 학생들이 가끔 비밀리에 집합하는 용도로 활용하는 공터가 있어서 우리는 그 길은 애초에 생각하지도 않았다.

그날 우리 다섯은 집에 돌아가기도 싫어서, 예의 우리만 알고 있는 산길에서도 한참을 벗어난 곳에 있는 작은 계곡에 흩어져 멍하니 시간을 흘려 보내고 있었다. 그때 그 아이가, 우리가 한 번도 가 보지 못했던 산의 깊고 어두운 곳으로부터 내려왔다. 머리카락이 하나도 없었기 때문에 우리는 그 아이가 스님이라고 생각했었다. 하지만 나이를 먹고 나서 확인해 본 바에 따르면 그 산에는 사찰은 물론이고 민가도 없었다. 그 애가 입고 있던 옷이 승복이었는지 아닌지도 잘 기억나지 않는다.

당시의 나는 아는 어휘가 많지 않아 그 아이를 보고 '예쁘다'라는 단어를 떠올렸었다. 그 아이가 여자인지 남자인지는 지금도 모르겠지만, 그럼에도 반사적으로 아름답다는 표현이 그 애에게 가장 적합하다고 느껴졌었던 것이다. 그러나 지금 와서 그 아이의 모습을 머릿속에 그려 보면 나는 '성스럽다'는 단어가 가장 먼저 생각난다.

그 애가 어떤 말을 했는지는 극도로 단편적으로만 기억한다. "너는 할 수 있어", "너는 잘될 거야", "너는 반드시 행복해질 수 있을 거야" 등등…. 그러나 단순히 축자적으로 그 아이의 말을 재현하는 것은 아무런 의미가 없다. 말의 내용 자체에 더해 그 아이의 음성, 말하는 방식, 태도, 손짓, 심지어 숲의 냄새와 비가 쏟아지기 전 불안하게 내리누르던 대기의 감촉 등등이 한데 어우러져 있을 때에만 내가 받았던 인상을 온전히 전달할 수 있을 것이다. 그 아이가 계곡의 가장자리에 서서 숲의 어둠을 업고 발하던 음성에는 믿기지 않을 정도로 강한 설득력이 있었다. 아마 그 애가 나를 보고 "너는 죽었어"라고 말했다면 나는 그 말을 믿고 그 자리에서 그대로 죽어 버렸을 것이라 확신한다.

그날 신이와 우리는 짧은 대화만을 몇 마디 나눈 뒤 헤어졌다. 정확히 어떤 대화를 나누었는지는 앞서 말했듯이 기억나지 않는다. 그러나 그 대화를 나눈 뒤에 내 마음이 맑고 행복해졌다는 사실만은 기억난다. 당시의 나는 희망이라는 개념을 온전히 이해하지 못했다. 그저 오늘은 엄마가 신경질을 내지 않기를, 급우들이 나를 괴롭히지 않기를, 선생들이 나를 비꼬고 조롱하지 않기를, 아빠가 술 마시고 들어와 나를 때리지 않기를 하루 종일 기대하다가 기대한 대로 되었을 때 안도하는, 그 정도가 내가 가지고 있었던 희망의 개념이었다. 그러나 그 아이의 말은 내가 가지고 있었던 희망이라는 개념을 확장하여 훨씬 더 먼 미래를 그릴 수 있도록 만들어 주었다.

다른 친구들은 모를 것이지만, 나는 그 후로 신이를 혼자서 여섯 차례 더 만났다. 처음 이야기를 나눈 후 나를 감싸고 있던 세상의 차가움이 잠시나마 사라졌던 감각이 잊혀지지가 않아서, 다음 날 나는 새벽같이 집을 나와 신이를 만났던 곳으로 가 보았다. 그 아이는 내가 한참을 자기 이름을 외치다가, 울다 지쳐 계곡물에 세수를 하던 도중 어느새 소리 없이 내 곁에 와 서 있었다.

혹시 친구나 누군가가 찾아와 우리의 대화를 엿들을까 걱정을 했는데, 신이가 먼저 나를 산의 더 어두운 곳으로 데려다주었다. 그곳에서 나는 하루 종일 그 아이에게 많은 것을 털어놓았다. 말하다 보니 너무나도 내밀하고 어두운 이야기까지 꺼내게 되어서, 나는 내 마음속에 그 정도로 흉측한 것들이 들어 있다는 것에 스스로에게 놀랐었다. 그럼에도 그 아이는 내 말을 전부 듣고 따뜻한 말로 위로해 주었다. "너는 할 수 있어", "너는 잘될 거야", "너는 반드시 행복해질 수 있을 거야"…. 해가 지고 집에 돌아가면 다시 냉랭하고 고통스러운 현실이 찾아왔지만, 그 아이가 해 준 말을 의지 삼아 버텨낼 수 있었다. 다음 날 나는 다시 새벽부터 그 아이를 찾아갔고, 비슷한 일이 반복되었다. "너는 할 수 있어", "너는 잘될 거야", "너는 반드시 행복해질 수 있을 거야"…. 셋째 날부터는 엄마가 학교를 빼먹으면 죽여 버린다고 말했기 때문에 어쩔 수 없이 학교가 파한 다음 친구들을 따돌리고 혼자서 그 아이를 만나러 가야 했다.

그러나 그 아이는 처음 만난 지 8일째 되는 날부터 만날 수 없어졌다. 그 후로 두 주 동안을 매일같이, 그리고 그 이후로도 몇 달 동안을 틈틈이 찾아가 보았지만 달라지는 것은 없었다. 조금 더 나이를 먹은 때였다면 온 산을 다 뒤져서라도 찾으려 했겠지만 당시의 나는 어렸고, 인적 없이 어둡고 괴괴한 숲속에 홀로 발을 들여놓는 일이 무서웠다. 친구들에게 말하고 함께 찾아볼까도 싶었지만, 앞서 말했듯이 어쩐지 다른 친구들에게 신이의 이야기를 꺼내는 것이 너무나도 꺼림칙하게 느껴졌기에 그럴 수가 없었다.

그 후로 살면서 많은 질곡이 있었고, 솔직히 말하면 여태 살아 있는 게 용하다 싶다. 애초에 추구하고 싶은 삶의 의미도 없었고, 정신적이거나 금전적으로 여유를 가질 수 있을 생활 수준에 도달하기에는 내 능력과 운이 너무나도 부족했다. 목도 몇 차례 매달아 봤고 손목도 그어 봤지만 아픈 게 너무 무서워서 번번히 실패했고, 수면제인 펜토바르비탈은 온라인으로 구해 보려다 사기만 당했다. 현실에 대한 절망과 미래에 대한 불안감에 밤을 하얗게 새우고 점점 심화되어가는 피로감과 질병에 끝없이 고통받고 있지만, 그래도 신이를 생각하면 조금만 더 버텨 보자는 생각을 할 수 있었다. "너는 할 수 있어", "너는 잘될 거야", "너는 반드시 행복해질 수 있을 거야". 그 말은 단순간 가정이 아니라 확정된 예언처럼 들렸었다. 그렇다고 불안과 걱정이 완전히 가시는 것은 아니지만, 나는 지금도 내가 신이의 말대로 언젠가는 행복해질 수 있을 것이라 믿는다. 그 믿음이 가장 고통스러운 순간에 내 다리를 일으켜 세워 주고, 내 손을 잡아 준다.

나는 기분 전환 삼아 계곡물에 돌멩이를 몇 차례 집어 던지고는 다시금 펜션으로 발걸음을 옮겼다. 발밑도 제대로 보이지 않는 어두운 자갈길이어서 휴대폰 전등을 켜고 천천히 걸었는데, 도중에 배터리가 닳아 휴대폰 전원이 꺼져 버렸다. 충전기를 가져오지 않은 탓에 다른 사람 것을 빌릴 차례를 기다리다 보니 제대로 충전을 해 놓지 못했다. 하지만 이미 펜션까지 다 온 참이라, 펜션의 외벽에 걸어 둔 전등불이 발밑을 밝혀 주었다.

'왜 이렇게 조용하지…?'

펜션 주위에는 기묘한 고요함이 감돌았다. 펜션의 창문은 열려 있었고, 방 안에는 전등도 켜져 있었지만 친구들의 목소리를 듣거나 움직임을 느낄 수가 없었다. 피로감으로 불 끄는 것도 잊고 곯아떨어졌거나, 단체로 반대편 계곡으로 담배를 피우러 갔거나, 가능성은 많았지만 직감적으로 느껴지는 것은 설명할 수 없는 막연한 불안감이었다.

자갈길보다 지대가 살짝 높은 곳에 있는 펜션으로 이어진 경사로를 올라가고 있을 때였다. 전등불로 희미하게 밝혀지고 있는 어두운 계곡물 속에 누군가가 얼굴을 처박고 엎어져 있는 것이 보였다. 순간 이 미친놈들이 술 마시고 찬물에 뛰어들어서 사고라도 난 게 아닌가 싶어 심장이 덜컹 내려앉았다.

"야! 야! 누구 있어?! 이리로 와 봐!"

나는 그렇게 고함치며 계곡에 빠진 사람에게 달려갔다. 입은 옷을 보니 원식이였다.

"원식아! 원식아!"

나는 신발을 신은 채로 계곡물에 뛰어들어 원식이를 뒤에서 안아 일으켰다. 원식이의 몸에 힘이 하나도 들어가 있지 않왔다. 체중도 좀 나가는 놈이라서 하마터면 안은 채로 뒤로 자빠질 뻔했다. 비틀거리며 미끄러운 바닥 위에서 중심을 잡자 원식이의 머리가 중력에 따라 이리저리 흔들렸다. 나는 원식이의 양 겨드랑이 아래로 손을 넣어 가슴 부위에서 깍지를 낀 뒤 낑낑대며 물 밖으로 끌고 나왔다.

"야! 누구 있어!? 원식이가 물에 빠졌어! 이리로 와 봐!"

하지만 내 고함 소리에 대답하는 사람은 없었다. 나는 원식이를 자갈밭 위에 모로 눕혔다. 그리고 얼굴을 살피고는 심장이 떨어질 듯이 놀라 뒤로 넘어졌다. 원식이의 얼굴에 세로로 크게 벌어진 상처가 나 있던 것이었다. 도끼 같은 것으로 찍은 상처 같았다. 원식이의 피부는 창백했고 부릅뜬 눈에는 생기가 하나도 없었다. 그 상태로 물에 들어간 지 시간이 좀 지났던 것인지 머리 절반까지 들어간 깊은 상처였음에도 피조차 흘러나오지 않았다.

너무 놀라 비명조차 지르지 못했다. 그 순간, 나는 아무리 고함을 쳐도 대답 없던 친구들을 생각하고 겁에 질렸다. 인적 없고 어둡고 외딴곳이었다. 웬 미친놈, 아니면 미친놈들이 쳐들어와 도끼질을 하면서 술 취한 친구들을 죽였다고 생각할 수밖에 없는 상황이었다.

나는 두 손으로 바닥을 짚고 일어섰다. 물에 젖은 손이 덜덜 떨리다 자갈 사이에 박힌 뾰족한 나뭇조각을 긁는 바람에 상처가 났다. 피가 팔뚝을 타고 흘러내렸으나 그런 것에 신경 쓸 계제가 아니었다. 휴대폰 전원만 켜져 있었어도 신고를 했을 텐데…. 다른 친구들이 어떤 상태인지 걱정되었지만 이대로 펜션 안으로 들어가는 것은 위험해 보였다. 일단 주인이 있는 집까지 달려가서 경찰과 구급대에 신고를 넣는 게 최선일 것 같았다.

나는 심장이 거세게 뛰어 초점이 잡히지 않는 시야에 집중하며 멀리 보이는 인가로 달려가기 시작했다.

"희재! 희재!"

누군가 펜션 쪽에서 내 이름을 외쳤다. 돌아보니 현성이였다. 한눈에 보기에는 다친 곳 없이 멀쩡해 보였다. 현성이가 내 이름을 부르며 내 쪽으로 달려왔다. 나도 현성이에게 다가가려 했지만 순간 기묘한 위화감을 느끼고 멈춰 섰다. 현성이가 오른손을 등 뒤로 숨기고 있었다. 뛰어오는 도중 언뜻언뜻 현성이의 오른손에서 날붙이의 날이 번쩍거리는 게 보였다.

"희재! 이리로 와!"

현성이의 얼굴에는 표정이 없었다. 도망칠 수 있을까? 체력에는 자신이 없는 나와는 달리 현성이는 건설 현장 일용직 경력이 꽤 길었고, 버스 기사로 취업한 후에도 체력 관리차 틈틈이 운동을 해오고 있었다.

"현성! 왜 그래! 왜 그러냐고!"

내가 도망칠 의지를 상실했다고 생각했는지, 아니면 이 정도 거리라면 도망치더라도 금방 따라잡을 수 있으리라고 판단했는지, 현성이가 등 뒤에 숨겨 두었던 도끼를 꺼내 들더니 전력 질주로 나에게 달려오기 시작했다.

그 순간 펜션이 위치한 돈대 아래의 그늘에서 명진이가 뛰쳐나오더니 양손에 들고 있던 장작을 크게 휘둘러 현성이의 등을 후려쳤다.

"악!"

현성이가 고통에 찬 비명을 지르며 고꾸라졌다.

"희재! 이리로 와!"

명진이가 다급하게 나를 불렀다. 현성이가 어느새 자세를 가다듬고 일어서려 하고 있었다. 나는 명진이에게로 뛰어갔다. 명진이는 이미 한 차례 부상을 입었던 것인지 머리에서 피를 흘리고 있었다.

"경찰 불렀어. 올 때까지 숨어 있으면 돼."

명진이는 그렇게 말하며 나를 펜션 뒤편으로 이끌어갔다. 거기에는 바비큐용 장작이나 그릴, 여분의 탁자와 의자 등을 보관해 두는 작은 창고가 있었는데 문이 달려 있지 않았다. 명진이는 나를 그곳으로 데려가려 했다. 내부는 어두워 보였지만 좁았고, 숨는다고 해도 금방 발각될 것이 뻔해 보였다.

"저기 숨자고?"

“저기 아니면 어디 숨을 건데? 방에 숨어 봤자 창문 깨고 들어온다고.”

“저긴 아예 문도 없잖아, 미친놈아!”

“그러니까 숨는 거지! 여기 숨는다고 누가 생각하겠어!”

“그게 말이 돼?”

“야! 어디 있어!”

현성이가 우리 뒤쪽에서 고래고래 소리를 질렀다. 이미 아주 가까이에 와 있었다. 우리는 헐레벌떡 창고 안으로 들어갔다. 출혈 때문에 빈혈 증상이 왔는지 명진이 몸을 가누지 못하고 비틀거려 부축해 주어야 했다.

“현성이 저놈 왜 저러는 거야?”

내 질문에 명진이가 입에 손가락을 가져다 대며 속삭였다.

“쉿! 들린다. 저기 장작더미 사이에 숨어. 난 기절할 것 같아서, 그냥 반대편에 숨을게.”

“뭔 소리야, 경찰은 불렀어?”

“했어, 불렀어. 빨리 숨어!”

“야! 나와!”

이제 모래를 밟는 발소리까지 들릴 정도로, 현성이는 가까이에 있었다. 달리 선택지가 없었다. 명진이는 창고 반대편의 어둠 속으로 기어가 겹겹이 쌓여 있는 플라스틱 걸상 뒤 벽에 힘없이 몸을 기댔다. 숨었다고 할 수도 없을 정도로 어설픈 모습이었다. 그러나 내 코가 석 자라 나도 나대로 장작 안에 몸을 넣어 보려 했지만 자리가 워낙 좁아 장작더미를 몇 개 옮기지 않는다면 숨기에 여의치가 않을 것 같았다. 그렇다고 정말로 장작을 옮겼다가는 십중팔구 소리가 날 게 분명해서 결국 이러지도 저러지도 못한 채 엉거주춤하게 서 있게 되었다.

그때 현성이가 도끼를 들고 창고 안으로 들어섰다. 곧바로 나와 눈이 마주치자 도끼를 치켜들고는 달려들었다.

"현성아! 이러지 마!"

나는 장작을 하나 집어 현성이의 얼굴을 향해 창처럼 찔렀다. 그 덕에 휘두른 도끼는 빗나갔지만 현성이가 내 배를 걷어 찬 탓에 뒤로 넘어가며 창고 벽에 뒤통수를 찧고 말았다. 어질어질한 와중에 기어서 빠져나가 보려다 이번에는 얼굴을 걷어차였다. 등에 곧바로 도끼가 꽂힐 것 같아 다시 몸을 뒤집어 장작으로 몸을 방어했다. 현성이가 코피가 흐르는 얼굴로 나를 내려다보며 도끼를 높이 치켜들었다.

"야!"

그때, 명진이가 현성이의 등 뒤를 덮쳐서는 노끈으로 목을 감고는 체중을 실어 조르기 시작했다.

"희재! 어떻게 좀 해 봐!"

명진이가 외쳤다. 나는 일단 도끼부터 집어 장작더미 사이에 쑤셔 넣었다.

"노끈 저기 더 있어?"

노끈을 가져와 현성이 몸을 묶으려는 생각으로 창고 건너편으로 가려던 순간 현성이가 너무나 격렬하게 몸을 뒤틀며 저항한 탓에 명진이 목에 감은 노끈이 금방이라도 풀려 버릴 것 같았다. 나는 일단 현성이 몸 위에 주저앉아서는 현성이의 양팔을 발로 밟고 움직이지 못하도록 체중을 실었다.

"어쩌게?"

명진이가 물었다.

"일단 더 꽉 졸라 봐. 기절부터 시켜."

내 말에 명진이가 노끈을 더 팽팽하게 잡아당겼다. 몇 초가 지나지 않아 현성이의 눈이 뒤집히더니 온몸이 축 늘어지는 것이었다.

"됐어?"

"아직! 조금만 더."

그렇게 4초가량을 더 목을 조른 뒤 우리는 목에 감긴 노끈을 풀고 현성이가 살아 있는지 확인해 보았다. 현성이의 심장은 계속해서 뛰고 있었다.

"아니 시팔! 아니 시팔! 이 미친놈은 왜 이런 거야, 대체."

"나도 몰라. 술 마시다가 갑자기 뛰쳐나가더니 도끼 가져와서 이 지랄인 거야. 원식인 봤어?"

"뒤졌어, 개."

"아, 세상에."

나는 현성이의 손목부터 노끈으로 단단히 묶었다.

"노끈 더 있어? 다리도 묶어야지."

"가져올게."

명진이가 노끈 뭉치를 가져다 주었다. 그것으로 현성이의 다리를 묶는데, 무언가가 옆머리를 세게 가격했다.

"아악!"

반사적으로 양손으로 머리를 감싸고 뒤를 돌아보자, 숨을 헐떡거리는 명진이가 망치를 휘둘러 내 정수리를 내리치는 모습이 보였다. 나는 그것을 맞고 바닥으로 쓰러졌다. 의식은 날아가지 않았지만 끔찍한 통증 때문에 온몸에 힘이 빠져 움직일 수가 없었다. 명진이가 무릎을 꿇으며 내게 얼굴을 들이미는 것이 보였다. 나는 본능적으로 눈을 감고 호흡을 얕게 해 기절한 것처럼 꾸몄다.

몸에 힘이 돌아오면 곧바로 맞싸울 생각이었는데, 실눈으로 보자 명진이는 어느새 장작더미를 뒤져서 도끼를 꺼내 온 상태였다. 그리고 곧장 현성이의 머리를 도끼로 내려찍었다. 다음은 내 차례일 것이 분명했다. 나는 명진이가 현성이의 머리를 한 차례 더 찍으려는 찰나 명진이의 다리를 있는 힘껏 걷어찼다.

"억!"

명진이가 중심을 잃고 비틀거렸다. 나는 이 기회를 놓치면 진짜로 죽는다는 생각으로 몸을 일으켰다. 도망치려는 심산이었지만 눈앞이 깜깜해져서, 대신 장작을 집어 명진이에게 내리찍고 배와 머리를 마구잡이로 밟고 걷어찼다. 한참을 그러고 나니 명진이는 몸조차 가누기 힘든 상태가 되어 있었다. 나는 도끼를 집어 창고 밖으로 던져 버리고는 울면서 고래고래 소리를 질렀다.

"아니, 왜 그래!? 아니 왜 그러냐고! 단체로 왜 그러냐고! 설명을 해 봐!"

명진이는 서럽게 울고 있었다.

"아니, 넌 또 왜 울어! 씨발 미쳐 버릴 것 같으니까 뭐라고 말을 좀 해 봐! 무슨 미친 일인 거야?"

명진이는 울음을 그치지 않았기에 나는 일단 명진이의 몸을 굴려 양 손목을 노끈으로 단단히 묶어 놓았다.

"야, 너 경찰에 신고 안 했지?"

대답이 없기에 나는 펜션 내부와 주변을 뒤지면서 충전기나 휴대폰을 찾아봤지만 어디다 숨긴 건지, 계곡에 던져 버린 것인지 나오는 것이 없었다. 나는 다시 명진이에게로 가서 악을 쓰며 쏘아붙였다.

"아니, 경찰이건 구급대건 부르기 전에 이게 다 무슨 일인지는 알자. 아니 씨발 나도 알아야 할 거 아냐?"

"너 그 애 만났어?"

명진이가 훌쩍이며 물었다.

"누구?"

"신이 말이야. 우리 그때 다 같이 있었을 때 처음으로 만난 뒤에 말이야…. 만났었어?"

"만…."

나는 대답할 수 없었다. 예의 대답을 하면 안 된다는, 꺼림칙한 기분이 나를 옥죄어 왔기 때문이다. 그렇다고 거짓말을 할 수도 없었다. 그 아이와 만났다는 사실을 부정한다면, 그 애가 나에게 주었던 용기와 희망이 연기처럼 송두리째 사라져 버릴까 두려워졌다. 이런 식의 압도적인 공포감을 자각한 것은 처음이었다.

"나는… 처음에 만났던 그날… 그 바로 다음 날부터 매일매일, 그 아이를 여섯 번 더 만났어. 아예 가출했었거든. 집에서 음식을 잔뜩 싸 와서, 산으로 들어갔었어. 그 계곡에서 신이를 다시 만났고, 낮 동안에는 하루 종일 같이 있으면서 이야기를 했고, 밤이 되면 신이는 어딘가로 사라져서 나 혼자 산에서 이불을 덮고 밤을 보냈어. 그렇게 사흘을 있다가 할머니가 찾는 소리가 들려서 집으로 돌아갔지. 다행히 내가 가출했었다는 것을 할머니 말고는 몰라서 그 이후로도 학교엔 얼굴 도장만 찍고 빠져 나와서 신이를 만나러 갈 수 있었어. 그런데 이틀을 그렇게 보고 나니까 다시는 신이를 만날 수가 없게 됐고."

나는 곧바로 반박했다.

"너 그게 무슨 소리야! 똑바로 말 안 해? 너 걔 정확히 언제 어디서 만났어? 아냐, 그건 불가능해! 불가능하다고!"

왜냐하면 신이는 그때 나와 만나고 있었기 때문이다. 명진이는 눈물로 범벅이 된 얼굴로 나를 가만히 바라보더니 서럽게 울며 한탄하기 시작했다.

"처음에 진욱이랑 이야기하고 알았어. 남에게 신이 얘기하려면 갑자기 기분 나빠지고 꺼려지는, 그런 거 있잖아. 안 그래? 근데 진욱이가 나한테 전화해서 이제는 정말 못 버티겠다면서 막 울더니 신이 얘기를 하기 시작하는 거야. 그때 다 함께 있을 때 보고 바로 다음 날부터 6일 동안 여섯 차례를 더 만났다고. 근데 불가능하잖아! 이상한 거야! 심지어 대부분이 같은 시간 같은 장소에 있었던 것이었는데 나는 거기서 나랑 신이 말고 다른 사람은 그림자도 본 기억이 없다고! 그래도 애가 죽겠다니까 꾹 참고 듣고 있었는데 진욱이 얘기를 계속 듣다 보니까 갑자기 신이를 만난 기억에 대한 확신이 점점 사라지는 느낌이 들었어. 내가 그 아이를 정말로 만났는지 아닌지 갑자기 혼동되기 시작했던 거야. 그럼 그건 뭐였지? 그 애는 대체 뭐였지?"

명진이는 입에서 핏덩어리를 뱉었다.

"그때 난 정말로 무서웠어. 그건… 그건 내가 유일하게 매달릴 수 있는 기억이었단 말이야! 있잖아, 난 말이야, 매일매일 죽고 싶다는 생각만 했었는데, 그 애는 나 같은 놈도 살아야 하는 이유가 있다고 말해 줬어. 언젠가는 나아질 거라고, 머지않아 행복해질 수 있을 거라고, 그래서 버틸 수 있었는데. 그 아이 때문에 여태까지 살아 올 수 있었어! 그래서, 도무지 참을 수가 없어서, 견딜 수가 없어서… 죽였어…."

"누굴? 설마 …진욱이를?"

명진이가 고개를 끄덕였다. 아까 펜션에서 명진이가 불쑥 신이 얘기를 꺼냈던 게 기억났다. 대충 저간의 사정이 이해가 가는 것 같았다.

"그럼 애초부터 우리를 죽이려고…."

"일단 확인부터 해 보자 싶었던 거였는데, 그런데 정말로 모두의 말이 일치하는 데가 없었어. 그러다 보니까 점점 신이의 기억이 완전히 희미해져서… 그 기억 하나만 가지고 여기까지 살아왔는데…."

명진이가 얼굴을 들어 나를 바라보았다.

"하지만 말이야… 다 죽여 버리면, 그럼 내 기억이 진짜일 수밖에 없게 되는 거잖아. 내 기억 속의 신이가 진짜란 말이야! 내 신이만이 진짜라고!"

그런데 명진이가 손쓰기 전에 현성이놈이 같은 이유로 먼저 눈이 뒤집혔다는 것이리라.

"으흐흐흐흑…."

명진이가 울분을 터뜨리며 몸을 뒤틀었다.

"어차피, 여태까지 답도 없었던 인생이었는데, 우리 이대로 나이만 먹다가 어떻게 될지 뻔하잖아! 그래도 그 기억 때문에… 그 기억 때문에…! 아, 희재야. 제발 날 위해서 죽어 주면 안될까? 난 그 기억이 없으면… 이제 그것마저 없으면!"

난 창고 바깥으로 걸어 나와 바닥에 주저앉았다. 어릴 적에 만났던 신이는 언제나 나에게 상황이 더 나아질 거라고, 행복해질 거라고, 아직은 때가 오지 않은 것뿐이라고 말했었다. 이제 명진이까지 내 손으로 죽였는데, 정말로 더 나아지는 걸까? 당연하다. 신이가 그렇게 말했으니까. 내 기억 속의 신이는, 그 어느 때보다도 생생하고 또렷한 모습으로, 밝고 찬란한 미래를 확언해 주고 있었다. 이제는 너무나 분명해서, 마치 내 눈앞에 서있는 것처럼….

"으으으… 살려 줘…."

신이의 모습이 흐려졌다. 안 된다! 망치로 수 차례를 내려쳤음에도 명진이가 아직 살아 있는 것 같았다. 뒤를 돌아보니 신이가 머리가 뭉개진 명진이의 곁에 무릎을 꿇고 속삭이고 있었다.

"괜찮아… 잘될 거야. 괜찮아… 괜찮아질 거야…."

나는 다시 창고 안으로 뛰어들어가 망치 대신 도끼를 들어 명진이의 목을 끊어질 때까지 찍었다. 아예 괜찮다는 이야기가 나오지 못하도록, 희망을 가질 수 있는 여지를 송두리째 파괴해 버리면 되는 것이었다. 그러면 내 승리다! 내 신이가 유일한 신이다! 희망은 오로지 나만의 것이어야 했다!

그러던 한순간, 나는 문가에 흩뿌려진 피웅덩이에 비친 인영(人影)을 보았다. 측면으로부터 전등의 빛을 받아 거울처럼 변한 핏물 속에서 보이는 것은, 이제는 손에 잡힐 듯이 뚜렷해진 신이가, 문가 바로 앞까지 다가와 눈을 화등잔만 하게 뜨고 이를 앙다문 입을 벌린 채, 나를 보고 히죽히죽 웃고 있는 모습이었다.

나는 화들짝 놀라 고개를 들었다. 문가에 선 신이가 온화한 미소를 지은 채로 나를 바라보고 있었다.

"괜찮아… 아무 걱정할 필요 없어. 괜찮아… 행복해질 수 있을 거야…."

나는 다시 고개를 피웅덩이로 떨어뜨렸다. 방금 전보다 더 욱더 기괴하게 변한 미소를 띤 신이가, 입가를 흉측하게 일그러뜨리며 웃고 있었다. 나는 다시금 천천히 고개를 들어 보았다. 신이가, 도무지 사람의 형상처럼 보이지 않을 정도로 뒤틀린 표정을 띤 신이가, 입을 귀밑까지 찢은 채 소리 없이 홍소하고 있었다. 바로 그 순간, 신이가 나를 향해 큰 소리로 고함을 질렀다.

"네까짓 게 믿지 않는다면 어떻게 할 건데! 아하하하하하하하하학학학학학!"

작가의
한마디

불륜 연구소 취재기

"언젠가 불륜 카페 내부의 글들이 이미지로 유출된 것을 본 적이 있다. 내가 알아오던 세계와는 다른 세계에서 사는 사람들 같았다. 그때 느꼈던 어리둥절한 감정을 표현해 보았다."

단지

'애매한 재능'이라는 개념을 접한 적이 있다. 어중간한 재능이 사람을 미련에 빠지게 하여 인생을 낭비하게 만든다는 내용이었다. 그 개념을 조금 더 극단적인 영역까지 밀고 나가 보았다.

잉어의 보은

어릴 때 잉어를 고아 먹은 적이 있는데, 정말로 비려서 두 모금도 마시지 못했다. 그때의 경험을 바탕으로, '어쨌든 잉어 때문에 건강해지는' 이야기를 써 보았다.

필하율 학생의 직업 체험 일지

지인의 연구실 이야기를 듣다가 연구실이 정말로 스펙타클한 곳이라는 생각이 들었다. 그래서 지인의 도움으로 과학연구 현장에서 일어나는 여러 가지 사건사고들을 판타지로 풀어내 보았다.

사탕통

불교에서는 삶이 고통이라고 보므로, 죽은 후 열반하여 무(無)로 돌아가는 것이 목표가 된다. 열반에 이르지 못한 사람은 윤회하여 새로운 삶을 살아간다. 티베트 불교에서는 사람이 죽고 윤회하기까지 49일 동안 바르도라는 곳을 떠돈다고 하는데, 〈티베트 사자의 서〉는 이 과정에 대한 지침서이다. 책에 따르면, 바르도에서는 먼저 깨달은 사람들(부처와 보살 등)이 열반을 도와주러 나타나지만, 깨닫지 못한 사람들은 그 모습이 무섭게 보여 도망침으로써 열반에 들지 못하고 윤회하게 된다고 한다. 〈사탕통〉은 이런 티베트 불교의 시스템을 코스믹 호러로 변형해본 글이다. 티베트의 선지자들이 어떠한 방식으로 작중의 〈괴물〉들을 목격하고, 그에 의해 사람들이 안온한 무(無)로 돌아간다는 것도 밝혀냈지만, 그

〈괴물〉들이 정확히 무엇인지는 알 수 없었기 때문에 〈부처와 보살〉이라고 오인했다는 설정이다. 그러니 주인공의 입장에서 보면 해피 엔딩인 셈이다.

과학무당과 많은 커피

어릴 때 맛있다고 커피를 잔뜩 마시다가 카페인 쇼크를 겪은 체험이 바탕이 되었다. 작중에 언급된 '쥐와 감마선'도 실존하는 연구로 집필 시에 아이디어를 제공해주었다.

요술 분무기

유명 소설가의 표절 사건에 영향을 받은 글이다. 재능과 노력, 편법에 관한 논쟁들도 이야기를 구상하는 데 도움을 주었다.

바깥 세계

콩쥐팥쥐의 플롯을 일부 차용하였다. 팥쥐가 실제로는 잔혹한 최후를 맞이했다는 사실에서, 이 소설의 고어적인 분위기가 유도되었다.

충청도에 있는 교회

아리 에스터 감독의 〈유전〉을 보고 많은 감명을 받았다. 그 영화를 모티브로 삼아 한국을 배경으로 하는 오컬트를 써보았다. 중고등학교가 개신교 미션 스쿨이었던 덕에 종파별로 다양한 논리를 접해본 경험이 도움이 되었다.

흩어진 아이돌

한국에서 가장 많이 일어나는 범죄유형이 사기라는 글을 읽은 적이 있다. 사기가 잘못된 희망을 도구로 삼는다는 점에서 캐릭터의 아이디어를 얻을 수 있었다. 한국의 자살율이 OECD 국가들 중 압도적인 1위라는 사실도 이야기를 구성하는데 영향을 주었다.

바깥 세계

1판 1쇄 인쇄 2023년 5월 15일
1판 1쇄 발행 2023년 5월 30일

지은이 녹차빙수

발행인 김지아
표지 및 본문 디자인 Misoso

펴낸 곳 구픽
출판등록 2015년 7월 1일 제2015-27호
주소 서울시 광진구 동일로 459, 1102호
전화 02-491-0121
팩스 02-6919-1351
이메일 guzma@naver.com
홈페이지 www.gufic.co.kr

ISBN 979-11-87886-89-1 03810